爱情里的傻孩子

AIQING LI DE SHAHAIZI

心灵有约情感励志系列

爱情里的傻孩子

梅寒 著

时代出版传媒股份有限公司
安徽教育出版社

图书在版编目（CIP）数据

爱情里的傻孩子 / 梅寒著. —合肥:安徽教育出版社,2013
（心灵有约情感系列）
ISBN 978-7-5336-7577-6

Ⅰ.①爱… Ⅱ.①梅… Ⅲ.①随笔—作品集—中国—当代 Ⅳ.①I267.1

中国版本图书馆 CIP 数据核字（2013）第 129666 号

书名:**爱情里的傻孩子** 作者:梅 寒

出 版 人:郑 可
责任编辑:王竞芬 责任印制:何惠菊 装帧设计:阮 娟

出版发行:时代出版传媒股份有限公司 http://www.press-mart.com
安徽教育出版社 http://www.ahep.com.cn
（合肥市繁华大道西路 398 号,邮编:230601）
营销部电话:(0551)63683008,63683011,63683015
排 版:安徽创艺彩色制版有限责任公司
印 刷:合肥中德印刷培训中心印刷厂 电话:(0551)63812508
（如发现印装质量问题,影响阅读,请与印刷厂商联系调换）

开本:650×960 1/16 印张:24.00 字数:220 千字
版次:2013 年 7 月第 1 版 2013 年 7 月第 1 次印刷

ISBN 978-7-5336-7577-6 定价:28.00 元

目 录

CONTENTS

第二辑　爱情里的傻孩子

第四辑　爱比爱情更奢华

序

挡不住一粒飞翔的时间

风为裳

这个夏天，读史铁生的《务虚笔记》，他写道，在他生命里碰到过的那两个孩子永远也不会想到，在他们偶然的一次玩耍之后，他们会被一个人写进一本书中，他们正在成为一本书的开端。

生活正是这样，由无数的偶遇组成。或许这一秒转到了别处，就永远失去了跟一个人有交集的机会。

幸好，这世界上还有网络，还有文字。

我跟梅寒的交往始于文字。我在报刊杂志上看到她写的温暖小文，笃定有着这样细腻观察的女子定是温润如玉的。然后，忘记了是什么样的机缘,我们彼此出现在对方的小企鹅世界里。

也并无热烈的相见恨晚,只是散淡地聊。彼此都是淡泊的女子,对文字的痴爱却是一样的。写作是寂寞人的奔跑,很多个寂寞的时刻,彼此问一句:在写吗?或者对未来的一点点迷惘也是有的。

渐渐有了一点更深刻的交往。聊聊彼此的生活。也无非是柴米油盐,听的什么歌,或者看的什么书。然后各自生活在各自生活的流里。虽然不是浓烈如炽的友谊,却在心里彼此惦念着。都曾经历过风雨,再走到风清月白的当下,那份惦念与鼓励,不说,对方也是知道的。

就这样,认识梅寒已有四五年。她的小女儿也已经高过她。

说说这本书。很喜欢这个书名《爱情里的傻孩子》。在爱情里,总是有那样的傻孩子,愿意无条件地付出,倾其所有犹嫌不够,再优秀也嫌自己不够好;也有那样的傻孩子,明明被浓浓的爱包围却仍然在寻寻觅觅以至与身边真爱最终错失。爱情里的惨烈与悲伤,到了梅寒笔下,却都有了另外一番模样,是温暖的,是体谅的,是爱到深处淡如水的,是情到真时浅无痕的……

那是经历过情感洗礼觅得真爱的女子的大智慧。懂得爱,懂得珍惜,当然,也很清楚地知道自己想要的是什么。

半支烟的承诺,爱情末班车,盛满爱的搪瓷缸,别样玫瑰……那一段又一段生活里的小片断,一段又一段或甜蜜或忧伤的爱情故事,如窗前的月色,如泉边的小石,被梅寒细心裁剪了下来,捡拾了来,然后在你我的面前娓娓道来。似不在红尘闹市里,亦不在喧嚣浮躁的心里。那些故事，简单纯粹，直抵人心。

恋爱里，走过那么多弯路，遇过那么多险滩，如今，回过头看一看，不过莞尔一笑，当初我们都是傻孩子，傻得可爱，也傻得真挚。

还好，终于遇到对的人，开始流水一样的生活，目标只有一个：执子之手，与子偕老。

那些即将走入爱情的孩子可以先看看此书，增长点爱的智慧。这样，遇到一份爱情时，不会把它看得大过天，大过生命，不会傻到愚蠢。

正在爱情中的傻孩子当然更要看看梅寒的书，看一看那些同病相怜的傻孩子是怎么经历风雨才见彩虹，是如何珍惜身边人的，而不是这山望着那山高，抑或从一段爱情的泥沼里及早抽身而出。

已经步入婚姻，把爱情当成往事的朋友们，更要看看这本书，那些我们经历过的伤痛或者美好，捡拾起来，串成最美丽的项链，挂在人生的记忆里，却原来一切都那么美好。

梅花香自苦寒来，我却想，对于这样看淡人生，用行动温暖着身边人，用文字温暖着读者的女子，梅香是自然而然散发的，苦寒自是不必。

不知道什么时候能见一见梅寒。总是有机会的吧。

没有谁能阻止飞梭一般的时间。作者不过是把时间交给了文字，只愿这些文字被亲爱的读者的目光抚摸时，心灵是彼此相通的，会欷歔，会感叹。

那便是，我们在时间或空间的某一点，有着彼此的交流与认同。那便是，作者的幸福，梅寒的幸福。

有一些声音，不动听，因为它们与喋喋不休、不和谐的唠叨纠结在一起；有一些味道，不好闻，却在朝厮暮守的相处里慢慢融入对方的生命。因为这些声音、这些味道，与爱有关，与爱人有关，它们是属于爱情的，永远值得相爱的人去珍惜去想念。

〔第一辑〕

珍惜爱情的声音和味道

爱情公积金

风为裳

在菁菁校园里相识相恋，他们像时下很多校园情侣一样，没有独立的经济能力，却总止不住大把大把地花钱。尤其是他，本来家庭条件就不是很好，还怕在她面前失了面子，看到她喜欢的东西，总是不声不响地就替她买回来。如此下来，月月都把家里寄来的生活费花得精光。

看他为了生计，在课余时间拼命地打工，花前月下时，那些辛苦挣来的钱又流水一样花掉。她的心，隐隐作痛，为他。

不如我们建立一个共同的账户吧，每人每月往里面存两百元钱，共同支配。这个主意，是她考虑了好久之后才想出来的。他笑:好啊,只要你愿意,怎么都行。这就算我们的爱情公积金了,如果将来谁违约背叛了爱情,谁就失去动用这笔公积金的权力。她半开玩笑半认真地补充。忽然感觉有种淡淡的不舒服,听她补充完最后一条的时候。不过,他还是按照她说的,将他们的爱情公积金账户建立起来。

果然大有起色,他们眼看着卡上的钱一点点地上涨,心里美滋滋的。她很会打理,再不愿意乱花钱了。别的情侣们依旧做着“月光族”的时候,他们的卡上已有了几千元钱的节余。

后来,双双毕业,在那个城市找到了各自的工作。他们每月存入的爱情公积金也越来越多了。由最初的200到500到1000到5000,他的事业越来越得心应手,手里的积蓄也越来越宽裕。

我们再加把劲,攒够了首付,就可以在这个城市买一套房子了。他说的是真心话,爱她就渴望给她一个温暖的家。那时候,他已是公司重要部门的一个经理,月薪由最初的几千到逾万了。她向他撒娇,你每个月都有这么多钱了,咱们再多存点放里面吧。他依旧答应,他早忘记了当初的协议了,只想早一点拥有他和她的房子,早一点攒够他们举行婚礼的钱。

她却没有忘记。眼看自己和他的差距越来越远,他回家的时间越来越晚,他的路越走越宽广,她也越来越担心失去他。

她劝他将一笔又一笔的爱情公积金存入账户。那样子,她心稍安。

相爱几年来,银行卡一直交给她保管,他只管回来把钱如数交到她的手上。那天他发了一万元的奖金，想一下子存进去，送给她一个惊喜，他猜想，工作4年来，他们的积蓄再怎么也要将近20万了。可当他输入卡号密码，按下查询键时，整个人就呆在了那里，账户上只有不到十万元钱了。第一个念头就是密码被盗，钱被别人盗取了。急忙地打她的电话，一直打不通，显示关机。他只好回家，心急火燎地等。

几个小时后，她回来，一脸的喜色，拎着大包小包，为他买的领带，给自己买的裙子，说商场里正在搞活动，那么一大包东西才花了不到5000元钱。不到5000元钱？他听着她轻描淡写地说出那几个字的时候，忽然觉得她有些陌生。她变了，再不是当初那个精打细算过日子的小女子。他淡淡地问，卡上怎么只有那么点钱？她一下就火了，冲着他叫：家里的房租电费水费柴米油盐，哪一项不要钱？她做服装设计的，出门总得先把自己打扮得像样子一点吧？那些钱，是她花的。

争吵没有持续太久，他闭口了，说真的，他不想因为钱，将他们几年的爱情往别的方向去想。日子仍旧继续，他们之间却似乎隔了点什么，再回不到融洽的最初。那张爱情储蓄卡，成了他们最敏感的话题，谁也不愿意提及。

发现他的心游走在别处，是大半年以后的事情了。在一家超市门口，她远远地看见他被一个娇小的女子亲热地挽着走了进去。明晃晃的阳光底下，她的心沉入一个又深又暗的冰窟。他到底背叛了她。

她没有上前打扰他们，一路飞跑回家，她去银行做了最重要的一件事，把他们的爱情公积金，一共 16 万元，全部转到了她的账下。她认为，那是她挽留他的最后一根稻草。然后，她开始反思自己，处处争强好胜，处处要他迁就自己，她给他的关心和爱太少了。就是从那一天开始，她试着去调整自己的心态，她决定再做回原来的自己，好好爱他。

他却没有再给她那样的机会。他明确地对她说，他们之间已经结束。她哭，说 5 年的感情就抵不住一个小小的超市收银员的魅力么？她知道那个女孩不过是一家超市的收银员。他笑，爱情这东西就是这么玄妙，她不如你聪明，但她比你可爱。她终于发怒，那好，就按当初说的那样，从今天开始，你没有再支配那笔爱情公积金的权力了。终于说到那个最敏感的话题，她希望他会因此而迟疑。

也好，十几万元钱，就算买一个教训吧。说完那些，他收拾东西，破门而去。

她知道，这一次，她是彻底失去他了。那张小小的爱情账户，已空空荡荡，只是一张毫无意义的卡片而已。她瘫坐在地上，泪水狂涌而出。

如果爱情可以建立一个账户，存入的也应该是情，而不是金钱；如果你的爱情账户上存入的是钱，也应该是被每一寸每一缕的情缠绕过的钱，是相爱的两个人努力共建爱巢的见证。为了挽留爱情而建立的爱情公积金，从建立的那一天起，就已踏上一条危险的征途。

初念浅，转念深

他从酒楼里歪歪斜斜地走出来，朋友要为他叫辆出租车，他摆摆手拒绝了。外面正下着一场冬天的雨，雨丝细细的，打在人的脸上却是刺骨的冷，他似乎没有感觉到。

他摸出手机拨通了她的电话，电话响过两下后他就挂机。虽然他喝得有点醉，但还是没有忘记她的叮嘱。她的屋子里有座机，只要她在家，她都让他先挂断，她再打回来，她说手机费太贵了，打座机会省点钱。

他曾不止一次对她说，让她放弃那边的工作到他所在的这个城市来，他有能力养活她，她却一笑带过："你这人和钱有仇呀，我在这里干得好好的，工作顺手收入也好。等我们有足够的钱我们就买一套好看的房子，我就做里面的女主人。”

说过好多次后，他就懒得再提了。可他的年龄不等他，他已经快 30 岁了，仍然过着独来独往的单身生活。他有份不错的工作，曾设计出许多精妙的作品，唯独他设计不好自己的爱情与婚姻。她太独立了，不会按照他的设计来走。他有时无奈地称他们是“电话夫妻”，所有的情爱只有通过电话。其实，不知从什么时候那些缠绵的爱情悄悄话已为另一种琐碎的问候所代替了。每天那几个电话已成例行公事一样：“你做好饭了么？别喝白酒，可以少喝点啤酒。”“出门别忘记关掉煤气呀。”……她像个老妈子一样把他的生活安排得头头是道，唯独不能飞到他的身边陪着他，可他最需要的是一个有她在的温暖的家。

既然不能在一起，他决定放手，放了自己也放了她。所以那天他特意拉着朋友到一家酒楼里喝得大醉，他需要酒来给他勇气。

她给他打电话过来时，并没有和往常有什么不同：“亲爱的，这么晚了，是不是又在外面散步呀。”她知道他那个时候常在外面跑。“没有，我和朋友喝酒了，还在外面呢。我告诉你，今天是你最后一次打这个电话了，明天我就把这个号码换掉。我要开始一种新生活，不想再等下去了……”他一口气将这些话说出来，几乎没有给她回话的余地。“你真的喝醉了，你在说什么呀，你又喝酒……”她开始嗔怪他。“你根本没在乎过我，你在乎的只是你的工作，你的感觉，你没有想过我这里。”他一边踉跄着往前走一边大声地同她说。

每一次她都要他不要在人前大声呼喊，说那样没有教养。他早受够了，他就是要大声地和她讲出来。

电话那边有瞬间的沉默，良久，他听见她温柔地说："亲爱的，你真的喝醉了，好好顺着有树的地方走，不要摔倒了，你还记得回家的路么？""我没有喝醉，我比任何时候都更清醒，我们分手吧。"他的语气里有几份决绝。"好吧，我，尊重你的选择，只要你觉得快乐。"她的声音里已有几分哭音，他忽然有种很痛的快意。

说话间他已摸索到了自己的门前，开始找钥匙去开门。可他翻遍身上所有的口袋依然没有找到："坏了，钥匙丢了。"他小声嘀咕着，酒已有点醒了。"什么？你把钥匙丢了，那你今天晚上怎么进屋里。你还喝得这么醉……"这次她真的慌了。"没事，我就在门外坐一晚上好了，冻死活该。"他负气似的倚在冰冷的门上。"你快告诉我你朋友的电话，我打电话给他让他来帮你，他怎么可以这样，把你弄醉了就让你一个人回来。"她开始忙着去找纸和笔，"你说吧，我要打电话让他过来的。""好的，我说，1385539……"他顺口就告诉了她这个电话。"我再说一遍你听听对不对，1385539……对么？""嗯，对了。""那好，你待在那里不要动，我给他打电话让他来帮你。我先挂了。"她匆匆忙忙地挂掉了他的电话。

天，她居然可以忘记了他的电话，那个她每天至少要打三次或者更多的电话，居然那么认真地重复了两遍，他以为她开玩笑却没想到她当真的。过了几秒钟，他的电话又响起来，是她打过来的："你快去帮一下我家默然，他喝醉了……"她的声音里有着无法形容的焦灼与心痛。他想笑却再也笑不出来:“亲爱的,是我……”眼眶里有些潮湿,他使劲把那些雾气逼回去,不让它们凝聚再掉下来。“天,我,我,我……”她在电话的那头轻轻地啜泣,再也说不下去。“刚才和你开玩笑呢,我已好好地躺在温暖的床上了,我困了,要睡了,你也睡吧。晚安。”“你吓死我了,你不要这样子吓我了,明天我就辞职,我不能再这样让你吓了,你还是长不大……别忘记在床头放一杯水,免得口渴找不到……”他们就那样轻轻挂了彼此的电话。

她不知道,他是真的把钥匙丢掉了。那一夜,他就在自己家的门口蹲了大半夜,可他的心里却不再寒冷。

佛经上说:初念浅,转念深。是说人的第一个念头往往是对事件的情绪反应,通常肤浅,但一转念,可能就有了更深的理解。爱的世界里,却与此说有点背离。无心无意间流露出来的,往往情深,细细思量之后则是情浓。

因为爱你而爱你

她曾是上帝的宠儿。年华正好，长得漂亮，在当地电视台有着一份令人羡慕的工作，有一个把她当公主一样捧在手心里的男子。可一夜之间，上苍就把她的幸福剥夺个干净。那个她深爱着的男子在一场车祸中撒手而去。彼时，她正为怀里的胎儿吐得死去活来。

寻过死，又一次次被人从死亡线上拉回来。拉回来的只是一个人，那一颗绝望近死的心，再也泛不起半点春的颜色。只是活着。

为了腹中那个还没有出世就失去父亲的胎儿，她也开始了自己的相亲之路。挺着几个月的大肚子，见过一个又一个男人。那些男人皆是满心欢喜而来，满腹失望而去。他们爱她，却无法接受她腹中的孩子。

她和他，也是在那样的相亲闹剧中结识的。

第一次见面，在街角一家咖啡厅里，盛夏的中午，屋外阳光火爆，屋内的冷气却开到十足。他们面对面静静地坐着，她平静地向他讲述自己的过去：与那个男人的恋爱，与那个男人的结婚，只等讲到那个男人的撒手离去，她的泪才掉下来。他不语，只轻轻把自己面前的纸巾递上去。手明显是抖了，额上也有汗滴涔涔地冒出来。他说，这一切我早就知道，可我不在乎……

就为那一句“不在乎”，她就决定跟了他。不管他平庸的长相平凡的职业平平的收入，也不管亲朋好友的齐声反对。她说，她的爱人早已死了，谁来当孩子的爸爸都是一样。

对那份从天而降的爱情，他却小心翼翼像呵护一件宝贝。他是厨师，做饭是他的长项。有了爱的动力，他做起来更是乐此不疲。各式各样的营养餐，可以几天不重复。做好了，装进保温饭盒，再骑半个小时的自行车给她送去。她的身子越来越笨重，他不让她来，他去。每每看到他满头大汗地站在她的办公室门口，咧开嘴憨憨地向她笑，她的心头，就会掠过一阵莫名的忧伤。为她，也为他。他们之间的距离，哪里是那一碗热汤就能填补得起？

那样的日子，持续了两个月，那两个月，她再次像公主一样被一个男人捧在了手心里。他为她煲营养汤，他为她抱回一大堆如何照顾孕妇的专业书，他甚至在考虑给未来的孩子取一个什么样的名字……总之,他孜孜不倦地在为他们的未来做着准备。只是,被爱包围的她,却从来没有给过他一个会心的笑容。

想来,应该是她的冷漠最终让他放弃。两个月后,他淡出了她的视线。他对她说,他要出趟远门,可能要一段时间才能回来。然后,他消失了。一天,两天……一周,两周……一个月的时间过去,他再没有来。

到底还是逃了。抚摸着自己日渐隆起的腹部,有一丝冷冷的笑,挂上了她的嘴角。

朋友跑来告诉她,她在一家海鲜夜市上看到他时,她对他差不多已经死心。本就没有爱情可言,走了就走了,散了就散了。可朋友说,她看到那个男人了,身上穿了渔人的塑料衣裤,在满头大汗地帮人卸海货。朋友的话引起了她的好奇,悄悄地跟随朋友到了那个夜市。

人声鼎沸的海鲜夜市上,浓浓的海腥味儿呛得她差一点呕吐。远远的,她看到了他。正弯着腰,努力地往车上搬一个大箱子。许是太累,许是那个箱子太重,他搬了几次,才费力地搬起来。

没有上前惊动他,她只轻轻摸出了电话,给他打过去:为什么要瞒着我?我在海鲜夜市上看到你……

你在哪?怎么到这里来了。你别误会,我没有别的意思。只想出来多找点事做,孩子快出生了,我这个当父亲的要尽力给她创造一个好的环境……他握着手机,焦灼地四下里找。她再也躲不住,从那个角落里轻轻迎向他。

他是瞒了她，却不是为着逃避。他说他怕她为他担心，更是为自己难为情。在酒店当厨师的那点收入，他觉得无法给她和孩子一个衣食无忧的未来，就想起再在工作之余找另外的一些事做。他说要凭自己的力量风风光光地迎接她和孩子进门。他与海鲜市场的一个客户很熟悉，那个客户介绍他到了那里。她听他小心地给她解释，看着他满头亮晶晶的汗还没有退去，心里第一次涌起一种暖暖的疼。爱人的那种疼。

回家的路上，她柔柔地问他：为何对我这么好？其实我不值得。

他笑笑，答非所问：我记得有一本书里写道：花儿为谁开？星星为谁亮？我为什么那么爱你？我是因为爱你而爱你……

她的心，轻轻地、暖暖地疼。她主动把自己的小手塞到他的大手里，说，咱们回家。

茶花情事

遇上他的时候，是在一个漫天飘雪的冬季。学校放寒假，学生们全部回家，大部分老师也紧锁了宿舍的门。偌大的一个校园，一下子空寂。她没有走，因为她无处可去。随着年龄的增长，那个曾经温暖的家对她已渐渐失去了庇护的能力。母亲的叹息、弟媳的白眼，都让她相信，在那个家，她已是不受欢迎的人。

她不知道他为什么没有走，为什么没有像其他人一样急急地去奔赴温暖的盛宴。他是暑假过后才调到这个学校的同事，应该比她年轻，脸上的沧桑却常常让她莫名地心痛。他很少同人打交道，与她，也不过局限于礼节性的点头招呼。她却说不清自己的心，在每一次同他擦肩而过的时候，会有一阵风一般的悸动迅速地掠过心湖。她被他脸上那两潭不可测的忧伤击中，她竟然很想向他靠近。

她不知道自己应该不应该感谢那场突如其来的大雪。大朵大朵的雪片，如同天空扯碎的梦，纷纷扬扬，将整个校园裹进一片寂静。那两声轻轻的敲门声响起时，她正守着红红的炉火，兀自出神。急起身，拉开门，他披了一身晶莹的雪花，正讷讷地站在门外：不好意思，我屋里的煤用完了，你……她的脸蓦地红了一下，迅速地起身，她去门后的小筐里拾煤。甚至，没等他把话说完。

话题从此就多起来。她也明白了他没回家的原因。分到这个偏远的乡村中学，对他来说，算是人生一大挫折。他却不愿意就此在这里将岁月熬至终老。那个寒假，他断绝了与外界的一切联系，把自己交给了一本又一本厚厚的考研教材。

说这些时，他的眼睛始终望着窗外。他的心，应该也在窗外。她的心，却在那一刻，悄悄地开出花来。

他的屋子，同她的一样大，却远没有她的温馨洁净。满床满地的书，没洗的衣物，胡乱堆放。她轻轻瞟一眼，脸更红了：看你，也没时间收拾，我来吧。声音很低很柔。他深深地看了她一眼，想说什么，终于没有拒绝。那间寒冷的小屋从此变了模样。每天清晨，她会把烧得旺旺的炭盆送到他屋子里来，然后，烧水，煮早餐，含笑看着他狼吞虎咽风卷残云般把她做的早餐消灭干净。

那个冬天似乎特别冷，一场又一场的大雪，将室外的大地裹了一层又一层洁白的雪衣。那个冬天，那间小小的屋子，却特别的温暖。比春天还温暖，像威力灼人的初夏。那样的温度，那样的两个单身男女。爱情滋生，就像春天花开夏天树绿一样自然。

那盆小小的茶花，是她当初从一位同学家里搬回来的。人家也爱得宝贝一样，却经不住她的软磨硬泡。从那个春日黄昏，她看到那一树灿烂盛放的花朵时，就被一种莫名的情绪控制。她从来不知道，原来花可以那么肆无忌惮地开。她不爱养花，却没有任何理由地爱上那盆茶花。此后的几年里，那株茶花在她的精心照料下，开了又谢，谢了又开。犹豫再三，她还是羞涩地把那盆茶花端到了他的屋里：你屋子里少了绿色。彼时，他正埋首于自己的书堆中，听见她的话，微微抬起头，目光正落在那盆长满花苞的茶花上：想不到你还能养这么好的花，听说茶花很不容易养的。他站起身，就在她的身边，目光灼灼，从茶花那里悠悠转开，热热地落在了她的脸上。

他们的爱情，只定格在那个寒冷的冬季。春天来临，万物复苏，他们共同浇灌的茶花开满枝丫的时候，他离开了那所学校且永远不再回来。机会的来临有时就是那么神奇，稍纵即逝，却总有人能抓住。一个学生时代就暗恋他很久的女生，爸爸在那年被提升为市教育局局长。她的一次撒娇，就改变了他的前程。他不用再在寒天冻地里捧着书本拼未来。代价却是，他要对那女子一生的幸福负责。

她远远地看着他们热烈地指挥着搬家公司的车，往车上装东西，春日的正午，阳光灿烂，却仍然化不开她心头越裹越厚的坚冰。她咬住嘴唇，鲜红的血顺着嘴角渗出来，像她养的那盆山茶一样灿烂。她爱过，是固执的、骄傲的。从头到尾，她没有在他面前掉一滴眼泪、要一个理由。只当他忧伤地来同她告别的时候，她坚持把那句最好的祝福送给他：希望你从此一切都好！她恨他，却仍忍不住让真诚的祝福从心里流出来。她是真的希望他好！

那盆曾经热烈的茶花，花开正好，却被他冷落在堆满了尘埃的角落里，不知是有心还是无意。她宝贝似的捧回了它，用细软的棉布，蘸着温水，一片一片，擦拭着它油绿的叶子、艳艳的花。不是她不小心弄痛了那些花朵，她一直都知道，那些花朵凋零的方式，还是让她的眼泪疯狂掉落。那些被她用清水洗涤过的花朵，仍然毫不留情地撤离了枝头。一整朵，一整朵，那么任性，那么干净，扑到了它们脚下的泥土。它们要走时，竟然是这么急速。

定定地凝视眼前那一盆大朵大朵还带着生命体温的花朵，忽然想起自己读过的张爱玲的句子。张爱玲，那个如茶花一样为爱绽放为爱凋零的女子，曾经那么惊骇于茶花的落："不问青红皂白，没有任何预兆，在猝不及防间，整朵整朵任性地、鲁莽地、不负责任地、骨碌碌地就滚了下来，真让人心惊肉跳。"那种凋零，那样的极端与刚烈，张爱玲也怕。

找一块洁净的丝帕，收了那些茶花的尸骨。最后一次，用自己的泪水为它们举行一次葬礼。她不是张爱玲，也不是林黛玉，茶花凋零的方式，带给她的绝不仅仅是伤神。她喜欢那种干净利落，要凋零时绝不留恋，拖泥带水。因为她很清楚，腾出的枝丫上，春天还会再次光顾。

爱情消费券

七夕节，一个越来越被年轻情侣们重视起来的日子，我们虽然不再是花前月下的热恋中人，可如果在那样一个日子，他能送我一份小小的惊喜，我该是如何幸福。他做不到！永远不能！一是他没有那样细腻的心思，就算他有，他也不舍得去花一笔他以为纯粹是浪费的钱。他的世界里，只有工作，只有一元一角用工资堆积起来的实实在在的日子。

那天晚上，我自己一个人抱着枕头跑进了家中的客房，为着他对那个节日的淡漠。他来哄我，我不理。他就留在书房，什么时候睡的我一点也不知道。

天大亮，时钟的针已指向早上8点。醒来，走出房间，才发现，他已不在。桌子上有摆好的早餐，同往常一样在静静地等着我。一杯温热的牛奶，两片馒头干的中间夹着一只金黄的蛋和两片翠绿的生菜叶子，那是他自己发明的中式汉堡，他说营养又实惠。看着那些早餐，前夜的气已消了大半。每天早出晚归，还天天风雨不误地起来为我准备早餐，那个人，除了木讷，毕竟还是很爱我的。

那张龙飞凤舞的纸条，是我吃完早点起身准备去收拾桌子时发现的，它被叠得四四方方，压在放馒头的盘子底下。“亲爱的，如果吃完早餐你还在生我的气，那么，去书房，打开我的电脑，进入我的博客，那里有我送给你的一份小小礼物！希望你会喜欢。”

来不及收拾理桌子上的残局，我飞身冲进他的书房。按照他说的，一一打开网页，最后视线落在他的博客里。那是他的工作博客，平时只放一些有关工作的东西。轻轻点开博客首页，我的视线立马就被一行醒目的大字给吸引住：送你一份爱情消费券，有效期限一辈子。接下来是他自己精心制作的四张消费券，分别署名为“免生气券”、“逛街券”、“做家务券”、“捶背按摩券”。

第一张，“免生气券”：此券一天只能使用一次，夫妻二人吵架时，出示此券，丈夫再怎么怒气冲冲，也要立即停止生气，休战。

第二张，“逛街券”：此券一周只能使用半天，妻子想逛街出示此券，丈夫再不愿意也要乖乖相陪。

第三张，“做家务券”：此券可以天天使用。丈夫工作不忙时，要多多陪妻子做些家务事。

第四张，“捶背按摩券”：此券每天可使用10到20分钟。妻子出示此券，丈夫要任劳任怨为妻子捶背按摩。

4张爱情消费券的后面，还附着4幅笨拙的漫画，上面的男人有低头认错状，有正在给妻子捶背的，有系着围裙在灶台前的，还有一张拎着大包小包跟在女人身后走的。看着那些夸张的漫画，我“扑哧”一下笑出来，眼泪也同时跟着迸溅而出。那些东西，真是难为了他了。其实，他说的那些爱情消费券，我早就在享用了，只是，习惯成自然，慢慢地竟然麻木了。

吵架，逛街，做家务，为对方捶背按摩，充满凡俗的烟火气息，他的爱情消费券上，并没有我渴望的风花雪月，可我的心，在那一刻，却是从来没有过的温暖踏实。

爱情老唱片

她是一个怀旧的女子，从日常穿衣打扮到平时使用的器皿用物，无处不透着被岁月风尘浸洇过的淡淡的怀旧气息。炎炎烈日下或者濛濛的杏花春雨里，身着一身旗袍的她撑一把碎花的油纸伞，旁若无人地从那条青石小巷走过去上班。她所在的单位，一家几乎常年没什么事做的博物馆，沉默寡言地躲在那个小城一个不起眼的角落里。那份寂寞，恰是她喜欢的。

不知是因为她工作的单位有关，还是她周身的古典气息与这个喧嚣闹腾的时代格格不入，抑或者，是她眼里的爱情太过完美。眼看她一路寂寞地跨过第 28 个年轮，她的爱情依然漂泊无依。身后的亲友团急了，开始催促她一次又一次地相亲。她不跟他们急，却固执地一次又一次拒绝了他们的好意，直到她的门前车马稀，无人再问她的归处。

依旧穿了各式旗袍，打着油纸伞穿街过巷去上班，依旧在下班后一个人到那个城市的角角落落里去淘宝。陈年的锈迹斑斑的胭脂盒儿，缺了一个小口儿的玉如意挂坠儿，别人眼里一钱不值的垃圾，到了她的手里，全是宝贝。她喜欢的，不单单是那些小物件，还有那些小物件背后那股浓浓的岁月风尘气。

那个小小的店，是她转过一条又一条的街才遇到的。一个她喜欢的微雨黄昏，天空中淋淋漓漓全是江南春的味道。一如往常，她撑着那把紫色的碎花油纸伞，悠然地在那条街上走过。还隔着那个小店很远，她的心，就被某种若有若无的东西轻轻地牵引着向它奔过去。是一种旋律，缥缈，久远，在这个尘世似绝迹很久的一种旋律。她侧耳聆听，脸上就露出一种惊喜。是周璇，那个在 30 年代曾经风靡整个上海滩的绝代芳华。

“花样的年华，月样的精神，冰雪样的聪明，美丽的生活……”是那首她百听不厌的《花样的年华》。循着那丝丝不绝于耳的歌声，她几乎是一路小跑着找到了那个不起眼的小店。

“换换宝”，在小店前停下来，抬头看到小店门楣上那个奇怪的店名，她不由展颜轻笑。曾听朋友说，如今在网上流行一种“交换”热，曾经上演过一支曲别针换一座别墅的神话，想不到还真有人对这个热衷。

那是她和他的第一次相见。在小店的一张桌子后面，他正半躺在一张竹摇椅上，双目微闭，细长的手指轻轻地随着音乐的韵律在椅子扶手上跳动。在他身后的高几上，一台老式留声机，唱针如犁，在黑色的密纹唱片上轻轻划过，音乐就像流水一样从那里流出来。她听得呆了，也看得呆了。那个身穿白衬衫灰西裤打着一条暗色斜纹领带的男子，看上去30岁出头的样子，他的那份慵懒与这个微雨的黄昏以及若有若无的旧曲，竟是那样的契合。

嗨，你好。她轻轻地打招呼。

嗨，你好。他轻轻地从摇椅上站起来。

那一次，她没有绕很多弯儿。她直截了当地告诉他，她喜欢他的那张旧唱片，希望能用自己一件心爱之物换走它。实在是因为太喜欢，她连客套话都省了。

可你有什么心爱之物能与它交换，你知道，这张旧唱片同样是我的至爱。他嘴角上扬，笑得有点调皮，有点坏。

我有很多可以拿来随你挑。她从来没有如此冲动如此迫切地想立即得到一件东西过，说那些时，她已将肩上的小包打开来，从里面掏出一只琥珀色的玉石小烟斗。她曾想把它做成一个小挂坠儿挂在胸前的，还没来得及。

呵呵，这个小东西来换我的碟片，倒也可以，但是现在我想搞清楚一个问题。这张旧碟，你拿出这个店到哪里去放？你家的CD唱片机么？

她的脸蓦地红了。他说得对。她上哪里去找一部老式留声机?

纠结半天,他们还是达成了一致协议,他们可以成交,但那张碟片她却不能带出他的店,也就是说,她只能来她的店里听。而她的那个玉石烟斗,他也只是暂时替她保管。等哪天她听烦了不想再来时,他会将她的东西物归原主。

此后很多天,她会穿过黄昏的街道,一路奔向他的小店。那台老式留声机,最初是放在一楼的高几上,后来就让他挪到了楼上。不大的房间,铺了暗红的木地板,她和他随意地坐在地板上,一瓶红酒,两只酒杯,听着陈年旧曲穿花过巷从历史的深处飘然而来。彼此的话不多,却有一种说不出的默契。他们常常听得忘记时间,听得月光悄悄攀过镂空的窗棂水一样洒在地板上。晚了,她一个人回,他不放心,就去送她,还是如她来时一样,他们穿过一条又一条的街道,直到她住的楼下,然后轻轻道别。

那样走了很多天,她慢慢将那种日子当成一种享受。他却在那时提出,他们的"换换宝"协议应该停止了。她愣了,脸上当即又烧起来。

为什么?她问。

因为我想给老留声机和老唱片还有你的玉石烟斗找一个共同的新家。你,可否愿意?他目光灼灼,直看到她的灵魂里去。

直到那时,他才告诉她,他的"换换宝"小店不过是一个摆设。他是在等,等一个能与他共同欣赏那些旧物旧曲的女子,就像那张黑白的碟片,只适合在那部落满历史风尘的老式留声机里播放一样,他们的爱情,只留给懂得对方的人。

别样玫瑰

她左脸上那块淡紫的疤痕，是她 2 岁那年母亲不小心为她留下的。岁月流转，曾经撕心裂肺的痛已远去，那道疤痕也越来越浅淡了，可她心上的疤痕却历久弥新，倒是随着岁月增长一日重似一日了。为了它，她把自己变成一只躲在茧子里的蝴蝶，固执地躲避着来自外界的春色。

27 岁，已慢慢踏入大龄女的行列，她的爱情却还在缥缈中徘徊。

年迈的母亲，曾不止一次替她张罗着相亲的事，都被她找理由推开了。公司与家之间，常年一身灰扑扑的职业套装，努力将一份清高孤傲的神情挂在脸上，掩饰的其实是脆弱自卑的心。越是年长，越是惧怕谈起感情的事。也曾有对她表示过好感的男子，最终还是被她的冷漠拒于门外。渐渐地，竟然也少有人再向她靠近。她的心，已荒芜苍老。她便无端地把那份失意变成一股淡淡的恨，转嫁到母亲的身上：若不是当年母亲的失职，何至于有她今天的尴尬？固执地推开母亲介绍给她的所有亲事，其实也是一种小小的报复。

那束火红的玫瑰，是在一个寻常的早晨收到的。那天，她如往常一样早早打开办公桌上的电脑，准备开始一天的工作。轻轻的叩门声便响起来了。拉开门时，她的眼神被一束艳红的玫瑰点燃。呆立片刻才如梦方醒般将探究的目光投向花束后面那张年轻俊朗的脸：送给谁的？有人为您订的花，请签收！年轻男子的回答彬彬有礼。她的心却开始不规则地扑腾乱跳。谁会为她送花？可花束中间那张淡粉色的小卡片上，明明龙飞凤舞地写着她的名字：愿小佩永远幸福快乐！大气磅礴的手笔，一看就出自一位男人之手。

那一整天，因为那一束无名氏送来的玫瑰，她的世界被映红照亮了。一向不愿在同事们面前说笑的她，竟然在中午吃饭时莫名地给身边的同事讲了好多她从网上淘来的小笑话儿。没有一个女子，可以拒绝爱情的诱惑。尽管对那束玫瑰背后的人，她还一无所知。

第二天，同样的时间、同样的地方，她又从那位年轻人手上接过一束新鲜欲滴的玫瑰。那一次，她忍不住地问了：到底是谁让你送玫瑰花来的？他叫什么名字？是一位很帅气的先生，他说时机到了，你就会知道他的名字。年轻人淡淡地笑着，算是回答了她的问题，却没有拨开半点她心头的迷雾。那一次，送走送花的小伙子，她将脸埋在花丛里，甜蜜又羞涩地笑了。至少，她知道，那是一位帅气的小伙子送给她的。

此后好多天，她会在每一天早晨收到同样的一束玫瑰花。日子因了那份突然降临的甜蜜而改变。一贯不爱打扮的她忽然注重起自己的衣着装扮，每天早早起床，第一件事就是坐在梳妆台前细细地整理一下自己的妆容。看着镜子里那张因快乐而微红的白皙的脸，她忽然发现，那道疤痕其实真的没有她想象的那么难看。看着她的脸一日日被喜悦的光芒笼罩，母亲常小心翼翼地问一句：孩子，你心里有人了？她不语，眼角眉梢里全是柔情与笑意。是有个人，心里有了她。

心情好了，干工作的劲头自然更足。半年工作总结会上，她被当作工作标兵在大会小会上表扬。她把那些归功于那份爱情，只是玫瑰背后那个多情的男子却始终没有站在她的面前来。

母亲节那天，她去附近的花店为母亲买花，接待她的竟然是天天为她送花的男子。偶然一瞥，她的心忽然惊如撞鹿，那龙飞凤舞的字体，竟然出自面前那个男人之手。她却一直不知道。

男人依旧没有多说什么，却仍然坚持每天早晨为她送花。再见他时，她的眼里燃烧的却是不一般的热情。

两个人的恋情瓜熟蒂落是半年之后。甜蜜地依偎在他的怀里，她撒娇地问他，怎么认识她，又怎么会爱上她。他的回答，让她的大脑有瞬间的缺氧：其实，最初是你妈妈托我代她送玫瑰给你的，后来的，才是我自己送的，我发现在送花给你的过程中，我竟然慢慢爱上了你。你自信，热情，对生活充满爱与信心，这样的女孩，我难以不爱……

竟是如此。站在那个精致的青花瓷瓶前，静静地凝视那束为她带来幸福与爱情的红玫瑰，她的眼睛，没来由地慢慢湿润。红红的花瓣间，是母亲温柔的凝视，是男友深情的眼眸，是他们用那样一种特殊的爱心接力，让她找回自信，给她带来一份甜蜜与幸福。

有缺口的爱情也美丽

在那次画展上，她第一次看到他的人。那天，她躲在画厅里一个不起眼的角落，远远地看着他的黑白侧影：黑黑的头发理成短短的小平头，白色的休闲装、棱角分明的脸、温暖随和的笑容，分明是认识了几百几千年了。她有一阵短暂的晕眩。那时，他正在忙忙碌碌地给那些热情的粉丝签名。大厅里开了很足的冷气，她的手心，还是握出细细的汗。那里有她事先准备好的笔和本子，试了几次，终于还是没有勇气挤上前去。

距离太远，她总觉无力抵达。

悄悄地收起纸笔，静静地在他的那些画前

流连。画面上那种不安定的狂情和急欲挣脱的力量，瞬间就将她的灵魂摄了去。

爱上他的画，连同他那个人，应是很久很久的事了。从第一次看到他的画开始。只是那时感觉他遥远得如在天边，在画展上看到他的一举一动，才蓦然发觉，在那份神秘的艺术光环背后，隐藏的是一位亲切随和的凡间男子。她和他，并非无舟可渡。虽然，那中间，还是隔了太长太远的路。

此后，便千方百计搜罗有关他的消息，他何时出国进修何时举办画展，他年过而立仍然单身，除却作画他还狂热地喜欢诗词歌赋……他所有的旧作新作，大的小的，整本的画册，零散的书刊插图，凡是印了他的名字的，她便一一虔诚地收藏。她读他的画，以她的方式。每一幅画，在她看来，都是一首诗，是一种人生。那些自她笔下倾泻而出的诗句，是她为那些画而做的另一种美丽诠释，也是渡她向他的岸而去的舟楫。他也许不会注意到她的人，总有那么一天，他却不能不注意到那些为他的画而配的诗词。

那一段岁月，于她是一段长而美好的梦。从 18 岁到 26 岁，整整 8 年的时间，她把自己的青春给了他的画、她的诗。如她渴望，她的名字，终于同他的一样，走进千千万万个读者的心里。

她的第 8 本诗集上市之时，正是他的又一次画展开展之际。还是在那个城市最大最气派的美术馆，还是那样阳光灼灼的正午。她却不再是昔日那个羞涩不安的青涩女子。拿了自己几年来为他而和的那些诗集，她终有资格向他开口，道出那个被她苦苦埋藏了 8

年的秘密。

却依旧没有那样的机会，8 年前如是，8 年后依旧如是。人群中，她看到那个优雅沉稳又不失温柔敦厚的男人，那个外界一直传闻单身的贵族王子般的男人，正一手搂着一位风姿绰约的中年女子，一手牵着一位阳光少女的手，面对闪烁不停的镁光灯，含笑从容作答。他早有妻有女，在她喜欢他之前。只是，他们一直低调，竟无人得知。

终究只是一个梦。呆呆地立在远处，她感觉室外白花花的阳光变成了漫天的白雪，只在瞬间，就将她的心冻结。只是一瞬间，等她明白过来，错过今天，也许，她和他，将再无机会交集。就那样穿过许多陌生的脸孔，她像一条逆流而上的鱼，径直向他面前走去。含笑，她将自己手中的诗集奉上："这些都是为你和你的画而写。"深吸一口气，一直看到他的眼睛里去："感谢你，这些年来给我的支撑……"他仿佛被突如其来的人蛊惑住，轻轻地伸手捉住她的小手，冰凉冰凉，用力地握着，他想把自己所有的温暖热度传递给她。她的诗，他早已读过，那时只觉造化神奇，竟然有人可以与他的生命体悟如此亲近，却以另一种完全不同于他的解读方式。却从没想过，那个写诗的人，会是如此年轻，更不曾想过，那个年轻的女子竟会用那样的方式来解读他的生命与画作……而他目下能给她的，只能是那倾心一握了。

他们的故事，到此就打住，没有开始，没有结束，更没有扯不断理还乱的续集。可爱情却分明那样固执又顽强地占据过她的生命。

远远地看着他牵了妻女的手离开，她的泪，终于缓缓地流下来，她知道，她的诗，从此会换成另外的主角。

生命的质地因人而异，有些人生粗糙如瓦砾尘沙，有些人生精美如华贵的青花瓷，可无论何样的人生，总难求圆满，总会有一些让人遗憾的缺口。就如他于她，他将是她心上永远不能补上的缺口。可她，还是要感谢他，感谢他曾在那样的青春岁月里，成为她心底一份最美的支撑，让她在爱情之外，找到自己的青瓷般华美的人生。

紫贝壳之恋

彼时，他和她都刚刚踏上工作岗位不久，在那所美丽的中学校园里，她教中文，他教物理，彼此的办公室，在一层楼的两端，却从来不曾打过交道。

最初的相识，应该从在图书馆里的相遇说起。在二楼的文学图书室，她在书架的这边，他在书架的那边，忽然间转过来，差点碰掉了彼此鼻梁上的眼镜。轻轻相视一笑，她就记住了他那张老学究似的脸：略微蓬乱的发，啤酒瓶一样厚厚的眼镜片，浓密的胡子茬如早春的小草一样顽强不屈地从他的下巴上钻出来。不修边幅，加上平平的相貌，他是那种让人看过一眼就很难再记住的男子。可她记住了他，因为他手上的一本《东方美学简史》与她正在读的一本一模一样。

后来在办公楼的楼道里再度相遇，他腋下夹着讲义，脚底生风一般朝对面的教学区走。彼此间友好地一笑，算是招呼，才知道他们原来在一层楼上办公。可此后好长一段时间，他们也仅仅是笑笑打个招呼而已。

那时，办公室里几个年轻女教师，个个如飞进春天的蝴蝶，忙着装扮，忙着约会。美丽优雅如她，身边自然也少不了追求者，可她，只是冷眼旁观，把一束又一束送上门的玫瑰悄悄搁置一边。

第一次同他一起出游，是在春日融融的4月里一个周末。学校组织全体教职工去海滨春游。一向不热心此类事务的他和她，竟一致欣然前往。4月的海边，已褪去了冬的寒气，风正好，猎猎地吹着女子的长发，掀起男子的衣角，柔和温暖，蓝天、碧海、白浪、沙滩、贝壳，是那天海边最美的风景。海浪轻柔地吻上沙滩，又轻轻回到海的怀抱，所到之处，有成片五颜六色的贝壳被遗忘在沙滩上。快乐让那群整日与粉笔讲义打交道的人暂时抛却所有的伪装与矜持，不管男人女人，年老年少，面对那一地海浪送上的珍宝，都似回到天真的童年。弯腰，捡拾，装进事先备好的袋子，往前走，发现更美丽的，再把收进袋子里的扔掉……

发现他是那群人中唯一一个没有不断地捡贝壳的人时，他已走出好远，迎着风，敞开夹克，低着头，走走停停，极仔细安静地寻找。那份安静，倒让她蓦然间有些喜欢。

那天回校的路上，大家把自己的战果一一展示。各式各样的贝壳，让人看得眼花缭乱，却因为太过花哨，竟然挑不出一枚有特色的。走在他旁边的她，忽然好奇，问他找到了没有。等他慢慢地从口袋里掏出那枚淡紫色的心形贝壳时，她的眼睛一下子亮了，那枚只有一粒纽扣儿大小的小贝壳，通体淡紫，上面布满一圈又一圈心形的花纹。紫贝壳，那才是贝壳中的极品啊。他开口，她的吃惊更多：美的东西，不需要太多！所以，我只要这一枚贝壳就足够。那样的声音，似乎在哪里听过。想了好一会儿，才发现自己的手里，竟然也只有一枚小小的贝壳，不过，她没有他幸运，能找到一枚紫贝壳。

因了那次共同的出游，彼此间便多了一些随意，来来往往也就多了。偶然的一次机会，去他的办公室找他借书，那枚被养在玻璃瓶里的小贝壳一下子就闯进她的眼帘，是一只很寻常的小广口玻璃瓶，盛放着半瓶清澈透明的清水，瓶中间，那枚紫贝壳安详优雅地卧在那里。看见许多贝壳摆放的方式，有加工成的工艺品，有被暴露在空气中粗放的，把一枚贝壳放在瓶子里养着，她是头一次遇到。看她一脸疑惑，他笑着为她解释：哦，用水养着的贝壳，才会保持它新鲜的光泽。

他们的爱情就从那枚被养在玻璃瓶里的紫贝壳开始，是她主动向他表示的。不管别人如何说他是怎样地配不上她，那样的男子，她不愿意错过。此后，恋爱，结婚，漫漫的人生旅途上，他正如她期待的那样，细腻温情体贴，呵护着他们的婚姻呵护着她。如那枚被养在水中的贝壳一样，在他的爱里，她饱满滋润，岁月的风尘，也无法抹去她身上的光泽。

他懂得美，也珍惜美，却不贪求美，那便是她不顾一切与他携手的理由。事实证明，她真的没有看错。

大蒜是不开花的水仙

她是极普通的一位女子，走在人海里就像一粒融入大海的沙子，很快就消失不见。那样的女子，走过美女环绕的他身边，甚至连让他多看一眼的欲望都没有。

可他还是在那个上午记住了她。那天，她到他的办公室送一张报表，因为上面的几个数据，他们竟然争执起来。他让她把上面的几个数据按照他说的改过来，她则坚持自己的看法。在公司，很少有人敢同他那样据理力争，尤其是那些待字闺中的年轻女职员，跟他说话时都恨不得让自己的声音里调进蜜去。

他的光芒，在她那里却黯然失色。那天，

他到底没有争过她，不得不同意最终采用她报上来的数据。她却以那样不卑不亢的姿态走进了他那夜的梦里去。

一个外表普通却极富个性的女子，不漂亮却很美丽。那是那次争吵后她留给他最深的印象。那时，年轻有为前途无量的他，是许多年轻女孩子心目中的钻石王老五。有很多美丽高雅的女子围在他身边，正向他大献殷勤。他的目光却掠过那些花花草草莺莺燕燕，开始在公司里有意无意追随着她。

如果不是那场突然来袭的危机，他们也许就此错过。因为在那场对手林立的竞争中，她从来不认为自己有胜出的资本。所以，她也一直隐忍受着，不让自己心底的那束火苗烧起来。可就是那时，他的公司陷入困境，需要大量裁员，留下来的人，薪水也减掉了大半。公司董事会上，他不无遗憾地向大家宣布这条消息时，心底有一种从没有过的脆弱赫然来袭。他，从来没有比那个时候更渴望有人留在自己身边，同自己站在一起渡过那个难关。可那天的事实却证明了他预见的错误，一个又一个，站起身，是昔日他的左膀右臂还有那些曾对他大放电波的美丽女子，一条又一条要离开的理由。等所有的喧嚣退去，屋子里，只有她和他了。

她是那天屋里唯一一个留下来没走的职员。

没有一句多余的表白与客套的寒暄。陷入泥潭的公司有千头万绪需要整理，她就那样默默地留在他身边，坚强地同他一起扛起那面将倒的大旗。精减人员，缩减开支，那样做的结果就是凡事他们自己要亲历而为，没日没夜地联系客户，跑市场。同她普通的外表极不相符，在那场突如其来的危机面前，她表现出来的能量与热情简直让他吃惊。

一个月，两个月……半年过后，曾濒临破产的公司又渐渐有了新的起色。她，已整个地瘦下去一圈儿了。

他们的婚礼是在公司起死回生一年后举行的。没有惊动任何人，只匆匆打了结婚证，在小城郊区一栋很普通的两居一室的房子里，他们就开始了一份凡俗的婚姻生活。简约的装修，却处处透露出女主人缜密细腻的心思。一桌一椅，一件小小的挂饰，都是两个人兴冲冲地一家又一家商店选过来的。一块便宜却极温暖干净的蓝白格子棉布，被她拿来做了桌布，草编的小篮子里摆着从野外摘回晒干的野菊花，把那些平平常常的东西一一搭配起来的时候，屋子里瞬间就生动起来。她把一份清新的自然气息带回了家。以最小的代价。面对他一脸的愧疚，她只心平气和地笑笑说："公司情况刚好转，要用钱的地方多着呢。能省一点就省一点了。"

那天下班，他走进家门时，她正蹲在地板上，细心地摆弄着手上的大蒜头。那些大蒜，大都已经冒出了尖尖的芽尖儿，曾经饱满洁白的蒜肉瘪下去，差不多已失去了食用的价值了。她说，才花一元钱就买回了一大堆。

浅浅的青花瓷盘子，小鱼形的玻璃烟灰缸，圆形的粗瓷碗，都成了她手上那些大蒜们的家。看着她小心翼翼地将那些散落的蒜瓣一一码好排紧，放进那些形态各异的容器中，又细细地倒进一层浅浅的水，他笑着打趣她："是不是准备让满屋子里都被一种大蒜苗的味道充斥？”她一脸认真地说：“我让屋子里每个角落，都摆上不开花的水仙。等它们绿起来，足可以让整个春天在咱家屋里停驻。”她边说边忙碌，他整个人已呆立在那里。

大蒜是不开花的水仙，似曾相识的一句话。细细想来，才想起是昔日一位曾经与他热恋的女子说过的。彼时，女子在他的案头养了一盆水仙，天天施肥换水精心呵护，那盆水仙却只长出一盆茂盛油绿的叶子，连一枝花骨朵也没有抽出来。女子最终沮丧地将那盆水仙拿出去扔掉了，她说：“不开花的水仙与大蒜何异？”

大蒜其实就是不开花的水仙。就算没有高雅的容器，纵不能开出洁白芬芳的花朵，给它足够的养料与水分，它一样不会错过属于它的绿色春天。遇上一位能把大蒜种成不开花的水仙的女子，他该是何等幸运？想到此，他也温柔地蹲下去，同她一起去侍弄那一盆盆一盘盘不开花的水仙了。

迟到的银戒指

和老公一起去参加一个酒会，当老公热情地把那天酒会上最重要的一个投资商介绍给她，当他们不约而同轻轻地向对方伸出手的那一刻，四目相对，空气就凝在了那里。

那天的酒会上，他气定神闲，她的脸却红一阵白一阵。十年的时间，他竟然从一个身无分文的穷小子摇身一变成了一个投资商，她自己，也由当年那个青涩的小丫头，为人妻人为母，变成一个地地道道的家庭主妇了。

彼时，他们在那个城市里做着最普通的公司文员。每天，他们会骑一辆自行车去上班。一辆破旧的凤凰，他稳稳地骑在前头，她在后面幸福地搂着他的腰。长长的头发,欢快地在风里飞扬,那时候,她不知道什么是贫穷,因为有他。半个小时的车程,从租住的小屋到上班的地方。途中,他们会经过熙熙攘攘的菜市场,也经过热热闹闹的百货批发城。天天在那些小商小贩的叫卖声中穿过来穿过去,她已学会了如何花最少的钱,给他们调制出一顿最经济可口的饭菜,也学会了如何在那些琳琅满目的小首饰摊上淘一件宝贝。

那件镀银的小戒指,就是某个周末的上午,她在一个小地摊上找来的。阳光下,小巧玲珑的它正熠熠发光。她拿它在手上,对着阳光,眯起了眼睛。他轻轻地拉她走,脸上有一片微微的红。他要送她一件生日礼物,没想到她却挑了它。固执地说着自己喜欢,已大大方方地伸手向他要钱。她到底戴上了它,幸福地招摇过市。她说,只要能套住人的心,草戒指戴着也幸福。

可那枚银戒指,到底还是丢了。不过一松手,它就悄无声息地跌进脚下滚滚的水流里。爱不在,要戒指何用。那时,他们的日子还是那么窘迫。穷人的日子就难免会有争吵,穷了的男子偏要有一颗倔强的心。吵完了,谁都不肯服输。他也不肯。彼此竟然就那么疏远了。另一个潇洒多情的男子就是在那个时候走近她的。他是标准的富家子弟,家有别墅香车,他在她的公司门口等她,不是倚在一辆破旧的自行车前,他的身后,是一辆白色的宝马。他也对她用了真情,心细如发地关注着她每一点微小的情绪变化。她生日,他送她一款白色的LV包,她在梦里都想要的那种。爱情可以与物质无缘,但谁又能阻挡充满物质诱惑的爱情?她到底是风风光光地把自己嫁了,从此与出租屋无缘,与窘迫无缘了。

而他也从此在她的世界里消失。他辞职,去了另一个她再也不知道的地方。

然后,就是十年后的重逢。

席间,她的目光不由自主地跟着他转,他却始终没有拿正眼看她一眼。有一种酸酸涩涩的东西,就从心底蔓延。时过境迁,那段过往,已是云烟。

那个小小的特快专递到她的手上,已是一个星期以后。是从另一个城市邮过来的,一看那苍劲的字体,她的呼吸还是不由自主地加快了。是他的。抖索着打开,一个小小的红色首饰盒就映入她的眼帘,还有一张薄薄的信纸,几行潇洒有力的钢笔字:我知道你现在的生活很好,什么都不再缺少。可我答应过你,有一天,会送你一枚真正的银戒指。22岁生日的那天,你在街头小摊子上花我5元钱买了一枚镀银戒指戴在手上,我永远忘不了。就当是了我一个心愿吧……

眼泪就那么不可遏制地涌出来。他说得对,金戒指银戒指,在她,真的不算什么了。家里的柜子里,大大小小不同款式的LV包,摆得满当当的。可她的日子里也似乎穷得只有这些了。它们,能换一个男人十年深情的承诺与记忆么?那枚LV包里的银戒指,还是生生硌疼了她的心。

让春天慢慢靠近你

发现自己的电脑背景被换成一张春风丽日图，是在某天的清晨。那天，她如往常一样打开电脑，一股清新之气就扑面而来，是一地春草，慢慢在淡蓝的晴空下铺展开去。“天天面对那样萧瑟的图片，心情容易不好，所以我给你换了一张，不介意吧?”说话的人是坐在她对面格子间里的他。她轻轻笑了，却兀自摇着头轻轻地点了两下鼠标。她固执地把桌面换回原来的样子。

那张萧瑟的图片，是她从网上刻意找来的：积雪遍地的旷野上，立着一株孤零零的树，光秃秃的枝丫上挂着两三片枯黄的叶子，狂风四起，卷起地上的积雪，便露出乌黑的地面，还有地面上枯黄的野草……

曾经狂轰滥炸般向她投放爱情炸弹的男人，一夕间便成了另外一个女子停靠的港。她的日子，也一下子从鸟语花香的春天跌入了严冬。那张桌面，正映照着她彼时的心境。

他的心事，她能猜出一些。他曾见证了她那场轰轰烈烈的爱情，从生到死。他也曾在私下里小心地向她建议，那个男人其实并不适合她。但她还是义无反顾地去奔赴了那场火一样的爱情，直到在那里，让自己的热情烧成一堆冰冷的灰烬。在那段阴冷无光的日子里，他是她养伤的森林：中午为她打盒饭，下午开车送她回家，她想哭的时候，他陪她出去喝酒，她感冒发烧时，他像个大哥一样逼着她将药吃下去……

可她说，她和他，永远只能是朋友。伤害太深太痛，她已经没有勇气再迈步走向春天。听她如此说的时候，他只温和地笑笑，从不多说什么。

是从哪一天开始呢？她发现自己的电脑桌面有点不对劲了。还是那张图，还是那片雪野，还是那棵孤独的树。可在某天的早晨，她打开电脑时，却被眼前的一幕给惊住了：曾经枯黄的小草，竟然有了些绿意，光秃的树干上，竟然有了小小的花苞，树下的雪似乎也比以前少了。以为自己看错了，揉了揉眼睛再看，没错。那片隐隐的绿意，正在自己的桌面上慢慢铺展。

大呼小叫着叫他来看，他看过，却笑着摇了摇头：哪里有变化，你眼睛花了。

是她眼睛看花了么?可此后每天打开电脑时,桌面上都会有让她吃惊不已的变化:地上的积雪一天天变少,树上的绿意却一天天变浓。说来也怪,她的心情竟然真的像桌面上慢慢走近的春天一样,一天天阳光明媚起来。等到有一天,她发现树上的枯叶已不见,地上的积雪已全部化完,星星点点的小草嫩芽儿,正挨挨挤挤地在春风中摇曳……她再也无法按捺住自己的激动与好奇,拉了他到电脑前,让他解释。她明白,一定是他在她的电脑上作了手脚。

"你知道GIF格式的图片么?也就是动画格式图片,它每天都会有变化。60幅画如果在10秒钟之类放完,就是电视上的动画效果,如果把这60幅画的切换时间变成60天,那么它们就变成每24小时变换一张,就成了你现在看到的这个样子了么……"他侃侃而谈,她的眼睛却有点酸酸胀胀的:"你要处理多长时间才制作成这幅动画?""呵呵,如果我几个晚上的努力,能让你听到春天走近的脚步声,怎么不值?既然你不愿意迈步走向春天,那么,我就让春天慢慢走向你。"

是什么,在心底"哗"一下被击破,她的眼睛迅速地潮湿,原以为自己不向前走,季节便与她没有关系。敦厚又聪明的他,却用那样的方式,将一幅春的画卷慢慢在她面前展开了。

爱情末班车

他去那个城市打工，认识了同一公司的她。

白天，两个人都上班，风风火火地在写字楼的格子间穿过，他们的目光忙碌得甚至没有片刻能为对方停留。夜晚，便变得尤其宝贵。夜色初上时，他们会共同乘上 12 路公交车。她的家在 12 路车始发站，他们上班的公司在 12 路车终点站，每天下班后，他会风雨无阻地送她回家。停停靠靠上上下下的公交车厢里，奔波一天的两个人，或相伴而坐，或相拥而立，看着车窗外城市的夜色一点点漫上来，心里总会有无言的幸福感。一个多小时的车程，也因此变得舒适短暂。

12路公交车始发站，也是他们每天爱情的终点站。送她到那里，他就该踏上返程的班车，回到自己公司的宿舍。年轻人的情话，却似乎永远也说不完。站牌后面的灯影里，两个人每每站到腿发酸，他仍然没有要走的意思。可无论谈兴多浓，怎样的柔情蜜意，每天晚上的9点40分，她一定会理智地抽身走开。借口有很多，或说与女友约好打牌，或说老妈等她回去吃消夜……却没有一条说到他的心里去。为此，他曾不悦，也曾打电话打到她的家里去。电话有时是她母亲接的，很惊讶的语气：她刚刚出去了啊。有时是她自己接的：我在同朋友逛街呢，你到公司了么？淡淡地应着挂了电话，心底的不满一圈一圈地扩大，慢慢就变成一种怀疑。在他之外，难道还会有另外一个人，在每天的9点40分以后期待她的降临？要不，她为何总在每天的9点40分借口走开？

年轻的心，总是极度敏感骄傲，心中明明有一团迷雾，他却从来不愿意开口去向她求证。两颗因爱生疑的心却渐渐远了。再送她回家，他先是借口回头还有事，就省略了站牌下的卿卿我我，再后来，干脆连送她也懒得去了。看着她眼里慢慢扩大的疑问，他的心里有一种报复般的快感。

最终的分手似乎只是水到渠成般的天经地义。是他最先提出来的：我很穷，养不起咱们的爱情，还是各寻出路吧！她努力昂着头，眼泪还是不争气地泄下来：好的，祝你幸福！

半年后，他结婚。一年后，她也找到了自己新的爱情。不出他所料，她的身边，是一位有钱的年轻帅哥儿。曾几次在12路始发站看到过他们，他温柔地替她拉开车门，将一只手搭在她的头顶，轻轻地扶她坐进车里。以为过往的爱情，会是云淡风轻，那温馨的一幕还是深深地刺痛了他的心。他落荒而逃，再不愿意回头。

只是，逃开的他，仍然在心里恨着她。恨她的嫌贫爱富，恨她的水性杨花，恨这个变异的世界，爱情总是难逃物质的羁绊。他甚至以为自己已找到了昔日她“9点40分”离开他的所有理由。可是爱的真相，他却永远也不可能再知道。9点50分，是12路车一天的末班车，她在9点40分离开，是不想让他错过那班车，再破费去打车。知道他囊中羞涩，更知道他把自尊看得比什么都重。所以，她选择沉默无言。那样的沉默，他却没有心领神会。9点50分的班车，他每次都轻轻松松跳上去，9点50分的班车曾是一辆满载着爱的班车，却终与他错失。

爱是经不起猜疑的，一猜就错。

爱你风卷残荷

那时候，她刚刚学成从海外归来，海外渡金的高学历、不凡的能力，让她很快就拥有了她想要的一切，骄人的工作岗位、不菲的薪水，前呼后拥围着她转的成功男士；那时候，她住在高档社区里，家里养着名贵的牧羊犬，出门则开着大红的跑车呼啸来去。

那时候，她是上帝怀里大红大紫的宠儿。

与他相识，很是偶然。

那日春光正好，她约朋友去郊外高尔夫球场打球。大红的跑车，里面坐着一身白色运动装的她，她的心情一如风中猎猎扬起的黑发。一条新开通的绕城高速，车流量还比较少，她将车子开得很是嚣张。他是从什么时候开始跟上她的，她一点也不知道。只等她后视镜里看见那辆银灰色的车子在不远不近地跟着她时，她有点冒火。加油门，提速，她试图甩掉他，没用，她快，他也快；踩刹车，将车速降至50迈，他后面也紧跟着将速度降下来。她真的火了，猛打方向，再踩刹车，红色的跑车就“嘎”地一下斜靠在了马路上，正堵在他的车子前方。她从车子里跳下来，右手舞着一支棒球棒，左手拿着一瓶防身喷雾，咆哮着向他冲过去。对面的车窗缓缓地摇下来，里面露出一张年轻阳光的脸，说了一句让她差点晕倒的话：“姑娘，你的排气筒一直冒黑烟，该换机油了！”说完那些，他一踩油门，丢下她扬长而去。

站在略显空旷的高速路上，她兀自发了一会呆，脸就莫名地红了。

世界那么大，世界又那么小。再次遇上，是在一次朋友的生日聚会上。人声喧嚣的大厅里，四目相对时，她和他几乎同时淡淡地喊了一句：“哦，是你啊……”

是你啊，戏剧般的相遇，波澜不惊的相识。

说真的，他不是她要的那种男人，平凡的职业——一家汽车公司的工程师，拿普通的薪水——撑不着饿不死，住小区的公寓房——还欠着银行十几年的贷款，开普通的现代车——放到那些豪华车队里她都替他不好意思。可她却莫名地喜欢跟他在一起，东拉西扯，谈天说地。他的谈吐见识，不像他的外表那样寒酸。他，做不得好情人，却可以做好朋友。一对淡淡地来，淡淡地去的好朋友。

想起时，打一个电话，忙起来，可以半年不再联系。

从来没有想到过，有一天，那样恣意张扬的自己，也会窘迫无助到那种地步。年轻气盛又缺乏经验的她，由于不良投资一下子变成了彻头彻尾的穷光蛋。众星捧月的朋友、甜言蜜语的情人、高档社区的房子、红色的时尚跑车，全没有了，就连那只曾带给她无限快乐的牧羊犬，她也不得不含泪送给了别人——自己的吃饭都成问题了，哪有力气再养着它？

他来看她。在她租住的小出租屋里。大冷的天，屋子里没有暖气，没有取暖的炉子，一只小小的电磁炉上，一包方便面已经煮坨……

他环顾一下屋子，再看看面色苍白的她："你会做饭么？"

"……"她低下了头。

"那你会洗衣服洗碗么？"再问。

"……"她的头垂得更低。

"……"他也沉默，眉头紧锁，良久，他终于开口，"那，我们结婚吧。"

那算是情话么？算不得吧。可她的眼泪，就在那一刻倾盆而下……

她嫁了他。那样心甘情愿，那样心满意足，那样满怀着爱的信心。

他没有让她失望，她亦没有让他失望。他们一起携手，把家里的日子涂抹得色彩斑斓有滋有味。

不爱你雍容华贵光华四射，却爱你风卷残荷的无助落魄，千帆过尽，最真的爱，常常以简单原始的面目等在那里。

今生最爱一本书

他第一次遇见她，是在他们县城唯一的那家图书馆里。那一年，他 21 岁，在县城一家建筑工地上做水泥工。闲暇时光，他不愿意像众多小工友那样把时间挥霍到甩扑克喝小酒上，他去图书馆办了一张借阅证，有空就钻到那里去，常常一呆就是大半天。曹雪芹施耐庵雨果巴尔扎克莫泊桑……这些中外的文学巨人，把他领入一个又一个美丽神秘的王国里。常常让他忘记时间，忘记自己所处的地方。

那天，到了图书馆闭馆下班的时间了，他还在捧着一本砖头似的书读得入迷。她轻轻走上前，柔声提醒。轻轻抬头，四目相视，他的脸蓦地就红了。一张明媚如春光的年轻脸庞，有着大理石一样光洁透明的额头，灿若星子的眼睛。他以前竟然从来没有发现，在那一排又一排的书架后面，竟然还躲着那样一位年轻姣好的女子。的确，她是新近才分去的大学生。他以前上哪里去见?

从此，他跑图书馆跑得更是勤快。

见面，微笑着打个招呼，她轻轻地在图书馆的书架前安静地整理着被读者不小心放乱的书，他则抽一本自己心仪的书，随意地翻看。偶尔抬一下头，四目相对，又慌乱着彼此挪开。爱，在他年轻的心里，悄悄萌芽。只是，他知，他与她有着太大的距离。也许是为着她，也许是为了一直埋在心中的文学梦想。他开始悄悄地构思，悄悄地写。

当他拿着自己在《诗刊》上发表的第一首处女作诗歌，红着脸递给她时，他明显看到她眼睛里的那份羞涩与惊喜。那是他写给她的第一首情诗，以那种形式。年轻的两个人，不知柴米油盐稼穑苦，只一首风花雪月的诗，便决意牵手相爱。那桩婚事，在他家，是桩大喜事，在她家，却掀起了轩然大波。她是家中独女，家世好，相貌好，工作也好。对她的选择，父母先是好言相劝，无果，再拉下脸来无情地逼迫。他们讲，他与家，她只能选择其一。

她含泪跪拜父母。拎起简单的行李，头也不回地跟他走了。

新婚之夜，冷清清的小出租屋里，他搂着她，泪光闪闪:这一辈子，我若不混出个名堂，就愧对了你。

诺言说出口，也许容易，真要实现起来，却是步步血泪。没有学历，没有技术专长，就连下苦力，也没有一副强壮结实的身板。想来想去，他唯有手中的一杆笔。日里写，夜里思。他告诉自己，一定要在文学那条路上闯出一片属于自己的天地。对于他的那个决定，她一直是支持的。去上班，她帮他留意新进的好书，下班回来，她帮他整理誊写他写下的文稿。只是，他再没有了最初的幸运，一次，两次……有多少稿件，他满怀希望地装进信封投进绿色的邮筒，又被冷冰冰地退回来。燃烧再烈的理想之火，也会被那一次次的冷水兜头浇熄。被退过数次稿，受过数次打击，他开始有点吃不消。怀疑，困惑，矛盾……种种情绪交织下，他的身体，精神都迅速垮下来。他开始酗酒，一支接一支地抽烟。烦乱地把退稿揉烂了扔到废纸篓里，铺开稿纸，却写不下一个字。他想，也许，他真的不适合走那条路。

他做那些时，她始终在一边静默，不多说一句。她知道他的脾气。她只是每天安安静静地上班，下班后想方设法把他的生活调理好。可她越是如此，他心中的愧疚越浓。只是那种愧疚会用另外一种方式表现出来。他打翻了她递上来的醒酒汤，看着她泪眼汪汪地蹲在地上收拾，他大声喊叫着不用让她假惺惺，他甚至说，如果她后悔，他立马就让她走。他被失败打击得早已失去了最初的热情与儒雅。

她把那本漂亮的手抄本轻轻递到他的手上时，是他 30 岁生日。她说，那是她送给他的生日礼物。做工很精致的一本线装书，手绘的美丽封面上，一片蓝色的海，一座高高的灯塔，还有一盏闪着橘色光芒的灯。满腹狐疑地接过去，轻轻打开，他的心脏就被狠狠击痛。

一篇又一篇，全是他的作品。那些被他扔到垃圾筒里的退稿。她什么时候悄悄将它们收起，又什么时候把它们工工整整誊写下来，装成那样一本厚厚的书。他竟然一点不知道。他甚至连她那段时间迅速消瘦下去，眼圈儿老是黑着都没有去问过为什么。

谁让你做这些的？全是一堆垃圾。他的眼眶湿了。

不，在我的眼里，它是这个世界上最好的一本书，因为它们是你一字一字呕心沥血写出来的。它们更不是垃圾，而是你前进的阶梯。

那是他的第一本书，读者只有他和她。数年后，他的作品已是遍地开花，一部又一部作品为他赢得了数不清的鲜花掌声与荣誉。面对他排列在书架上的那些作品，也有好奇的人问他，他最爱自己的哪部作品。每每面对这样的问题，他的眼眸都会深情地落到那本已经发黄的线装手抄书上。他说，今生最爱这一本书。

紫藤花开

那年，他 20 岁，正经历着自己人生中一个残酷的严冬。健康、学业、青春、爱情，那些原本属于他的东西，他一样都没有。他有的，只是一腔的苦闷与无奈，还有手中那一支涂涂写写的笔。

他要感谢那支笔，感谢它牵着她的衣袖，翩翩降临到他的世界。

记不得是哪一天，他从邮差的手中接过了那封署名来自某某中学的信。淡蓝色的信封，娟秀的钢笔行楷，只看字，他的心跳就莫名加速。那字体，绝非出自一个男孩子的手。轻轻拆开，四页信笺，写得满满当当。一位热心又忠实的读者，在一档广播电台的心灵夜话栏目里听到他写的散文，当即给他写信来。她在信里恭恭敬敬称他为老师，她说自己是一名高二学生，每天晚自习后都要听一下那档节目，因为那里常有他的散文。

就那样相识。他的生活里又多了一项新的期待，期待她的信，期待给她回信。她的文笔极好，他们通信，有一种旗鼓相当的感觉。她还是个善解人意的小姑娘，每每看到他在信中流露出的颓废情绪时，她都会及时写信劝慰。她出现之前，他不曾奢望过爱情的降临，与她相识，一颗被冰封的青春心灵开始慢慢解冻。他更加用功地读书写作，再寄到广播电台的散文稿里，便多了一缕若隐若现的牵挂与思念。写给远方从未谋面的她。

事实上，那一份暗恋的情愫从她给他写来第一封信的时候就已悄然萌动于心。只是不敢说。一个学业未竟的小姑娘，没有资格与他谈论爱情。

她去大学读书的那年，他的文字已在各大报纸杂志花开遍地。她给他写信，只一张照片、一句话。她说，我终于可以去看你。那是他第一次在照片上触摸她的容颜，春日的紫藤花树下，淡紫色的花流动成河，河岸上站着笑靥如花的她。唇红齿白，长发披肩，一袭淡紫色的毛衫裙，晃得他的眼睛几乎睁不开。春花如此多娇，最娇的还是花树下的女子。自卑就是在那一刻再次无情地袭击了他。他竟然奢望，与这样的女子共享一段美好的爱情。

很快给她回信，信里只有她的照片，再无只言片语。

她的回信很快就寄过来，问，为什么？我是为了你才选择现在的这所大学。因为这里离你所在的城市最近。信很短，字迹却有几处模糊。握着那封信，他的手莫名地抖了。

他开始刻意冷落她。她的信却仍然一月几封写过来。不谈爱，只谈自己的学习生活，也问一下他最近的创作。仿佛，昨天的一切都不曾发生，他们是新认识的朋友。

我们学校组织学生到你们那个城市去搞社会调查，你还不让我去看你么？她再次在信里问。

来吧，只希望不会吓到你。他终于点头。

市中心最宽阔的广场边上，那座显眼的雕塑前，他静静地站着，等她。长发，圆脸，小鹿一样修长矫健的双腿，她从远处跑过来，他的手心里已冒出微微的汗。开始后悔，后悔答应那次见面。

嗨，你好！跑到跟前，她调皮地向他伸出左手。

你好！他的心，蓦地暖了一下，也伸出左手。

一个细心的女子，第一眼就发现了他右腋下的拐杖。

要罚你请我，到最好的饭馆。他不知道，她的目光是否在他那条残疾的右腿上停留一下。她的脸上，没有丝毫的惊奇，她只上前轻轻挽住了他的左胳膊，作撒娇女儿状。

那天，他真的请她到一家上好的饭馆吃了一餐饭。他第一次那样开心那样无所顾忌地同她聊天。为着她的那份不在意。她说，她最初爱上的就是那个人，那颗心，与他的腿没有什么关系。

爱情花开，就在那一瞬。他说，他认输，他不再躲闪逃避。

离别，各回各的轨道，他们忙碌着各自的生活。那份甜蜜的爱情，种在心里，开在纸上。他给她写信，写文，情意绵绵。她的回音却越来越稀少，直到有一天，她彻底淡出他的生命。

一份浪漫唯美的开始，终不敌一份残酷的现实。她怎么能不在意？不应有恨的，还是恨了。那份恨倒成了他前行的动力。此后几年，他在写作这条路上越走越顺，最终被当地文联录用，负责主编一份内刊。后来他娶了一个温婉贤淑的女子，有了一对活泼可爱的儿女，小日子铺排得繁花似锦。

如果不是数年后那位突然来访的女子，他也许就把她慢慢淡忘了。

一位来自加拿大的华裔女商人，千方百计找到他，是她的妹妹。见到他，女商人的眼圈儿就红了，说，我找了你十年，总算找到你，也可以给姐姐一个交代。

女商人只给他带来了一个消息、一句话、一只小小的盒子。消息是：十年前，她已患恶性肿瘤离世；一句话是：姐姐希望你过得快乐幸福；小盒子所装的内容是：一束枯萎的紫藤花。

我姐姐说，你看到紫藤花就能明白她要说的所有的话。她到底想说什么？女商人问。

他不语，只任眼泪慢慢溢出来。

醉人的恋情、依依的思念，是紫藤花忧伤又热烈的花语。

珍惜爱情的声音和味道

他和她刚刚到这个陌生的城市时，因为职业的关系，他天天要熬夜，就学会了抽烟，发展到后来竟然一发不可收拾。原本洁白整齐的牙齿，因为整日的烟熏火燎，无论用什么样高级的牙膏，也洗不掉那层堆积的黄垢。而那种浓浓淡淡的烟草味，已固执地变成了他身体上的一部分，他的衣服、他的头发、他的手指……他轻轻地从她的背后走来，远远的，她就猜出是他。因为，那种味道，她太熟悉。

这种味道，不是她喜欢的。

为这种味道，她哄过他，给他买了瓜子、糖果，各种各样的小吃，只要能让他的嘴巴不被烟侵占；也劝过他，列举了吸烟的种种危害，找了各色可怕的图片贴到他电脑的桌面上，图片上那些吸烟者的肺千疮百孔像筛子眼；她和他闹过吵过，因为纵然她为他买再多的瓜子和糖吃，在她看不见的时候，他仍然会偷偷地抽上几根，不用证人，他身上的烟味儿就是最好的铁证。抽烟在他，比吃饭喝水还重要，因为在一支支烟的陪伴下，他度过了一个又一个漫漫长夜，一篇又一篇精美的设计方案应运而生。他说，他离不开烟。

千百次地唠叨劝说后，她有些伤心了，给他下了最后的通牒：是要烟，还是要我，你自己看着办吧。他搂着她的肩膀，淡淡地说，至于么？

是的，为了一支小小的烟，至于么？最后一次争吵，还是因为它。她大吵，说，连为她戒掉一支烟的勇气都没有，何以敢放心把自己的一生交给他。他却认为她小题大做，硬要拿一支烟来与他们的爱情说事儿。

赌气似的朝着两个方向走，谁也没有再回头。

一年的时间，不长，在他们的眼里心上，却如同几千几百个世纪。

再见面，如隔经年。目光对视的片刻，他看到了一个完全不同于以前的她，消瘦，苍白，蓄着短短的头发。而他的气色却是从来没有过的好，脸色红润，目光如炬。

你看上去气色不好（错），相同的句子，如果不仔细听，听不出其中细微的差别。他和她，几乎同时开口。呵呵，她淡淡地笑，淡淡地笑着的时候，竟然习惯性地从手边的包里掏出一支细细的香烟。黄鹤楼，他最喜欢抽的牌子。抽么，来一支吧。她伸手递给他一支。不要，我已经在半年前就戒掉了。看着她熟练地点火，吐着烟圈儿，他整个人就呆在了那里：什么时候就学会了它？你不是最讨厌它的么？

你不是也曾一直戒不掉么，现在不是不抽了么？

为了一个我爱的女人。他轻轻地回答。半年前，我发现我还是那么爱她，所以我就答应她戒掉了，那么你呢？

为了一个我爱的男人。她的心轻轻地疼了一下。一年前，他走了，一年里，我只有通过这支小小的香烟，才能触摸到他身上的味道。我已经习惯了他的味道。

她曾经用了那么多的心力，那么多的爱，去和一支小小的香烟战斗，最终还是一败涂地。只应了她的那句话，戒不戒掉烟，代表着他们爱情的深度。他们的爱情，只不过是他们手上一支烟，燃完了，就再也没有了。

她的眼泪就那么不争气地滑下来。

有一些声音，不动听，因为它们与喋喋不休、不和谐的唠叨纠结在一起；有一些味道，不好闻，却也在朝斯暮守的相处里慢慢融入对方的生命。因为这些声音、这些味道，与爱有关，与爱人有关，它们是属于爱情的，永远值得相爱的人去珍惜去想念。

选　择

他曾经是她的师长，大她5岁。虽然在一个不适宜谈恋爱的年龄与他相遇，可她还是悄悄把他放在了最秘密的心底。比常人更发愤地读书，把自己最讨厌的一门课学得有声有色，只因为那是他教的课。而这一切他也都看在眼里却是不动声色地帮着她，更加严格地要求她，给她找来各种复习资料，又不断地鼓励提醒她：学生时代学业为重，其他一切都要靠后。

她珍藏着他的嘱咐，更没有辜负他的厚望，终于以优异的成绩考进一所很不错的大学。他们开始通信，在信里谈论着更广阔的天地。她知道他已不再单纯是他的师长了，他们是朋友，因为他也会把自己的喜怒哀乐讲给她听，他信任她甚至有点依赖她了。

虽然从没有在对方面前讲过那些滚烫的字眼，但那朵最娇柔的花已在彼此的心里无声地盛开了……

有段时间他事业上受挫，给她的信里也充满了悲伤。那年他已28岁还依然单身，她知道他一定在等他。急急地给他回信，回复那首仅有两首小诗的信。他在给她的信里只有两首小诗，一首讲一个快乐的酒鬼拿着酒瓶，靠着冬日的墙角，在阳光下幸福地笑；另一首是一个高贵的山中隐士，独自面对着满山的香草绿树笑，他让她评价那两首诗的主人。她知道他又像往常那样考她，就毫不犹豫地提笔回复了他：她喜欢那个阳光下的酒鬼，虽然他有一身的酒气，因为他现实；那个所谓的隐士说到底是一个逃避现实的懦夫。信寄出了，她等着他夸她终于长大，不再是满脑子幻想的小女孩了。可她等到的是他匆匆与人订婚的消息。

一段没来得及说出口的爱就这样悄悄消逝，多年以后与他相遇，问及当年之事，他仍充满无限伤感：寄那两首诗的目的其实是想看她如何选择，她选择了现实的酒鬼，这让他失去了所有的希望。他曾自卑地以为她于他就如那山中香草一样的珍贵。

她忍了几十年的泪还是在那一刻滑下不再年轻的脸庞。如诗的年纪曾做过如诗的梦，却终因彼此间那份年轻的自尊无法将那三个字讲出来，而将所有的心事托付给两首小诗，却不知道两首诗何以载得动两人一生的幸福？

半支烟的承诺

他抽烟，拿烟的姿势很耐看，有很多年轻时尚的女孩子，竟为他吸烟的姿势吸引。他对她们，却只是冷眼相看。年近 40 岁，正是男人最好的季节，生活稳定，事业正好，可他的感情却迟迟找不到停泊的地方。

与他相识的同事朋友，都知道他有一个不成习惯的习惯，每每抽烟，只抽半支就掐掉。没人知道他这个习惯由何而起，更没有人知道，他只抽半支烟，竟是为信守对一个女子的承诺。

那时候，他们都还年轻，年轻到不晓得日子里会有风雨。相爱到如火如荼，如胶似漆。

她是那种典型的江南女子，柔媚的眼波，常常让他迷醉。而她，在他的面前，就像一个温顺听话的乖孩子，她爱了他，就信任他，依赖他，毫无保留地把自己的未来交付于他。

他吸烟，似乎从一进大学就学会了。她常歪着头，静静地看他吸烟的姿势，说很酷，却不希望他再吸，因为吸烟对健康有害。为了她，他曾下决心戒烟，可试了几次，都没有成功，也许因为还太年轻，年轻的人，总是没有很好的定力。后来，她说，既然不能戒，就少抽一点吧，实在想抽的时候，就只抽半支。半支烟的承诺，就是从那个时候定下来的。此后，他真的做得很好，每每抽烟，只抽半支。

临近毕业的时候，她遇上了麻烦，远在国外的父母要回来接她去国外继承他们的家业。她躲在他的怀里，眼泪流了一夜。哪怕他只说一句：留下来，我离不开你。她就会不顾一切地同父母讲明，留在他的身边。可他什么也没说，整整一夜，面前堆了一堆的烟蒂，尽管每一支都是半支。

最后一次看到她那双清澈如水的眼睛，是在她进入检票口的那一瞬间，她回头，定定地盯了他半分钟，然后扭头而去。他忘不了她的那种眼神。有爱有怨有情有恨，扯不断，理还乱。

送走了她，他曾为自己的选择而骄傲，甚至感觉到有一种牺牲的悲壮。他只是一个生长在普通工人家庭的穷学生，无法给她优越的生活，而另一个国度能给她那些。他认为，一个男人，可以贫穷，但不可以不守诺言。那时候，他能给她的，只能是半支烟的承诺。

经过多年的打拼，他终于成功了，能够给她更多的承诺了，可她又在哪儿？几度沧桑，几番轮换，纵有再多的爱，他能为她做的，也只是信守半支烟的承诺了。可惜他还是不知道，很多时候，女人需要的不是承诺，而是实实在在的爱。

开在天边的七日红

远远地看到那道七彩绚烂的虹，泼泼溅溅，一直铺向天边。以为自己遇上了人间奇景，顾不得浑身的疲惫与酸痛。她还是向着那道天边彩虹飞奔而去……一道道山，又一道道梁，她是一匹望山而跑的马，终究在离着那道虹很远的山腰倒下……

朦胧中，有清凉的液体，正自她的嘴唇间汩汩而下。睁开眼睛，她面对的竟是同样清冽的眼神。一身迷彩军绿，一张年轻焦灼的面孔，正捧了涧里的泉水，一点一点滋润着她的干裂。见她醒来，他也笑了：我是山上守哨的战士，下来巡逻，正巧遇上。怎么一个人跑这么远？她没说什么，挣扎着坐起。眼泪不争气地流下来。

那条路真长，曲曲折折，坑坑洼洼。她趴在他的背上，听着他的呼吸一点点变得沉重，她的眼泪，忍了再忍，还是把他背上的军衣打成一片深深浅浅。有些人，不是伸手一个相助，就能留住，就如他对她。

她就在山间那座小小的哨卡上留下来。本就病弱的身体加上长途的奔波劳累，她再无力跑下去。那两天，一直发高烧，不停地咳嗽，看着他和一个小战友进进出出地忙碌着。他捧着大把大把的野花，插在她床头的玻璃瓶子里：看看这些花儿，多漂亮啊，等你身体好了，我们带你出去转转。这大山里，人不多见，这花却开得漫山遍野呢……他自顾自地说着，她的眼睛却早已被那五彩的光芒照亮，那是一种怎样神奇的小花儿，星星点点细碎的花瓣，却有着红黄蓝粉不同的色彩。而更让她惊奇的是，那碗热气腾腾的草药汤竟然就是那些花儿的根煎成的，他说，头疼感冒了，这样的药，比城里的速效感冒丸要有效得多。

真是很奇怪的花，似乎通身都是宝贝。连服了两天那种药汤，她浑身神奇般的清爽，这才有机会跟着他，山前山后地转。如他所言，那里是那种花的天堂。沟底崖畔，一片又一片，那种小花儿，在那片高寒的山里，开成一道七彩的虹，一直铺向天边。她才明白，那日，她追寻的那道彩虹，正是它们。问起它们的名字，他竟然不知道：从我到哨所的那一边，它们就年年在这里开着，却一直不知道它们的名字，只知道，这是一种耐高寒的花，花籽要在地底下潜伏整整一年。可它的花期却极短，从盛开到凋零，只有七天。所以，当地人叫它七日红。七天的时间，它也要努力把自己所积聚的所有光华尽情吐露，多美啊！

听着他饶有兴致地谈着哨所和大山，她的眼睛再一次悄悄地濡湿。同样的青春年华，她在山外的大千世界里尽情挥霍，他们却只能在大山里寂寞地绽放，如那些开向天边的七日红。可他说，他不悔！

三天后，他送她到山下，背上的包里装了满满两大包晒干的草药，是那些被他称作七日红的花，他叮嘱她回去后一定要好好调理好自己的身体。山风起了，轻轻掀动起她的衣角。轻轻地替她系好了脖子上的丝巾，他的目光却躲闪着游移到别处：无论走到哪里，都不要忘记大山里有一位朋友在牵挂着你，一定要好好的！

然后，他在她晶莹的泪光里转身，只留下一个伟岸的背影，慢慢与大山融为一体……

一年后，她怀揣着那张新的诊断书急急去寻他，分享那份重生的喜悦。终于有机会对他说一句"谢谢！"还有她所有羞涩的女儿心事。是的，她要跟他说，一年之前，她是揣着一份求死的心才漫无目的地跑到他们守护着的那座大山的。医院说她脑子里的那个瘤，可能会危及她的生命。可她在那座山，遇着了他，遇着了他给的"七日红"，让她知道，哪怕一生只有七天，也应该尽情地在七天里把生命的光华释放。然后，她笑着勇敢面对每一天，直到再次去医院复查，医生们惊奇地递上那张新的诊断书，告诉她那些吞噬她生命的坏细胞竟然踪影全无……

她却没有如愿见着他。她去时，他已退伍，不知所终。只是那一道铺向天边的彩虹，仍旧绚烂。七日红，开过一次，今生就无悔，如她那一段还没说出就湮没的爱情。

爱情里面，常有一个傻孩子，高大伟岸的男子，怀里有个小鸟依人的女子，女子是他的傻孩子；干练的女子，怀里有个渴望浪漫生活自理能力低下的男子，男子是她的傻孩子。一阴一阳，一弱一强，那样的爱情也是一种绝妙的搭配。

［第二辑］

爱情里的傻孩子

爱情里的傻孩子

恋爱，结婚，一切水到渠成。在合适的季节相遇，又在合适的季节里将那份爱情演变成了婚姻。他和她，所走的路，与常人并没有什么不同。

围城里柔情缱绻，事业上比翼齐飞，是他渴望的最佳生活状态。他以为，他们会有。可婚后不久，他就发现自己犯了一个致命的错误。她，与自己心目中理想的女子，相差实在太远。事业上的比翼齐飞倒是有了，她工作起来雷厉风行绝不输须眉，可在他们的爱情里，他想要的浪漫情调，她竟无半点。

最初吸引他的那一头漂亮长发，婚后就草

草剪掉了，理由是每天要打理，会浪费她很多时间；他要去出差，她千叮咛万嘱咐生怕他会有什么闪失，连他要去见什么人穿什么衣服都一一为他搭配好；她的生日，他送她两张音乐会的头等票，她只匆匆瞟了一眼，就说，这个傻孩子，不知道赚钱有多辛苦啊……

她比他大3岁，他一直是她眼里的"傻孩子"，她依照自己的喜好安排他的衣食住行，却从来不曾用心体会一下他的感受。那样大煞风景的事情，自他们结婚后，太多了，多得他都数不清了，多得他对那段感情，终于心如死灰。

离婚，是他提出来的。对他的那个要求，她并没有表示出太多的惊奇。似乎就连那场离婚，也是在她的预料掌控之中的事。但她要他满足她一个要求，就是在离婚之前，陪她到西藏去做最后一次旅行。

他自然很痛快地答应。

西域澄澈湛蓝的天空，广袤无垠的高原风光，很快就让他们忘记了此行的最初目的。她一路上又是笑又是跳，在他的镜头前摆出各种各样的姿势，由着他拍。透过长长的镜头，看到迎风站在蓝天白云下的她，短短的头发，一脸笑容灿若春花。他的手，就有点莫名的颤抖了。他不知道，是她忘记了那将是他们爱情路上最后一次旅行这个现实，还是那样的现实根本就不曾伤到她的筋骨。

那片沼泽地，是他们与旅行团走失后遇上的。那时，她走在他的前面，忽然就站下了。脸上却还是一如既往的微笑。她轻柔地对走在后面的他说：停一下，我们可能遇上沼泽地了。

他的脸色，在瞬间变得苍白无血色。小时候，他学《草地夜行》，知道那些看似普通的枯草覆盖下，其实是一张又一张看不见的魔鬼的巨口。

他站下，两腿开始轻轻地打战：怎么办？

没事的，别慌，挑安全的地方，跳着前行。记住，千万别跟我走一条路线。

她开始试着跳，让他也模仿她的动作。

一下，又一下……不消一会儿工夫，他的头上、身上，就开始涔涔地冒出汗来。两条越来越酸软无力的腿开始拼命地抖。有几次，他跳出去，正落在一片松软的泥水坑里，他感觉自己一定是陷进去了，绝望得再不想动。她就停下，回头冲他伸出两根手指：继续跳，我们马上就要跳出去了。

她的神情让他心安，跟着她，继续跳下去……

十分钟……半小时……一小时……两小时……那一片沼泽地，算起来不足几百米，他们整整跳了两个多小时。两个多小时里，那片天空下，只有他和她，他们像两只滑稽的青蛙，却没有人知道那一刻他心里的恐惧与坚持。

两个多小时后，他们的双脚终于触摸到了坚硬的土地。那时，两个人，已如从水里捞出来一般。是在最后的那一跳之后，她倒下去的。脸色苍白，嘴唇乌紫。两腿间的血已将她身上那件白色的运动裤染成一片艳红。他才想起，那天，正是她月事最厉害的一天。

他跑上前搂住她，哽咽，大颗的泪滴抹了她满脸：没有你，今天，我走不出来了……

她艰难地伸出手，抹去他脸上的泪：傻孩子，别哭。我说过，我们一定会平安跳出来的。我们已经跳出来了嘛。

“傻孩子”，对这个称呼，情浓时他喜欢，情淡时他憎恨。可那天，当她轻轻呼出这个名字时，他的眼泪不断流下来。他才发现他愿意当她的“傻孩子”，他也才发现，在两个人的爱情里，不仅仅男人是女人的天。

爱情里面，常有一个傻孩子，高大伟岸的男子，怀里有个小鸟依人的女子，女子是他的傻孩子；干练的女子，怀里有个渴望浪漫生活自理能力低下的男子，男子是她的傻孩子。一阴一阳，一弱一强，那样的爱情也是一种绝妙的搭配。

爱情里的傻孩子，总是能享受到比平常人更多的爱，他们却常常看不到。若不是那“最后”一次旅行，他差一点弄丢了自己的爱情。

自卑的隔壁住着幸福

她是他妹妹的大学同学，妹妹放寒假，带了她到家里来玩，那是他们的第一次相见。

第一次见面，他就陷入一种莫名的情绪中。一个美丽可爱的年轻姑娘，行事落落大方，谈吐不凡，又不失小鸟依人的温柔。悄悄将妹妹拉到一边，打听她的消息。妹妹从他的脸上读出那份急切的渴望，淡淡地笑了：劝你趁早死了那条心，追她的男子快有一火车了，条件个个都比你强，可她一个都没看上。就你？妹妹坏坏地笑着走开了。

他定定地站在原地，陷入沉思。

是的，就他，拿什么去追求她？她是艺术

学院的美女大学生，有着星光灿烂的前程，他不过一个职高毕业生，毕业后在一家公司做普普通通的小职员。不是帅哥，口袋里没有钱，也没有显赫的家庭背景。总之，能吸引年轻女孩子眼球的东西，他几乎全无。于她，他只有满腔的喜欢。

在家里见过那一面，他们并没有过多的交谈。此后，她回学校，他则陷入浓烈的单相思。日里夜里，她的影子，挥之不去。最终他还是向妹妹要来她的手机号码：不能做恋人，做个普通朋友总可以吧。跟妹妹说起她，他的语气里充满真诚。其实，那时，他的心里真是那样子想。他不敢奢望自己与她，能有一个美丽的未来。

很简短很平常的短信问候，问她的学业紧张不紧张，问她在学校里的生活怎么样，她的回复倒也及时，只是也很简短。鸿雁传书，他们开始慢慢熟悉。一年之后，他们已是无话不谈的朋友。

那条短信，是在一个寒冷的冬夜抵达他的手机上的：我的胃病犯了，生不如死。短短的一行字，把他那一夜的清梦扰乱。遥想远在他乡的她，那会儿正被胃病折腾，他的心就疼得厉害。匆匆忙忙发一条短信回去，也不过是一句寻常的安慰。那一夜，他能做的，只有那么多。可接下来的几天，他却忙开了。查阅资料，拜访老中医，躲在厨房里学做一道道养胃的营养汤。一星期后，他捧着一个红色的大保温杯含笑站在她面前。那是他亲手为她熬制的养胃汤，他坐了 4 个小时的汽车送到她的学校。听他说明来意，接过他手上的那个保温杯，她的眼睛就湿了。

再过一年，她毕业，冲破重重关卡，成了省歌舞剧院的一名专职演员。璀璨的舞台，鲜花与掌声，站在镁光灯底下的她，越发光彩照人。

他也来了，辞掉了原来的工作，带着一个简单的行囊来到她所在的城市。他在人才市场上投了无数的简历，敲过很多用人单位的大门，却无一例外地被拒绝了。租住在窄小的地下室，过着朝不保夕的生活，他眸子里的热情之火终究在现实面前慢慢地黯淡下去。

仍然不远不近地走着，他仍然会精心地替她煲着养胃汤养颜粥，却绝口不提爱与未来。他不提，她却能感受得到他眼睛里对她的那份疼惜，他心底里的那份犹豫。

她知道，她的光环还是让他自卑了。

再一次喝着他煮的粥，她说她累了，想有一个家，她想天天都能喝上那样的粥。她要搬出宿舍，与他一起去挤窄小的出租屋。那样的决定，让她的家人愤怒，让他震惊。

狭窄逼仄的出租屋里，他轻轻搂她在胸前，泪湿眉睫。他说：我何德何能，承受你给的爱。

她却笑了：我一直相信你行，不然不会选择你。

就是那样一句话，给他重新注入了力量。不再去各大用人单位门前流连，他开始考虑自己在省城闯出一条路。为了她，为了他们共同的未来与幸福。

从一名小小的速递员做起，每天风里雨里奔波在那个城市的大街小巷，挣着不多的钱，却很快就把那个城市的角角落落转了个遍。他为人热心，服务态度好，很快就在那个城市结识了一大批客户朋友。

去省城第二年，他的手里开始小有积蓄，就盘下一家濒临倒闭的小物流公司。

第三年，那家将破产的物流公司在他的苦心经营下，已经起死回生。

第四年，他扩大公司规模，又引进一批专业的管理人才，公司的发展越来越顺利。

如今，他已是资产过千万的公司老总。她还在唱歌，已是单位里的台柱子。他们有了一个可爱的儿子。

从一个默默无闻的小职员一跃而成公司的老总，就像麻雀变凤凰，曾引来多少人的钦慕。可是今天的他，走在她的身边，仍然低调。在公司，他是叱咤风云的领导，回家，他仍然会系着围裙下厨给她做一顿美味的晚餐。别人说他患有严重的“妻管严”，他含笑大方地承认:这么多年，面对她，我真的很自卑，我觉得自己配不上她。我感谢她，在我最困难无助时选择同我走在一起。当然，我也感谢我的自卑，因为它让我明白，面对她的爱，我别无他法，只有努力，努力把自己的自卑压在心里，努力让自己与她并肩站在一起。

她是他心里最美丽的女神，从最初见到她的第一眼开始，一直到现在。

自卑，是不断从高空落下的那一捧捧黄土，你不抖落它，就被它埋没，你把它抖掉，它们就变成你脚下的路。自卑，是一把双刃剑，你利用它，可以让它变成你披荆斩棘的武器为你打通通向幸福的路，它控制你，割伤别人也割伤自己。自卑，有两个邻居，一边住着幸福，一边住着痛苦，最终选择与谁为伍，看你自己。还好，他选择将自卑踩在脚下，勇敢地与爱情相守，与幸福为伴。

幸福在低处

女人天性浪漫，一个才情心气都很高的女子，渴望自己梦里的“黑马王子”——一个浪漫又不失强悍的男人，旋风一般狂卷而来，让自己在那份浪漫又热烈的爱情里，幸福至死。

那样的爱情，还没来得及花开，她的日子就跌入沉甸甸的现实里。20岁那年，一向精力充沛不知病痛为何物的她忽然软绵绵没有了力气。去过很多家医院，每一家医院都开出各式各样一大堆药。具体为何病，却莫衷一是。望着屋子里堆满墙角的瓶瓶罐罐，她终于绝望。对生活绝望，也对她所持的那份浪漫情怀绝望。林妹妹只在纸上惹得万千男人心动，现实里又有谁会喜欢一个病秧子似的女人？

他来了。一个很普通的男人，在学校里做着很普通的教师工作，是她的同事，对她仰慕已久，之前却一直没有勇气表白。面对他略带羞涩略显笨拙的表白，她的嘴角飞快地闪过一丝笑。很美丽，也很冷，闪着青瓷一样的光芒。

她就在那年把自己匆匆忙忙交给了那个男人，也交给了一份自己曾经极为不屑的俗世。翅膀折断，所有的飞翔的梦想从此与她绝缘。

婚后的日子，很平淡，平淡得近乎不起任何波澜。只是男人的日子比平时忙了许多。兢兢业业做好自己的教学工作的同时，也在兢兢业业地经营着那个小家。带她去医院做检查，差不多每月都要跑几次。中医院，西医院，楼上楼下地跑，脸上从来不会流露半点不耐烦。抓回的药，严格按照药方子上的比例来煎。看到那个自己并没有爱过的男人，又是煲汤又是煎药鞍前马后地伺候自己，她心里也有丝丝不忍。不忍，也仅仅是不忍，化不成爱。她想要的那种爱，他给不了她。

倒是他身上的缺点，越来越不能让她容忍。不讲究生活情调，菜市场上与小菜贩斤斤计较；不注意个人卫生，有时穿着鞋子就大咧咧踩脏家里刚刚擦好的地板；工作之余不思进取，下班之后很少读书喜欢到球场上疯跑；对她的精神需求更是一无所知……

试图跟他交流过，每次他都是一副很无辜的样子：过日子，不就是这个样子么？哪来那么多的讲究，那样活着该有多累？

是累。跟那样一个男人生活在一起，没有情趣，没有波澜，从年轻到年老，日复一日，一眼就能望到底了。那样的日子，不是她想要的。她执意与他离婚。

那样的决定，让他如坠五里云雾。还是答应了她，竟然没有半句埋怨。临别，只留给她一句话：只要你过得幸福开心就好。

结婚5年，没有被他这么感动过。那一刻，她忽然扑到他的怀里，哭了。

离婚，仍然是很好的朋友，他们相约再一起去寻找各自的幸福。

她的幸福，比他的提前来到。一位在网上神交很久的男人，与她相当的年纪、相同的爱好，在商界闯荡得不错，身上却不缺少文艺男人的浪漫气质。每晚睡前一通电话，永远讲不完的话题。他知道的那么多，像一座永远挖掘不完的小金矿。他容她向他尽情撒娇，他也会霸道地告诉她此生只许爱他一个。他像一朵高高飘在天际的玫瑰云，时时让她梦，时时让她想，却总是在她将要伸手够着时便迅速远离，之后再恰到好处地靠近。她不是小女孩了，知道自己遇上了旗鼓相当的对手。

那份恋情，持续两年。两年的时间里，她生活在幸福的云端。两年后，她跟他谈婚论嫁时，他只留给她一句话：想不到你也这么俗。之后，他便杳无踪迹。

心碎神伤的日子，才莫名怀念曾经的过往、关于她和前夫的故事，一幕幕，竟然全是温暖。阳光明媚的春日午后，忽然想跟他牵手一起去逛逛她以前从不屑去的菜市场。买几把新鲜的小菜，一起下厨做一顿素常的晚饭。急匆匆打车赶到他所住的小区，到了小区大门口，才迈出出租车的她一下子愣在那里。他正骑车从小区里出来，一脸的神采飞扬，后面的车座上，一位年轻的女子，幸福地搂着他的腰，大声且开心地跟他说着什么……

满腔的喜悦与期盼，瞬间成冰。她一闪身，躲在门岗的后面，眼睁睁看着他们向不远处的菜市一路谈笑而去……

千帆过尽，终于知道浪漫不过是生活的点缀，永远不能在人生的舞台上唱主角，知道真正的幸福其实在低处，在生活的深处向你微笑。可惜，她的领略还是太晚，曾经的一份幸福，已悄然远去。

一段婚姻的N个结局

晓雨跟男人结婚，只是在乡下老家摆了几桌酒席，举行了一个结婚仪式而已。那时，他们连结婚证儿都还没扯。倒不是扯不上，或者来不及，是晓雨不愿意去扯。那一场婚姻，在晓雨的心里，就像小时候玩过家家。

结婚不扯结婚证儿，婚后合得来就处下去合不来就分；婚后同住不同居，各自保持各自的自由；即便以后同居了也不能强迫她要小孩儿，她觉得自己还是个没长大的孩子。婚前约法三章，她公主似的向男人宣读，那个老实木讷的“眼镜男”竟然规规矩矩地点头答应。

新婚大喜日安排在一个天寒地冻的冬日，

在男人乡下小村。

结婚前夜,男人忽然给晓雨打来电话,问:明天婚礼上你拿鲜花还是塑料花?

晓雨当即火冒三丈:你见谁家婚礼上拿塑料花?

男人说:什么花不都一样的,我们……

晓雨不想听他解释,只撂下一句:这婚,你爱结不结。

第二天一大早,男人手捧一束五彩的花前来路口迎接新娘。晓雨打开窗玻璃,随即又关上了,到底还是捧着一束塑料玫瑰来了。她不下车,男人好哄歹哄说以后给她补上,晓雨才极不情愿地走下车子。那天的婚礼上,晓雨一直寒着脸。

本来就是不情不愿地嫁给他。晓雨的第一任男朋友,高大帅气又浪漫体贴,知道何时对晓雨温柔呵护也知道什么时候对晓雨霸道一点,靠在那个男人的肩膀上,晓雨曾觉得自己是这个世界上最幸福的女子。可太幸福的事儿,就如繁花过眼,转瞬就败了。男友考博去了大洋彼岸,那一段恋情也无疾而终,又稀里糊涂遇上了现在的男人——一个据说从上大一就开始暗恋着她的男人。这个男人,在晓雨看来,除了好脾气能容忍她,几乎没有别的好。家在农村,典型的凤凰男;人很木讷,好像浪漫的绝缘体;学历大本,跟先前的海外留洋生没法比。可晓雨还是嫁了,她觉得幸福有时就是一场赌博。

晓雨的婚前约法三章,不到一年就全部土崩瓦解,瓦解它的人不是那个已做了她老公的男人,而是她自己。在乡下举行结婚仪式

5个月后就手牵手去扯了结婚证，领证三个月后就开始幸福呕吐——一个爱情小结晶已悄然入住她温暖的子宫。同住不同居的约定当然更是一纸空言，孩子都有了嘛。

几个昔日的闺中好友聚在一起，看她一脸幸福地说起他们家的“木头先生”，我们笑得肚子痛：晓雨的生日，她千提醒万提醒暗示男人别忘记那个重要的日子。男人倒真没忘记，下午下班时就打电话告诉她他给她买了一束玫瑰花，可等晓雨下班回家时，桌子上却只摆着一甑东北酸白菜。

玫瑰花呢？卖了。

十五元钱买进三十元钱卖出，卖给路边一位急等玫瑰向女孩子求爱的年轻男生了。然后就用赚来的十五元钱给她买了她最爱吃的酸白菜。一束玫瑰花，温暖了两位女子的心，最后还换回一甑子酸白菜，我觉得值。晓雨头一回发现自己的男人原来还这么“幽默”。她用那个词来为当天老公的行为定性时，发现自己的心胸真的豁然开朗了。不过那么一件小事，换一个角度，结局就完全不一样。

晓雨的幸福婚姻也许就来自于她的聪明，她能适时地自省反思。她开始细细体味男人对她的爱。不那么浪漫，却是贴心贴肺的温暖。她也不再冰冷地站在高处，她试着回应男人的热情与真诚。

那天，晓雨的一段话让我感触颇深，她说：每一份婚姻，从缔结的那一天开始，就面对着N个不同的结局。就如我和他，我任性，他宽容，如果一直这样子发展下去，我们就有可能要面对三种不同的结局：一、我继续任性，他继续宽容，我们一直这样子过下去，但这种可能似乎不太大，因为一个男人的耐心不会无限地供你任性挥霍；二、我继续任性，他的耐心却达到极限，我们分手；三、我慢慢改变自己，回应他的宽容与爱心，然后相携相伴走下去。

很显然，晓雨选择了第三种，那自然是一种最幸福的结局。

天长地久，海誓山盟，不过是爱情里的美好愿望，长长的一生里，没有哪一份婚姻会一直一帆风顺，它有可能要面对N个不同的路口，N个不同的结局，往哪走，决定权却在你自己。

爱的内核

婚后第十一年，他终于对她忍无可忍。她的平庸、她的唠叨，她每天风风火火完全一副家庭妇女的样子……岁月太残酷，伸出一双大手，仅用几年的时间就把一个曾经清丽脱俗的女子打磨得面目全非。他试着改变她，也试着劝说自己，毕竟，他们之间有着十几年牵扯不断的情缘了。可他失败了。她依然是她。他也根本无法劝说自己再像以前那样爱着她。

不爱，却勉强在一起，是一种痛苦，也是一种不道德。他第一次跟她说想离婚时，她正在厨房忙碌着，前额上的一缕头发耷下来，正好搭在她略显浮肿的脸上。她没听清他说的话，锅里“滋滋拉拉”的油正烹炒着鲜绿的小菜。

给我把味精拿过来。命令似的口吻。

他伸手将架上的味精袋子递给她。

那天的菜，她把味精放多了。鲜得没法吃。

然后是第二次，第三次……几次提出，她皆当作没听见。就只有远离她。公司在偏远的西部地区新成立了一家分公司，偏远，艰苦，前途未卜，多少人躲那个差事还来不及，他几乎想都没想就报上名去。他只想离开她。

回头跟她说这个消息时，她竟然出奇的平静：好男儿志在四方，我看它值得你去拼搏一回。看着她眼角已泛起的细细密密的鱼尾纹，还有她头发里星星点点的白发。他的心，忽然莫名地疼了一下。一个女人，把整颗心全扑在了家和男人的身上，那份隐忍成全里多多少少还有一份悲哀。

离别前夜，他在自己的书房里收拾着此行要带的书籍。一去两年，他要多带些精神食粮。她在隔壁的屋子里，来来回回，也收拾到很晚。那天夜里，她忙碌到什么时候睡的，他一点也不知道。只知道第二天清晨自己睡醒时，隔壁屋里的灯还亮着，她还在忙。

公司派车前来接他。她拎着鼓鼓囊囊的大行李包去楼下送他。他才发现她的眼睛红肿，像是哭过，里面还布满了血丝，彻夜未眠的样子。心中有一丝不忍，去接她手中的包，她执意躲开：让我给你拎上去吧，有点儿重。放好行李，重新下车，她双手扒在他坐的车窗边：包里有我给你收拾的一些日用品，里面还有一封信，到了再看……他点头，漫不经心地答应。他已经在描画到新公司的新日子。远离了这份烟火，远离了她的唠叨，他希望那将是全新的天地。

到达新公司的第三天，他才彻底将新家安顿下来。一间条件还算不错的大房间，有床有桌有柜子，屋子里可能长久不住人，有一股挥之不去的霉味儿还有一种挥之不去的冷清。他从那个大大的行囊里一件件往外掏她来时给他准备的东西，才发现那个看似不起眼的行李包，竟然像个万宝囊，掏出一样儿还有一样儿，掏不完的东西：在包的上层他翻找出了她带给他的洗漱用品，再往下翻他找到了大包换洗的内衣内裤；创可贴感冒药胃药等日常用品装在一只小小的箱子里；再往下他竟然找到他最喜欢抽的黄鹤楼香烟两条……一件一件向外掏着，他的心里，渐渐泛起一种五味杂陈的滋味。

那个大大的包裹，是他在行李包的最底层拿出来的。一层又一层地打开重重包装，当他看到那三袋干干净净颗颗饱满的果仁时，他一下子愣在了那里。一包核桃仁，一包瓜子仁，一包杏仁。她竟然给他带了那些来。

"……我知道你为什么执意要到那里去。都是被我逼的。我的本意，并非如此，我只是爱你。可没想到，爱，有时也会变成一种绳索。不想再这样看着你受苦，我同意你的离婚请求。离婚协议书，我已起草好了，签过字，就在包的夹层里……知道你懒，就把果仁剥好了给你带上。多吃核桃对你的结石病有好处，多吃瓜子可以健脑，杏仁可以降胆固醇软化血管，我在书上看到的……"

她的信，不长，他却看了一遍又一遍，直到看得眼泪扑簌簌掉下来。摸起手机,跑到对面的山坡上,那里信号好,他对着电话那端的她大声说:那些果仁,真好吃。离婚协议书,没找到……

有些爱,就是如此。被凡俗的日子烟熏火燎,曾经的新鲜热烈被裹进一层层丑陋坚硬的外壳,让你再也不能轻易感受到。可它却一直在,如那些躲在果壳里的果仁,剥开了,里面的果实饱满洁净,味道却在岁月的风霜里越发香甜。那才是爱的内核。

爱的咫尺与天涯

女人跟男人结婚十几年了，曾经的热烈与浪漫早已化作淡淡温情波澜不惊。女人一皱眉，男人知道她要发脾气，男人一沉默，女人知道他一定在单位上受了气。彼此熟悉得就像各自的左右手，默契有余却少了几分爱情的浪漫。

女人天生多愁多情，曾用一支笔写下世间形形色色的爱情。在别人的爱情里甜蜜或者痛苦，却唯独品不到自己的爱情滋味。男女一起相守十几年，还会有奢侈的爱情么？

男人外出驻训一个月，女人独自守着一间大大的屋。出来，进去，看不到男人的身影，男人的气息却无处不在。到底还是有些牵挂有些想念了，眼巴巴地盼着男人偷空回来一下，哪怕只是一次小聚。

男人果真回来了，在他离家第 15 天的时候。女人去邻居家串门，遇上爱说的女邻居：你们家老王昨天回来了，想你了吧？女人一愣，心蓦地沉下去。她连他的影子都没见到。分开 15 天了，中间隔了近百里的距离。他有机会回来了，却连家门都不入，甚至连跟她说一声都没有，又悄悄回去……

兀自坐在黑暗的屋子里，女人心里的不满又多了几分。

女人的胃病犯了，在男人驻训第 20 天的时候。睡至夜半，女人痛醒。摸起电话打过去，他的手机竟然是通的。原本不想夜半扰他不安的，可他是她在这个城市唯一的亲人。外面天黑如漆，电闪雷鸣，一场突如其来的暴雨袭击了这座城市。女人又痛又怕，顾不得想太多。

“你别急……写字台第二个抽屉里有胃药，先吃一点下去，等天亮了赶紧去医院……”电话里，男人的声音有些许的疲惫，却镇定自若，让女人无比心安。她答应着，起身去找胃药。那些药，他何时备好放在那里的，她竟然完全不知。

服过药，胃里稍稍舒服些，困意也袭上来。一番折腾，抬头看墙上钟表，已经是凌晨一点多了。女人迷迷糊糊睡去。

女人做梦：男人浑身湿透，两脚泥水，站在门口，含笑望着她……一个美梦呢，女人翻个身，扬了扬嘴角，继续睡。她想把那个梦继续做下去。

“喂，来给我开下门，我回来了。”门外低低的呼唤声，女人在梦里也听得清楚。心里“咯噔”一下，睡意全无。披衣下床，趿拉着鞋子去给他开门。门开，一个湿淋淋的人带着一股雨气闪身进来。

“天，你怎么这个时候回来？”女人惊叫。那会儿已是凌晨3点钟。眼前这个这被泥水裹住的男人，实在吓到她了：男人身上穿了雨衣，可头发上却滴滴答答往下滴水，眼镜上沾了一层雾气，根本无法看清他的眼神，裤角全湿了，膝盖处撕开了一个二寸长的口子，黄色的作战靴上，沾了一层厚厚的红泥巴……

一百多里山路，男人骑着摩托车回来了，路上风雨泥泞，摔了好几个跟头，把衣服扯烂了。

“嘿，咱们这破摩托车，挺好用，这么大的雨也挡不住它。”男人边拿女人递上的热毛巾擦脸边傻乐。

“你有病啊，深更半夜地骑着这破车往家赶。”女人心疼，说出来的话却很冲。

“你打电话说胃不舒服，我不是不放心么……夜里也没有车子了，只好骑这破车回来……胃怎么样了？舒服一点没有？”

“……”女人不答，只定定地盯着男人的脸，“我真搞不懂你，前几天明明回来了，走到我们楼下了，都不上来看一下我，这会儿深更半夜又是风又是雨的你连滚带爬摸回来……”

“你知道了？”

“要想人不知，除非己莫为。”

“是这样，那天在训练时，心脏跳动忽然加快，单位派车把我送回来体检的。去医院做了个心电图，也没什么大碍，就没让你知道，怕你担心嘛，你那点小心眼儿……不信，你看……”男人孩子气地掀起衣角，那一个个紫红色的铜钱印子一下子映入女人的眼帘……

轻轻地抚过那些紫红的印痕，再看男人一身的狼狈，女人的眼泪“啪啦啦”掉下来。

一直想要一个答案的，在自以为爱情渐失颜色之后。那个风雨之夜，男人把女人想要的答案完整地给了她：爱，不能以距离来论深浅。与你近在咫尺，却不愿让你知道我曾来过，与你相隔天涯，一样会在你最需要的时刻出现在你面前。无论咫尺与天涯，你都在我的心里。你知，或者不知，爱，都在那里。

让爱以爱的模样出现

晚上9点半，她像往常一样给年幼的儿子读书讲故事。那天的故事，讲得心不在焉，连自己都不知道讲得什么。儿子听得云里雾里，最终没了兴趣，迷迷糊糊睡了。

听到儿子渐起的鼾声，她轻轻替他掖好被角，又蹑手蹑脚退出卧室。

身后的那扇门轻轻合上了，眼前的这个女人立马变了模样。满脸的祥和变成一股焦灼的怒气，她旋风一样冲到客厅的电话机旁。一次，两次……她纤细的手指在键盘上起起落落，传回的却是千篇一律的回答：对不起，您所拨打的电话暂时无法接通。从下午6点钟开始,那样的提示音就没有变过。

他一向很守时,朝九晚五,早上按时上班,下午按时回家。那天,她却意外地失去了与他的联系。最初还能强迫自己冷静,设想他可能临时有任务需要加班,设想是他的手机没有电了……当墙上的钟表时针指向11点的时候,她再也坐不住了,披上外套就冲了出去。

初春的北方夜晚,天气寒冷。11点钟的深夜大街上,已没了白日的喧嚣热闹,偶尔会有一辆在夜间招揽生意的出租车从她身旁呼啸而过。她无心关注那些,也无心关注那些被冻得直眨眼睛的昏黄路灯。她的心里,有一股火,灼得她燥热疼痛。一会儿恨,恨他不给她半点消息。即使手机断电了,还可以找朋友借可以找公用电话打。一会儿怕,怕得要死。莫不是出了什么事情?她就那样一路连走带跑一路向着他的办公室跌跌撞撞而去……

他果真在,却是以一种她完全没能想到的样子。他仰面躺在办公室的长沙发上,满脸通红,浑身酒气,灰色的西服外套上,沾满了让人恶心的呕吐物……

他竟然醉成那个样子。

看到她突然怒气冲冲地出现在自己面前,他的酒似乎也醒了大半,从沙发上欠起身:对不起……

看到他的那一刻,她原本想上前狠狠掴他两个耳光子,可那一会儿,她突然觉得自己被一腔恼恨折腾得没有了半丝力气。她懒得对他抬手,更懒得听他解释。定定地盯了他有一分钟,转身,风一样消失在门外的夜色里……

男人在半醉半醒之间，深一脚浅一脚，跟在她身后，口齿不清地向她解释：我也没想到那老同学那么能劝人酒……你又不让我喝……我喝多了……怕你生气……想在办公室醒醒酒再回去……

他说他的，她马不停蹄地走自己的路。

那一次，男人确实醉得不轻。许是因为在路上灌了凉风的缘故，回到家，又是一通翻天覆地的吐，把他书房的小床都吐脏了。

给我水，我渴……好难受……你好狠的心……他在书房里叫她。

她不语，在隔壁的大卧室里端着一本书冷冷地看。当然只是端着，装模作样。那一会儿，她对他的恨几乎达到了顶点。她甚至忘记了心疼的滋味儿，甚至开始怀疑自己是否真的爱过这个男人。她只想让他领受他该领受的惩罚。

终于叫累了，也终于吐够了。男人糊里糊涂睡了。

侧耳细听，隔壁已没有男人的呻吟声，取而代之的是男人如雷的鼾声。她的心忽然间被什么东西狠狠刺了一下，“啪”的一下，那层坚硬的外壳被刺破了表皮。先是一点点，疼痛从那一个小小的洞里冒出来，然后开始扩大，波浪一样汹涌着就将她的心淹没了。扔了书，趿拉着拖鞋，飞身进客厅，倒水，又去他的房间。他真的睡着了，半趴在小床上，头耷拉在床边上，嘴角的涎水还没有擦净……

她的眼泪，顺着脸庞滴落。

很费力地替他翻身，将他安顿到床上，轻轻扶起他的头，喂水给他喝，喂完水，又开始忙活着给他倒水擦脸、洗脚，将他吐脏的衣服枕巾换上。她做那一切的时候，男人始终睡得很沉。他是真醉了，几乎人事不省。

他不知道，那天晚上，她曾经怎样地为他焦灼担心，他也不知道她一个人躲在卧室里听他吐时她心里那份泛滥的疼痛。她还没来得及说。一份恼怒，遮住了所有的温情。他血压高，有很严重的脂肪肝，医生说，最要紧的就是要他戒酒，他竟然又喝成那个样……

第二天，男人酒醒，日子如常。只是两个人的脸上，都有些冰冷。他是心寒，他最难受的时刻，她却无事人一般躲在一边。她是恼恨，自始至终，男人没有为自己前一夜的醉酒做任何一丝解释。

解释什么呢？男人原本就没想让她知道的，他舍了命去陪那位当权的老同学喝酒，只是想给她那个已经毕业一年多的弟弟找一份合适的工作。她爱她弟弟，他爱她。如此而已。

明明很爱很疼，有时候，那些爱与疼，偏以伤害的方式出现。聪明的、细腻的，领了那份深情，把它记在心里，笨拙的、粗心的，就与那些柔肠百结的爱轻轻错过。爱，还是以爱的模样出现吧，日子如此忙碌，岁月如此匆忙，爱与不爱，哪有工夫细猜？

我知道，你在向我走来

两座山峰中间，是一道粗粗的钢丝绳，钢丝绳下是几百米深的山涧，走在上面的男子，除了手上那根保持平衡的长钢条，再没有任何保险设施。

接受那项挑战的是一位年轻的小伙子。在此之前，他曾数次表演过此类节目，每一次都获得圆满成功。可那一天，上场之前，他的面部表情特别凝重。因为钢丝绳的这一端，有他心爱的女子。

那是他第一次带她到自己的工作现场。

他和她，一见钟情闪电式坠入爱河又闪电式结婚。那时候，她只知道他是众人眼中的英雄，是一名出色的杂技演员，她被他身上的英雄气概强烈地吸引了，却从来不知道，他的工作竟是如此凶险。

一根钢丝绳，横拉在两座山峰的中间，山风过处，她甚至能看到那条钢丝绳在轻轻飘来荡去。一身火红衣裤的他，手持长长的平衡钢条，小心翼翼地踏上那一段漫长的征途……

山里常有雾，可那天的雾，还是来得有点让人措手不及。出发时还晴朗的天，一阵凉风吹过，浓白的雾忽然就从山涧里慢慢飘起来，最初丝丝缕缕，烟一样笼罩在男子的身边，后来就抱成了大团，棉花垛一样把男子火红的身影吞没了。观众的肉眼看不到，记者的镜头也追不到。除了阵阵呜咽的山风，现场忽然陷入一片可怕的死寂。

从他开始走上钢丝绳的第一步开始，她就一直保持着一个动作——双手紧紧抓着摇摆不定的钢丝绳，眼睛徒劳地望着那团辨不清前路的浓雾……时间一分一秒地过去，没有任何回声。众人的心，越发揪得紧。

雾，已是预料之外，那阵突如其来的雨，让现场的气氛越发沉闷不堪。谁也没有料到，那天会突然下起淅淅沥沥的雨来。雨中高空走钢丝，又是那样长的一段距离，以前从未有过先例。结果会如何，谁都不敢想象。没有人说话，除了下得越来越急的雨。雨水打下来，顺着钢丝绳一路凝聚，又滴滴答答掉进几百米深的山涧。她的手，抓得越来越紧，她的脸也越来越近地贴到钢丝绳上去……

1380 米的路，一段世间最难走的路，那一段等待漫长得似乎没有尽头。

他怎么样了？能否平安回来？谁也无法预料。只等那团火红的身影再次出现在众人的视线里。当他走完最后一步，一脚踏上身边的大地，又被早已守候在那里的亲友们欢呼着抬起来抛向空中时，那个一直在拉着钢丝绳的女子已软软地瘫在地上。她连上前与他拥抱的力气都没有了。

他拨开众人，上前扶起她，才发现她的双手煞白紫红，深深的钢丝绳痕，已让她的双手疼痛麻木得没了知觉。

傻瓜，你这么用力地拉绳子做什么。捧着她的手，男人哽咽。

我看不到你，我只想用力拉住绳子让它摆动得轻一点，我拉着它把耳朵贴上去，可以听到你的脚步声，刚才人群里有孩子在小声说你是不是已经……我知道，你在，你正在朝我走来……

女人趴在男人的怀里，无声地哭了。男人的眼睛也慢慢潮湿。

说实在话，我向来不太喜欢看各类挑战人类生理、心理极限的体育运动。那天的电视节目中，我关注的不是男子高空表演的精彩与惊险，我只看到那位自始至终紧握钢丝绳的妻子，只是，那时候，我无法猜出女子那样做的动机。等她面对凯旋的丈夫，说出那一番话时，我的眼睛也蓦然发热。

我看不到你，但我知道你正在向我走来，我无法与强大的自然力相抗衡，我只能倾尽我的心力把它抓在我的手心，哪怕能为你降低万分之一的危险。这，就是爱吧。

即使拥抱不柔软

遇上他之前，她曾不止一次地跟朋友们说过，她若嫁人，三种人不嫁：同行不嫁，比她的年龄超过5岁的不嫁，大男子主义倾向严重的不嫁。可她遇上了他，电光石火，所有的坚守瞬间土崩瓦解。他不是她不嫁的三种人中的某一种人，用他的话说，她不想要的东西全部在他那里实现了：他是她的同行，一年到头从一个片场到另一个片场忙着拍戏；他比她大，不是五岁，是十岁；他的大男子主义严重到连她起床的快慢都想限制一下。

她还是嫁了，义无反顾。爱情，就是这么没有道理。

可爱情是一回事，婚姻又是另一回事。恋爱时卿卿我我，大男子主义是男人味道，固执是男人的个性，怎么看怎么都顺眼。结了婚，天天在一个屋檐底下，素面相对赤诚相见，日子里就只剩下让人触目惊心的现实。

起床，多小的一件事啊，可他们曾经为这点儿小事纠缠不休。他起床快，军事化行动，她却是个习惯赖床的小女人，尤其是周末或者不上班的时候，慢腾腾地穿衣懒洋洋地起床于她就是最好不过的享受。他却老是用自己不和谐的声音将那份暖融融的温馨静谧打破：要养成好的生活习惯，赖床对身体不好。她不服，依旧不起。他再说，声音却比先前高了许多，她不想跟他吵，起来了，心里却很不舒服。

家不是一个让人放心安身的地方吗？她为什么体会不到？

逛街，对她来说是一种绝好的休息与放松。紧张的拍戏之余，在各大商场的柜台前慢慢地逛，时尚的衣服、琳琅满目的化妆品、可爱的小装饰品，看到心仪的掏钱买下来，不买也不要紧，漫无目的地饱一下眼福，也很好。他却不一样，陪她逛街，堪比受刑，毫无目的地在人群里穿来穿去，忍受着嘈杂的车声人声不说，脚也跟着受苦。他就有了意见：要买什么东西出来之前就想好，省得在这里晃啊晃，累不累啊……

一个是温室里的花朵要把日子过得精致无比，一个是来自西北大漠的胡杨习惯了粗糙的风沙。她和他的婚姻，从缔结的那天开始就让多少亲朋好友替他们捏着一把汗。那些担心当然不是多余的，最初那些围城里的争争吵吵，也不是没有威胁到他们的爱情。吵得最激烈时，她曾拎了包头也不回地走，他在她身后受伤地吼：实在过不下去就离了吧。

自然是没离。舍不得。一段冷战之后，彼此又向对方敞开了温暖的怀抱。

现在的他们，已经结婚五载，有了一个乖巧可爱的小女儿。两个人依然在忙碌，奔波在各自的片场，忙碌之余侍弄那个可爱的小人儿。他仍然一脸的刚毅一身的大男子主义，老是试图用自己的豪放粗疏来改变一下她身上的小资气息，她仍然张扬又热情，活得任性又洒脱，还会因为他偶尔一次不洗脚就往床上一倒而唠叨不休。他们像两只浑身长满刺儿的刺猬，都在执著地守着自己的旧习与领地，可他们那些激烈的争吵却是越来越少，甚至几乎找不到。

有人说，两只相爱的刺猬，爱着却不敢亲密相拥，那样做的结果会让彼此都被扎得遍体鳞伤。那么，相爱的刺猬就只能拔掉浑身的刺，只求与爱人一次柔软的拥抱吗？连自我都失去了，那样的爱，还有什么意义？倒是这一对聪明的爱人，他们谁都不曾刻意去拔掉自己的刺，他们只是绕开一点距离。她老嫌他买东西不注意，比如买回的东西价高物不美，他便放手由她去买，从家里的日用品到他浑身上下的行头；他不喜欢陪她逛街，每次外出，她主动让他在商场楼下咖啡店里慢慢喝咖啡看书等着她……

“因为从相识的那一天起，就从来没有想过要离开对方，所以，才肯容忍吧。当然，也不仅仅是一味地容忍，而是在日复一日的岁月里学会了如何与对方相处，学会了在我们两个都张开刺时适当地绕开行走。”看她一脸的幸福，你就知道，那份幸福真的停驻在她心里。

哪一份婚姻里不曾有过这样那样的棘手问题？迎头而上，针尖对麦芒，换回的可能是彼此伤害甚至是一份幸福爱情的风流云散。相反，在那些彼此不能相容的尖锐的问题上稍稍绕开一点，呛人的战火就会化成和风细雨，两只刺猬也可以相亲相爱共赴幸福。

提醒幸福

最初跟着他，做了北漂一族，是在她 24 岁那年那个寒冷的冬天。为了那段爱情，她不惜与亲人翻脸，甚至把自己在家乡一份挺体面的工作丢掉。

像所有北漂最初的起点一样，他们住阴暗潮湿常年见不到阳光的地下室，吃最简单的开水泡面，在北京的大街小巷穿梭着，干过形形色色的工作。收入也仅仅维持着最低的生活开支。

那年冬天，北京的天气特别冷，他们的小屋里，不要说取暖的设备，就连睡觉用的被子，也只有薄薄的一床。夜深，屋子里的温度在零下几度，他和她，紧紧地拥在一起，用彼此的体温取暖。

那时，他常常无限愧疚又心疼地望着她：跟着我，你受苦了……她微笑不语，像小猫儿一样紧紧钻进他宽厚的怀里。有爱不觉人生寒，爱是那时他们贫寒的生活里最亮的一盏明灯。

那床柔软舒适的棉被，是在那个冬天最为严寒的几天里，她拎回来的。淡粉的颜色、柔软的质地，轻轻展开，就把一室春光一下子塞满苦寒的小屋。他惊讶地望着她，等她解释。那样一床棉被，与他们手上的经济收入根本不匹配。我去发广告了，发了两天，一天挣一百，两天刚好两百，正好够买这床新被子。她转身，不看他的眼睛。怕那里，太多的疼惜与愧疚让自己的眼睛也无法承载。他有很严重的关节炎，她不想让他夜夜疼得无法入睡。

那床棉被，是他们开始奔向好日子的见证，一直温柔地停驻在他们经过的路边，看着他们一路向幸福进发。如他承诺的那样，他不能让她一直跟着他过苦日子，他更不能再让她在寒风里发两天广告，就为买一床暖和的棉被。他是男子汉，就该让自己心爱的女子过上好日子。从一名不文的公司小职员一直到公司里的中层管理人员，他仅用了5年的时间。

做北漂第六年，他们终于有了自己的房子、自己的车子。地下室，简单到无法再简单的生活，曾经的贫寒晦涩都随风远逝。他兑现了自己的承诺，把她宠爱成一枝温室里优雅的花。她看好的高档服装、她喜欢的化妆品，他都能满足她了。只有一点，他仍然愧疚，生意忙了，职位高了，应酬多了，他能给她的时间越来越少。眼睁睁地看着他在那片蓝天下，越飞越高越飞越远，她的心里忽然有了酸酸涩涩的感觉。他变了。不仅仅是因为忙。灯红酒绿的生活里，他如一只直入云霄的风筝，线是在她的手上，云端里他在做些什么，她却再也不知道。

那场争吵，也就在所难免。

又一个情人节，他早早从公司回来，手上拎着一床浅草绿的蚕丝棉被，没容她说什么，就把那床他们曾睡了整整6年的粉色旧棉被换下来：这床旧了，我给你买一床新的来。她的心，一下子被火烧灼一样，疼痛难忍。跳起来，把他展开的新被扯到了地上：我知道，你早就讨厌它的旧了。你有钱了，可以买一百床一千床新的，可我只喜欢它。

怔怔地立在原地，看着一向温柔的她小兽一样向他发飙，他不说也不再动，眼泪却一点一点漫了上来，轻轻展开双臂，拉她入怀：我今天也去医院了，去体会你当年的疼。真的很疼很冷。我想用同样的方式来送一份温暖给你，请你收下，好么？她也怔住，急急地去扯开他的衣袖，一块洁白的医用纱布，敷在他的臂弯处。

你去卖血？为什么？她的眼泪也掉下来。

那个温柔的情人节之夜，她和他，躲在两床软软的被子底下，把积存在心底好久的话说了个明白透彻。

以为那个秘密，她不告诉他，他终生就不会知道。可他说，他知道。那天，她拎着被子一进门，他就发现了她苍白无血色的脸。那是个寒冷的冬夜，她躲在温暖的被里甜甜地睡，他躺在她旁边的黑暗里悄悄地流了大半夜的泪。也是从那时起，他告诉自己，他要如何生活。他真的做到了，可他意想不到的是，他们的爱情，经历寒冷与贫穷的考验，安然无恙地走过来了，走进春光明媚的春天，他却在春天里迷失了方向。单位有个新进的年轻女子，清新高雅，一如昨天的她。他的心，有些许的恍惚。幸亏理智还在，他不想在那条路上越滑越远。就想用一份疼痛来提醒一下自己。

幸福也需要随时提醒，必要的时候，甚至需要一份疼痛的提醒。因为每一份疼痛的背后，常常会伴着一份别样的温暖。那样的疼、那样的暖，会让迷失的心灵重新找到自己的家园。

模拟痛苦

结婚后也曾吵过，却从来没有哪一次比那一次吵得更凶，两个人甚至互相动手。

是女人先动的手，她抓起身边一个青瓷花瓶朝男人扔过去，原以为男人像以前那样会让过她。男人却丝毫不让，他把花瓶接住，又朝她还回来。花瓶在距离女人几厘米的地方落地，发出清脆的碎裂声。

那一刻，女人也听到了心碎裂的声音。

两人互相攻击对方的缺点。女人说：我知道，这些年，你心里一直有她，你人在这个家里，心却从来没有真正在这个家呆过。男人的初恋女友，是扎在女人心中的一根刺。年月已久，那根刺已长到女人的心里，虽不甚疼，但隐隐的痛却不曾停息。

男人不客气地回答：是的，我一直想着她。因为她比你好不止一千倍。你脾气不好，家务事不做，心眼儿还小，这些年，你连一顿早餐都很少给我做……男人再说些什么，女人已经听不见。她气蒙了。十余年相守，她头一次听到男人说这样的话。自己在男人的心目中，竟是如此不堪。

离婚！女人气急败坏地说。

离婚，是女人对付男人的最后一张王牌。以往吵到最剧烈的时候，女人就将这张王牌抛出来。每次她一抛出这张王牌，男人再怒火难平，也会自动熄火。吵归吵，他却从来没想过离婚那事儿。接下来，是男人对着女人又道歉又哄劝直到女人破涕为笑一场危机真正结束。

那一次，男人却没再将就女人。他听到女人宣布要离婚，很痛快地就答应了：好！

真的要离了，才发现两个人之间竟有着千丝万缕扯不断的联系。要通知双方父母。女人去跟自己的母亲说时，母亲哭了，说：我们辛苦把你们养大，就指望着你们好好守着过日子，怎么能说离就离呢？他是个多好的孩子啊，人老实巴交，工作积极肯干，对你也好。你就不能再改变主意了？不能了。她不看母亲的眼睛。不敢。他就是有一千条一万条优点，我也不能忍受他心里有别人。去跟年幼的女儿说，问她：爸爸妈妈要离婚了，你愿意跟爸爸还是愿意跟妈妈？孩子眼泪汪汪地说：我愿意跟爸爸在一起。她的脸色立马沉下去。孩子又说，我也愿意跟妈妈在一起，我要跟你们两个在一起。她的泪，狂奔而出。怎么可能？还有让人头疼的房子，当初买时房产证上写了两个人的名字，可这些年的房子贷款却全是男人在付，女人连房贷银行卡的密码都不知道。还有孩子的抚养权抚养费问题，还有家里共同置办的那些东西归属问题，还有……

女人终归为自己的冲动后悔了，她想收回离婚的决定，却无论如何也开不了口。只有泪，只有疼……

她抽抽搭搭地哭了。

喂，醒醒，起来吃早点了。好好的，怎么卖起了金豆子？有人在轻轻摇晃她。是男人。努力睁开眼睛，泪眼模糊的女人还是一眼就看到了站在自己面前的男人：他胸前正系着一条花围裙，脖子上搭着白毛巾，那会儿正在厨房里忙活一家人的早餐呢。又做噩梦了吧，快起来，梳洗一下吃饭。男人不知道，在此之前的梦里，女人经历了一场怎样痛苦的挣扎，但女人脸上的汗与泪，还是让他疼惜。他拿自己的毛巾轻轻替女人擦拭。

你跟她，还有联系么？女人握住男人正在给她擦泪的手，莫名其妙地问了一句。

谁？

就是你的前女友。

嘿，你别说，我还真有几年没想起她来了。怎么，你见到她了？

没。只是忽然想起来问问。女人轻轻一笑，飞快地起床穿衣。

我去给你们做早点，你快去收拾一下上班要准备的东西。女人轻快地闪身进厨房，厨房里立马响起叮叮当当的锅碗瓢盆交响曲。

太阳从西边出来了？男人朝厨房瞟了一眼，很满足地走进客厅。

女人被那一场梦一点点改变着，她正在努力朝与梦中那个女子相反的方向走：梦里的男人说她不够勤快，她就努力让自己勤快一点儿。每天把屋子收拾得清清爽爽，连常年躲在屋角寂寞着的绿叶子植物，也被她打理得枝繁叶茂。梦里的男人说她脾气不好，她开始学着努力克制。每次想发火时，她先数数，一直数到让自己冷静才开口说话。梦里的男人说她小心眼儿，她是有点儿。她开始尝试对男人放手放心，他再外出或者加班迟归，她竭力不让自己的电话一路跟踪……最明显的改变就是，她开始学着给男人做早餐了，那让男人有种受宠若惊的感觉。

男人吃惊于她的变化，对她的爱，幸福地领受着，感激地回馈着。他们的爱情，正朝幸福港湾驶去。

她一直都不曾把那个痛苦的梦讲给他听过。

是的，虽然只是一场梦，可那份痛苦却是清晰无比的，虽然只是一场痛苦的模拟，可那份警示却是让人难忘的。她庆幸在自己对那份爱情心灰意懒的时候，有一个梦及时跳出来提醒了她。从小到大，她曾在学校里参加过数不清的模拟考试——为了考场上最终的胜利。她不知道，原来痛苦也是可模拟的，在真正的痛苦来临之前。一份模拟的痛苦，当然不是为了迎接那份痛苦的来临，却是为了提醒，提醒你珍惜当下的幸福。

爱的代价

那几根细细长长的栗色长发，是她在帮他洗衣服时偶然看到的，似乎是给谁特意绕在他的衬衣前襟上的，弯弯曲曲，绕成一只美丽的蝴蝶结。不知是男人粗心，还是另外一个女子有意地宣誓。捏着那几根头发，她的手，在阳光下抖得厉害。

早就听要好的女友警告自己过，说那段时间他与公司里一位女下属走得越来越近，让她当心一些。当时听那些话，她只轻轻地一笑了之。7 年的爱情长跑，10 年的婚姻相守，她不相信，长长的 17 年会败在短短的 17 个月面前。那位年轻漂亮的女子，她见过，不过才到公司一年零5个月。可她竟然用那样的方式向她宣战了。

此后几天，她都一直处在矛盾中。找上门去撕破脸皮大哭大闹，还是同他一刀两断各走各路？似乎都不是明智的选择。她只能当什么也没有发生过，照例在家洗衣做饭接送孩子，男人回来她照例同他谈笑风生。又到周末，男人同往常一样找借口出门。她含笑站在门口送她。男人不知道，同样的前襟里面，那束用长发编结的蝴蝶结已不见，取而代之的是一缕粗细不均的白发，有长有短，数十根的样子，用一根长长的白发束在一起。那束白发，是她和他的。不言而喻，她是想让对方明白，在长长的岁月跑道上，那个年轻的女子没有一根与他束在一起的白发。

那张二寸小照，是她在他的钱包夹层里找到的。看来，那个年轻的女子已收到了她让她看的白发，却仍然不死心，又向她发出更为嚣张的挑战。照片上的女子，明眸皓齿，长发披肩，浑身洋溢的都是青春的气息。如果几根头发不足以击垮一个女人的自信，相信那张照片会让年老色衰的女子感觉无处藏匿。握着那张小小的照片，她倒笑了，轻轻取出来，找了两张自己不同时期的照片放了进去，一张是十几年前，照片上的她也是长发披肩明媚如花，一张是现在的，额上已起了浅浅的菊花皱纹，乌黑的头发里已夹杂着星星点点的白。

此后好多天，男人仍旧风风火火地来去，并没有发现她和那个女子之间那场无声又固执的较量。女子并未打算罢手，那场无声的战争已进入白热化状态，她却在那时接到到外地出差的任务。

一周后，她归来，发现屋子里有什么变了样子。是放在门口的鞋柜。里面几双底子都磨偏了的旧拖鞋换成一色的新鞋子，上好的丝绸鞋面，软而厚实的底子。看到那些鞋子，她的脸色一下子阴下来："谁换的？""那些旧了，给你换些新的不好么？"男人含含糊糊地回答，却不敢直视她的眼睛。她的心一路向着冰冷跌下去，那种招摇夺目的颜色，她曾不止一次在一个人的身上看到过。那些沉默着的鞋子，来意并不友善。不能哭，不能发火，她咬着嘴唇，拼命地抑制自己。

新的一周来临，当那个快递的盒子交到年轻女子的手上时，她相信她再也笑不起来：是女子费尽心思买的那些新拖鞋。盒子的底部，是一张薄薄的信笺，上面有她娟秀的手迹：不是所有的东西都是新的好，比如鞋子，我们已习惯了旧鞋子的舒适。谢谢你的好意，我们心领了。另外，恕我啰嗦一句，姑娘，爱，不是光靠一张嘴一时的热情就能维持下去的，她要付出一个女人一生的代价，那些白发，那些皱纹，那些磨偏穿烂的鞋底，那些被繁琐的家务切割得零零碎碎的岁月，就是一个女人为爱付出的代价，而这一切，你想好了么？

所有的较量到此停止，一周后，男人皱着眉头回家，那个年轻的女子已辞职远去。

被“震”醒的爱情

遇见女子时，她正拼尽全力在追着前面一辆车子飞跑，热辣辣的阳光下，她跑得头发散了，高跟鞋甩得好远。人跑得再快，也比不了车子。她坐在街边旁若无人的大哭时，他已走到她面前，轻轻递上自己手中的纸巾。

不需要任何理由，那个神色凄凄的女子就那样闯入他的生命。

彼时，他正被自己的婚姻搞得焦头烂额。与妻子十年的婚姻，日日颓败，一潭死水一样越来越让人窒息。他不明白，曾经小鸟依人般善解人意的妻为何在婚姻的城堡里日渐失去了光泽。她的视线似乎再也难以越出家庭的范围。他跟她谈自己读过的一本书,她嗯啊地答应着,手里却没有停下,拿着一块抹布从客厅到厨房,他的声音都追不上。他同她谈起公司里的人事变动,她也只会附和着他说一些无关痛痒的废话。他终于发怒,找机会同她大吵的时候,她除了嘤嘤地哭,再没有更多的表示。

她却把那份痛苦在电话里悄悄吐露给了自己的好友:"他变了,越来越看我不顺眼,他找茬同我吵架,甚至扬言要跟我离婚,你知道,离了婚,我将一无所有。"听到这话时,站在门外的他不由冷笑了两声。当初买房时,两个人情意正浓,他要求将两个人的名字一并写到房产证上,却被她轻轻地拒绝了,她说,有他那房子才会有意义,他是她永远的户主。谁料现在竟成了她的软肋。为了那栋房子,她竟然可以委曲求全到那种地步。

她的这份努力并没有挽回他游离的心。街边的那次艳遇让他见识了完全不同的风景。真的就此熟识。他的手机常在下班之前无端地响起,是女子甜而不腻的声音:下班后,老地方。简短的两句话却让他的心开出欢快的花。一路飞车狂奔而去。女子的美,不只浮于表面。她的温柔、她的谈吐、她的学识之广博,越来越让他痴迷。他不明白,这样风情万种的女人,竟然还有男人不珍惜。他也曾小心翼翼地向她表示过好感,每次都被她轻轻转移话题遮挡过去。她闪烁不定的态度倒越发激起了他的斗志。他回家,光明正大地向妻宣布:不用担心我们离婚后你一无所有,这个家里的一切都会原封不动地属于你,只要你答应同我离婚。如同他见过的千百次的场景一样，面前那个女子又默默地低下了头，眼泪吧嗒吧嗒掉下来："人都不在了，我要这个家还有何意义？"她的声音很小，还是很清晰地传到他的耳朵里。一直以为她坚持着不愿意离婚，是因为舍不下那套几十万的大房子。她的话，还是让他的心轻轻疼了，就那么不冷不热地拖下去，再不提离婚的事。

是一场不期的事故就把他和女子之间的那段艳遇情缘永远地画上了句号。

黄昏的街边酒吧里，他和女子正悠闲地啜着杯中的红酒，突然惊天动地一声闷响，继而感觉整个酒吧都摇晃了一下。"地震了！"屋子里的人瞬间被巨大的恐惧笼罩，乱成一团。女子坐在靠近门边的位置，响声过处，她已如离弦的箭冲了出去，边跑边拿起自己手里的手机拨通了一个号码："你在哪？……"

他愣了片刻也冲出去，向着家的方向飞跑，那个时候，他的妻子往往会在厨房里做着他们的晚餐……

赶到自己的小区时，小区前面的草坪上已挤满了惊魂未定的居民。他飞快地扫了一眼，没有看到妻子，就迈开大步向六楼自己的家冲去。在五楼的楼梯拐角处，他遇上气喘吁吁的妻子，她正披散着头发，怀里抱着一本大大的影集往楼下跑。"你不要命了，才知道往下跑？"他扯着她的手飞快地往楼下跑。"我们的影集在屋里，我又跑回来拿……我不能让它们被埋在废墟底下……如果有一天你真的同我离婚了，我就只有它……"她一边跟着他跑一边上气不接下气地回答他……

他拉着她的手，跑得更快。眼泪肆无忌惮地流了一路。

后来的事实证明，那天黄昏的“地震”，只是一场虚惊。市里定向爆破了一栋危楼，不知是技术不过关还是什么原因，巨大的声浪几乎把大半个城市摇晃了一下。听到那天的新闻里政府有关部门向市民郑重道歉，他和她握着手坐在电视机前笑了。

他们要感谢那场突如其来的“地震”，把他们死水般的爱情给震醒了。他们才发现，自己原来是那样在意对方。只是，在此之前，他们的爱疲惫了、沉睡了，却因那场未果的艳遇、那次小小的意外又将它重新唤醒。

爱是共同的担当

10年前，她和丈夫东拼西借凑了16万元钱，建了一家小型造纸厂，却因为不懂技术，造出的纸卖不出去，16万就不声不响地打了水漂。曾经平静幸福的日子就此止步，家里从此被前来要债的人困住。

那年，儿子刚刚8岁，每每家里有人前来讨债，她都找个理由把儿子支出去。她不想让孩子稚嫩的眼睛看到太多的不堪。可那份窘迫还是影响到了孩子。那段时间，孩子的成绩直线下滑，一落千丈。

她执意离婚，条件是丈夫带着孩子净身出户，到另外一个地方生活，她留在家里，想办法还上16万元的欠款。那个决定，遭到丈夫的强烈反对，可争吵过后，丈夫还是扯着儿子的手一步一回头地离家远去。她是个固执的人，决定了的事不会轻易更改。

从此，空荡荡的家里，只剩下她一个人。讨债的人还是不定期地上门，她一一给他们写好了欠条，并耐心给他们解释。然后，她白手起家，在巷口开了一家仅有三四平方米的小店，卖点油盐酱醋茶。因为她待人热情，熟悉她的人又为她的大义而感动，一条街的人，竟然都愿意照顾她的生意。

一年后，她租了稍大的一间门面房。两年……三年……五年时间过去，她已在那条街上开起了一家规模很不错的超市。其间，丈夫带着孩子在另一个小镇上生活，每逢周末也会带着孩子前来帮她打理一下店里的生意。一个男人、一个女人、一个孩子，在店里忙忙碌碌，看似依旧幸福的一家。只是男人没有了以前的豪爽，孩子也没了昔日的活泼。他们总是很小心谨慎地看着她的脸色做事，她开心他们附和着笑笑，她风风火火打电话谈生意时，他们就知趣地悄悄走开。几年来，在债主们隔三差五的声讨中度日，在起伏不定的商海里摸爬滚打，她已习惯了把所有的苦累自己扛，再苦再累，她也不愿意在男人和孩子面前倾诉。因为，她爱他们。

16万欠款是她和丈夫离婚8年后全部还清的，全是她开店赚来的钱。还完所有的贷款，她长长地吁了口气。8年的风风雨雨中，她庆幸自己能够坚强地走过来。儿子顺利读了中学，已是前夫的男人也少受了很多的折磨，在镇上平静地守着一个小摊子过日子。

是在与男人离婚的第十个年头，她提起再重新一起来过日子的。她说，自己再不想一个人那么累地走下去。谁都会以为复婚于他们是水到渠成的事，她自己也没料到，她话一出口，就遭到了前夫的拒绝："我们回不去了，这十年，我们最困难的十年，你把我剔除在生活之外。我很感谢你为我和儿子做的一切，可在你面前，我一辈子都无法再抬起头来。"

她去找儿子，儿子正无言地在超市里帮她打理着生意。读完高中，18岁的他执意不再去读书。他说，他和爸爸欠她太多，总要想办法多补偿一些回来。

这样的结局，是她始料未及的。最初，她只是抱着一整颗爱他们的心无怨无悔地去做那一切的。可命运返还给她的，并不是她期待的模样。

在她的一页日记中，她写着：爱的最高境界是责任！十年来，最苦最累的时候，她一直以这样一句话来勉励自己。可她却不明白，为何在这样高境界的爱里，她丢失了曾经的幸福。

爱的最高境界是责任，那份责任是相互的。幸福不似一枚成熟的果子轻轻从枝头掉落到你嘴里那般简单。幸福必须是一种努力，是相爱的人彼此真正关怀风雨同行，这才是幸福最重要的因素之一。她用十年的时间奉献了一份无私的爱，把所有的风雨留给自己，却仍然无法让自己所爱的人心安理得地去享受那抹风雨后的彩虹。因为，在他们被爱的十年里，他们也丢失了自己人生中很重要的东西——对她的付出与责任。

穷人的情人节

经济危机的寒潮来袭，男人女人都无法避免地在这场汹涌的寒流里呛了水。女人所在的公司裁员，35 岁的她正好在被裁之列。男人公司减薪，薪水一下子比平时少掉了近三分之一。两个人的损失加起来，曾经从容滋润的日子一下子变得捉襟见肘。扣除每月风雨无阻的房子按揭还贷，他们手里的那点钱竟然只够勉强维持日常的温饱生活。

往年经济情况好的时候，男人总会在这一天给女人出其不意的惊喜。大束鲜艳的玫瑰自不必说，那些稀奇古怪的小礼物也是必不可少的。一盒浓香的巧克力、一件精美的小首饰，总能在那些日子，让女人重温初恋的美妙。今年，这些，都不太现实了。

早早起床，他去公司，她去菜市买菜，两个人肩并肩地走出小区门口。微笑着告别。他说，亲爱的，节日快乐！很低很低的声音，低得只有她听得见。男人眼里的那丝内疚，还是被她捕捉到。下午早点回来，我给你做你最爱吃的酸菜鱼。她的笑容，在清晨的霞光里，如一朵美丽的花。她的声音很高很高，路人听了都含笑侧目。

青菜摊、海鲜摊、肉摊，她挎着菜篮子，在每个摊位前流连。很少会同摊贩讲价钱的她，终于学会一分一厘地筹划着自己口袋里的钱。二十几块钱，已装了满满一篮子，有肉有鱼有碧绿的小菜。欲转身折回时，那一束束收拾得整整齐齐还顶着晶莹的水珠儿的白菜心一下子闯入她的眼帘，同时闯入她的脑海的还有一句很不经意的话，那是她在网上看到的一个女友的签名：情人节，没有玫瑰，只有白菜。本是一句怨气十足的话，却忽然给了她启发。匆匆掏一块钱，买了一大把白菜心拿回了家。

找出闲置已久的细口花瓶儿，倒了清清浅浅的半瓶水，三两枝白菜心就此心安理得地在他们家的花瓶里安家落户。就算是代替了往年的玫瑰。清澈透明的琉璃花瓶儿里，随意地歪斜着几枝水灵灵的白菜心儿，白嫩嫩的茎，水灵灵的叶子，枝头散落着星星点点黄绿色的小花苞，竟也是一种赏心悦目的美。歪着头打量了半天自己的作品，女人调皮地笑了。

那天傍晚，男人下班时，厨房里已飘出浓浓的酸菜鱼的香气。

桌子上亭亭玉立的几枝白菜心，当然成了他们那天不可缺少的话题。

男人呵呵傻笑：在我们的花瓶里居然养上白菜了。

女人调皮而不无骄傲：花瓶里养白菜，也只有你老婆才能想到的绝佳创意。

然后，两个人轻轻相视一笑，对着一锅热气腾腾的酸菜鱼吃得满头是汗。

那天，男人到底还是拿出了他给女人准备的一份情人节礼物。晚上，洗漱完毕，临上床睡觉前，男人哼哧半天，才红着脸从自己的口袋里掏出一包白色的棉线袜子：今天下午准备去外面给你买束玫瑰花的，转来转去，又没舍得。十元钱一枝玫瑰，一束花要几十元钱，还不如给你买包袜子呢。瞧，你的那些袜子，以后别用线缝了，穿着磨脚，咱再困难，袜子我还是能让你穿得起……

女人接过那包柔软舒适的袜子，忽然就有落泪的冲动。她的大脚趾小时受伤，有些畸形，多结实的袜子，到了她的脚上，不消两天，就会顶出一个小小的洞。以前手头从容，她一年四季会为自己准备成打的袜子，破了就扔掉。手头紧张了，她不敢再那么奢侈，破了的小洞，用针线轻轻地缝一下，又继续套在脚上。那个小小的变化，原来也没有逃脱男人的眼睛……

白菜养进花瓶里，棉线袜被划进情人节礼物的行列。穷人的情人节，原来可以这样浪漫。可你是否见过开在花瓶里的白菜花儿，嫩绿的叶、金黄的花，放在阳光明媚的窗台上，那淡淡的花香，照样引得窗外的蜜蜂蝴蝶翩翩起舞。你可曾体会过，那一双轻柔舒适的棉线袜，送给一个女子的，却是贴心贴肺的暖。越是黯淡的日子，越是需要两颗心彼此温暖。这个情人节，他们过得并不寒酸。

有一种爱，静默无语

发现他神思恍惚，从见过一个人开始。

他父亲的老同事病重，他携了新婚不久的她一同前去探望。在那间充满着浓浓的中药气息的屋子里，他们与那个女子毫无防备地相遇。一袭素白的长裙，长长的发，随意地挽成一个发髻，不施粉黛的脸，略显苍白，却有着一种让人无法抵制的疼惜。热情地上前同屋里的人打着招呼，她还是迅速地捕捉到，他在见到屋中女子的那一刻，眼里飞快闪过的那丝痛。

来之前，就已听过他们的故事。他们曾两小无猜青梅竹马，可命运却终究还是阴差阳错,她远嫁重洋。他则娶了现在的她。从此两不交集。可现在,她又从天而降,以单身贵族的身份出现在他眼前。

她曾旁敲侧击地试探他,问他是否还念着昨天的那段旧情。他只揪着她的鼻子,含笑说她是个小醋坛子。可他的眼神,还是出卖了他。那个女子活得并不幸福。与前夫感情不和,结婚不到半年就离了婚,唯一的亲人父亲又缠绵病榻。她的不幸,变成了他无法说出的痛苦,被放进心的底层,被挂在蹙起的眉梢。那天,他特意拉上她一同前往,嘴上说是出于礼节,暴露的恰恰是他心底最隐秘的不自信。

他不敢保证,自己在见着故人时,心不会游离。

从老人家回来,好多个深夜里,她都听见他在旁边辗转反侧难以入眠。她便装睡,任他如何轻呼,她送给他的都是均匀轻快的呼吸声。直到他走到阳台上吞云吐雾,委屈的泪,才肆意滑落她的眼角。幸福才刚刚起步,她实在不舍得让它夭折。

那场无声无息的较量不久以后就拉开了帷幕。他的电话常常在深夜里响起,是她的声音,带着浓浓的哭音。是她的父亲又不好了,他是她能想到的唯一可以帮上忙的人。他握着电话,回头望着身边的她迟疑不决。说真的,那一刻,她的心里有些微的酸涩。却没有任何时间迟疑,急急地起身给他找衣服鞋帽:在这里,你不去帮她谁去帮她?

于是,此后,他便有了很多去她家的理由。老人病在床上,说不上什么时候就会需要人。

很多个夜晚，他是拖着一身疲惫很晚才进家门的。那个时候，她守着一桌子放凉了的饭菜等着他。在等他回家的那些时间里，她在脑子里想象了千百种他们在一起的场景，猜测着，伤心着，及至看到他，还是生生把一切不安与询问咽回去，只默默地将饭菜热好再端上来。她坚信，有时候，沉默就是最好的爱。倒是他，沉不住气了，有些愧疚：对不起，我又回来晚了，她父亲又喘得厉害。接下来，她可以自然而然地接上他的话题。所有的猜测等待之痛，就在那自然而然的交谈中化为乌有。

有空时，她也会拉上他，主动去看看老人，帮她一下。两个女人之间，已无最初相见时相互的排斥与敌意，甚至能够平心静气地谈起他的过往。那个女子甚至直言不讳，羡慕他们现在的幸福，说那些时，那双亮晶晶的眸子又会蒙上一层朦胧的水雾。那层水雾，让她心疼，也让她不安。回到家，说出的却是有点违心的话：她现在真的蛮可怜，有空儿你多去陪她说说话吧！

他从背后轻轻地拥着她，在她耳边轻声叹息：你这个小傻瓜！

女子离开那个城市时，是一年一度的七夕节。在机场的候机大厅里，她给他打来最后一个电话：能否再陪我过这个特殊的节日？彼时，她正挽着他的手，在芳香四溢的花店流连。看到他一脸的为难之色，她再一次松开了他的手：快去吧，要不时间来不及了。然后，不管不顾地抓了一大束鲜花，一下子塞到了他的怀里。

看着他急匆匆地钻进停在路边的出租车，看着面前的出租车绝尘而去。她忽然觉得自己很累。那场没有硝烟的战争，不知何时能够休止。而她，又是否能坚持到战争结束的时候。

他回来时，暮色已笼罩了整个城市。她却没有同往常一样亮一盏灯温柔地等候。黑暗中，世界几近凝滞，竟然连那两个大大的花束放到自己面前都没有发觉。直到他轻柔地呼唤：送给你，亲爱的！一束百合，代表她给你买的，她说祝我们百年好合，一束玫瑰，我给你买的，送给我善良可爱的小妻子！

接过花，她笑了，笑着笑着眼泪却已流了满脸。

有人说，爱，在静默不语时，理解与宽容的花会轻轻绽放，那时便会有天使飞过。在那场手无寸铁的婚姻保卫战中，她以那样的姿态，等来了他们爱的天使。

秘 方

她是在一个多事之秋，从父亲手上接过那家大餐馆的。几辈人苦心经营的一家鲁菜馆，多年来，顾客源源不断，生意做得红红火火。可父亲却一下子把那副重担交到了她的肩上，让她多少有些无所适从。她不过才大学毕业啊。看着她脸上的为难之色，父亲笑着拍了拍她的肩膀：不用愁，我会给你物色一个最合适的助手。

那张有点特别的招聘广告就那么贴出去了：因业务需要，老字号类家馆特招聘年轻有为的业务经理数名（持有国家厨师证书者优先），有意者请前来面谈。

他就夹在那些前来应聘的人中间。一个看上去土里土气的年轻人,既没提交装潢精美的简历,也没展示这证那书。在一边冷眼旁观的她几乎没有等他进去面试就已在心里否定了他。那天,父亲是主考官,面试的题目却极其简短:试用期工资1500元,试用期限不定,什么时候能做出正宗的类家特色菜,什么时候就可以转正成为酒店业务经理。名额有限,仅留一人。老人的话简短有力,却总是不忘记在应聘者脸上将要绽开一份喜悦的笑容时加上一句:因为某些原因,我们不慎将一份祖传的做菜配方给丢了,留下来的人必须靠自己的摸索来做出类家风味儿的饭菜。这一道附加的条件,吓退了大半的应聘者。最后,他同另外两位小伙子幸运地留下来。

他们的工作量其实并不多,每天,对照着店里给的菜谱儿,认认真真地烧着一汤一菜。却并不端给顾客,他们只需要端给她的父亲。他的严苛,大家有目共睹。每一次,他们几个人小心翼翼地将烧好的菜端到他面前,看着他半眯着眼睛,轻轻地咀嚼咂摸,心里都如揣了小鼓儿一般。谁都希望是第一个也是唯一一个被认可的人。

却是谁也没有那么幸运。他们端上的菜,不是咸了就是淡了,色不是浓了就是淡了,等到色香味儿都差不多的时候,老人又说他们的菜还差在一把火儿上。如此折腾来折腾去,大半年的时间就过去了。另外两个小伙子沉不住气,先后放弃。他们觉得老头儿有病,依仗着自己有钱,在羞辱他们。一年半的时间,招聘来的人里面,只有他留下来。

除了每天钻研厨艺,闲下来的时候,他会主动充当个跑堂的,有时也会帮她理一下每日的进出账目。两个人慢慢熟悉，他越发知道她的不容易，对店里的事也就越加上心。而她似乎也习惯了他的参与，大事小情，竟然喜欢找他商量。进店快有两年的时间了，除了雷打不动地隔段时间就将烧好的菜端到老人面前让他品尝，听他的批评或偶尔的几句赞赏外，一个堂堂经济管理专业的高材生、国家二级厨师证书获得者，竟然没有一点机会施展一下自己的管理才华，甚至连给顾客烧一桌菜都不能够。而他的工资，还是试用期的1500元。那些事，却似乎与他无关。他还是用心烧他的菜，还是像经营自己的饭馆那样帮她留意着店里的事。

在他进类家饭馆的第三个年头，类家馆张灯结彩，正式招聘他为那里的业务经理，在那个隆重到不能再隆重的场合，老人还向众人宣布了一个不亚于平地惊雷的消息：他不但要正式招聘他，还要将他招为东床快婿，把一份偌大的家业交到他的手上。

彼时，他和她，已悄悄相爱。

果真是大有来头。人群里起了不小的骚动。老人的一席话后，骚动的人群却瞬间鸦雀无声：三年前，我招他们来，就是想找一个真正能帮助我女儿的人。三年时间过去了，只有他留了下来，不厌其烦地将烧好的菜端到我面前让我品尝鉴赏。其实，我根本尝不出什么味道了。三年前的一场病，已破坏了我的味蕾细胞，我根本没有什么味觉了。这也是我当年大张旗鼓地招人的原因。至于那张所谓的祖传秘方，也是根本没有的事。我们老字号类家馆，风风雨雨走过这么多年，靠的就是对顾客的爱心和责任心、对未来的信心和始终如一的恒心。我希望能找一个这样的小伙子帮助我的女儿。他做到了。

台下掌声雷动，他有点不好意思地低下了头。那道他努力试验了三年的配方，竟然有着这样一个惊天秘密，他也毫不知情，可老人所说的那份爱心、责任心、耐心、恒心，他倒是真有。看来，那些，不光是一道商业经营的秘方，还是一道爱情的秘方，有了这道秘方，就能烹制出世上最美的爱情大餐。

一盘没有下完的棋

遇上他的时候，她才 22 岁，刚刚大学毕业，被分到他的公司，他是她的顶头上司。那一年，他刚刚结束一段短暂的婚姻，与前妻离婚，自己一个人过日子。

她不知道他们分手的原因，却不可遏制地爱上了他。是的，在她的眼里，他成熟，稳重，浑身都散发着那种成熟男人特有的魅力。她的做法，曾在家里引起轩然大波，但所有的反对，与她那份痴狂的爱相比，都黯然失色。

她披上嫁衣，走进了那个家。

他对她很好，几乎知道她每一个微小的心思，对她体贴，给她呵护，在每一个值得纪念的日子，都会有一份带着他特别心意的小礼物抵达她的手上。她幸福得几乎醉了。谁说离过婚的男人嫁不得？离过婚的男子，也有他特别的好，知道珍惜。而她更是以千百倍的热情与柔情去回报那份爱的。曾经那么娇柔高傲的她，为了他，脱掉裘衣走进厨房。大半个下午的光阴，她为他捧出了一碗醇香浓厚的汤。握着她不小心被刀子划破的小手，他的眼睛就湿了，为了她的那份心意，他顾不得在外已吃过饭，把那大碗汤喝了个精光。

他说，她的爱，就像那碗汤，温暖直抵他的心房。

原本，可以那么一直爱下去的。可她无意中的一个发现，让他们再也回不到最初。

那是一个阳光很好的春日下午，他出差了，她一个人在家百无聊赖。就想起那些藏在柜子里的书和衣服。她像一只勤劳的小蚂蚁，把家里所有的衣服、书籍都搬到了露台上。一件又一件，抖落开来，把脸幸福地埋进那些散发着淡淡的樟脑味儿的衣服里，那里到底还有着他的气息的。那个蓝色的小本子，就是从他一件旧衬衫里掉出来的，"啪"一下掉在她的面前，吓了她一跳。以为是他的工作笔记，就不经意地打开了。打开了，就再也合不上。她急切地翻下去，直到最后，她的泪水模糊了她的眼睛，再也看不下去。

那是他和前妻合写的一本日记。从他们认识到相恋到结婚，点点滴滴，化不开的甜蜜。那些似曾相识的句子，那么让人眼热心跳。她曾经以为，那只是她自己的专利，事实却是，早在她之前，有另一个女人已先她拥有，而且那个女人最终还是将他抛弃了，随了另一个人远去。她伤害了他，他却保留着这份让他痛苦伤心的回忆，如果不是爱，不是不能忘却，又能是什么呢？

那么她呢？他们那些同样火热的爱，难道都是假象么？

到底还是一个聪明的女子，她不动声色地将那本日记放回原处。等他回来的时候，她脸色平静，只当什么也没有发生。可那平静的湖面下，暗涌着怎样的狂涛巨浪呵。他还是他，一如往常地对她嘘寒问暖，她却再也不能心安理得地享受。她觉得他那么虚伪。情人节，他送她情侣表，她闷闷地扔到了一边。终于，忍不住发作：拿开，别假惺惺地装了。他被她说得一头雾水，却不晓得原因，只有加倍地对她好。

他们的婚姻就那样走进一个可怕的恶性循环，她莫名其妙地对他发脾气，怀疑，质问，步步紧逼，他找不到原因，就越加对她赔着小心。她看着他对她好，马上联想到他也曾经对另外一个女人这样好，甚至更好，她就想发疯。明知道自己那么做有些无理。但"她"像一颗隐藏不见的定时炸弹，随时都有可能跳出来把他们的婚姻炸得粉碎。

男人的耐心与热情，也不是挥霍不尽的。他发觉她真的变了，再不是以前那个温柔善解人意的女子。她敏感，多疑，动不动就使小性子。她工作起来再没有以前的热情，她也不会再费时费力去给他熬一锅汤。

那个家的温暖，离他越来越远，他把更多的时间交给了工作。

后来，是她提出暂时回娘家去住一段时间。他答应了。他们是需要时间，好好地打理一下自己。

在娘家的心情并没有好多少，她每天都无聊地坐在那里，看着父亲与他的老同事下棋。看得多了，她的手也发痒，她便要求自己和父亲下一盘。父亲依了她，和她对下。连下三盘，她全输了。本来就不好的心情就更坏了，她嘟起了嘴，说人不如意下棋都不能赢。父亲笑着问她："你知道你为什么输么？你什么都丢不下，结果老将难保。丢车保帅你懂不懂？要懂得放弃那些不重要的棋子，才有力量继续往前走。懂得做必要的放弃，才是真正的高手。"

她一下子怔在了那里，懂得做必要的放弃，才是真正的高手。好久以来，她不就是在揪着那些不必要的棋子在犹豫不决么？她明明放不开他，却无理地揪着那些过往不放。在他们的婚姻里，他的过去，他的那个离他而去的"她"，甚至是他那些七零八碎的小坏毛病，与他们现在的爱相比，就是那些不重要的棋子呵，而她要保留的，是她和他的爱，这颗最重要的棋子。

婚姻如棋，懂得放弃那些不重要的棋子，懂得保住最重要的棋子，才会有力量继续往前走，直抵幸福的深处。

他们那盘棋，虽然有点乱，却还不是死局，不是死局，就有希望继续进行下去。

她飞速收拾东西，一边打电话给他，问，你在做什么。他快速地回，在等你回家。

她的眼泪就那么肆意地流了一脸……

如果我们只是萍水相逢

那是他们结婚几年来，她和他吵得最凶的一次。书本、枕头、沙发靠垫、刻薄恶毒的语言，都成了他们彼此攻击对方的武器。

其实不过是一些鸡毛蒜皮的琐碎小事，可小事积累多了，也会变成一把锐利的刀，把婚姻的城堡切割得遍体鳞伤。人们常说的“七年之痒”还没到呢，他们的爱情便走向了冰冷的坟墓么？

心里有几分不甘不舍，还是不约而同地吐出了“离婚”那两个曾经相约轻易不出口的字眼。说完，两个人都无言沉默。原来，在那座婚姻的堡垒里，他们俩竟然都是那么厌倦。

提出去西藏进行最后一次共同的旅行，是冷战了几天以后男人提出来的，他说他给她许下过诺言，要在他们相守的日子里实现。心底的那根弦，柔柔地颤动了一下，有轻微的疼。如果平日里他肯花一点心思在她的身上，如果平日里他不是一次又一次忽略了他曾给她许下的诺言，他们又怎么会走到今天。

收拾了两个大大的旅行包，各自装满各自的换洗衣服日常用品。像平时每一次出门一样，他拎起两个重重的行李包就要下楼，她却固执地从他手里拿过来自己的那个：从现在开始，我们只是萍水相逢的朋友，自己能做的事我不会再麻烦你。

她希望提前感受一下一个人应付日子的滋味儿。

他不再说什么，奇怪地看了她一眼，就把她的行李交到她的手上。

从六楼到一楼，她倒了几次手，赶到楼下时，手还是被勒出了一道红紫的痕。从一楼到六楼，从六楼到一楼，家里的米面油盐，一应用品，都是他一点点运上去搬下来的。她从来不知道，拎着那些走过那一道又一道的台阶，并不是那么轻松容易的事。

坐汽车，换飞机，又倒汽车，一路颠簸，终于一点点接近了那片梦寐已久的高原。蓝色高远的天空、空旷辽远的草原、成群的牛马，一路叩首去朝圣的虔诚的人群，这一切，都抵不过高原反应带给她的不适。她痛苦地皱着眉头，靠在汽车的椅背上。他宽厚的胸膛与她近在咫尺，可她不想破坏自己的约定。再说，他比她也好不到哪儿去。嘴唇明显开始发暗，喘气声也越来越粗重。

他开始给她讲笑话，分散她的注意力。一个又一个，他费力地开口，逗她笑，她的眼泪就慢慢渗出眼角：子默，谢谢你！她轻轻地握了一下他的手。

呵呵，这么客气。他的眼里滑过一丝孩子般的顽皮，眼睛飞速地转向车窗外。

谢谢你，很简单的三个字，他们却很久没有说了。他为她做一桌子可口的美味，她为他整理好一片狼藉的书房，因为是爱人，爱人之间的付出在彼此眼里就成了理所当然。所以，他们从不说，谢谢你。

到达目的地，先找旅店登记住宿休息。一前一后拖着行李走向服务台，服务小姐笑靥如花：请问两位需要什么样的房间，是双人套房还是……

两个单间，服务员的话还没说完，她就接过来了。

他们的房间只有一墙之隔。各自把行李安顿好，他让她先上床休息，他去外面买些吃的回来。她的大脑像要开裂，昏沉沉晕乎乎地将自己抛到床上，竟然睡了过去。然后是梦，梦里一大片茫无边际的荒原，她在荒原上无休止地奔跑，有一群绿眼睛的狼，在她的身后猛追，她喊他的名字，他伸开双臂急切地迎向她，却无论如何也靠近不了……

惊叫着从噩梦中醒来，已是满头满脸的汗。多形象的一场梦啊。

第二天，他去小店里租了艳丽的藏族服装，给她买了一条长长的洁白的哈达。雄伟壮丽的布达拉宫前面，他举着相机，变换着不同的角度，给她拍照。

小薇，你穿这衣服，真的好美！

她知道，那些话，是真心的，因为他左一张右一张，让她变换不同的姿势，迟迟舍不得把相机放下。苍白无血色的脸忽然就热起来。要听他这样一句话，是多么不容易的一件事了。每天匆匆上班下班，她新买的高筒皮靴、新做的烟花烫，在他的眼里，都已激不起任何惊喜与波澜。他不肯把那些溢美之词送给她。他说都老夫老妻了不需要。可他不知道女人的心思，每一个女子都希望自己在爱人的眼里永远新鲜如初。有些甜蜜的情话，是爱情世界必不可少的空气。

在西藏，他们玩了足足有一个多星期。回程时，早已忘记了当初“萍水相逢”的约定。他拖着装得满当当的行李包，也牵着她。她则像个初恋的小女孩儿，幸福地由他牵着，天涯海角都心甘情愿一路相随的样子。

如果我们只是萍水相逢，我会感激地记着你对我每一寸每一缕的好，我会好好地珍惜我们在一起的每一丝每一寸的光阴；如果我们只是萍水相逢，我会是你眼里最神秘最美丽的公主。可我们已经不是，我们已由最初的萍水相逢变为最亲密的爱人。为什么那一切美好反倒离我们远去？其实，我们能做回去，做一对凡间最亲密最幸福的爱人。只要我们记得，有时候，我是你，你是我；有时候，我是我，你是你。

舍不得你受伤

与他的相识，缘于一场赌气。在一场失恋里挣扎了好久，却无论如何也挣不脱那个残梦的纠缠，于是，便渴望一道挡风的屏障。他就成了那个最合适的人选。他不够英俊，长相足够安全，他口袋里没有钱，走出去足够让人放心。最重要的一点，他在听完她整个让人颓丧的恋爱故事后，竟然傻乎乎地对着她说了一句：我不会让你受伤害。

就冲这句话，几天后她就拉着他去了婚姻登记所，然后糊里糊涂开始了他们的婚姻生活。

婚后的日子并没有因为多了那两张大红

的证书而改变多少。她依然习惯于来去如风，中午躲在单位吃盒饭，下午下班约死党去逛街。她不会因为他眼里的渴求而心软，她甚至明明白白地说他们可以相敬如宾白头到老，但她已没有了爱的能力。那个木讷的男人竟然稀里糊涂地说，他会帮她找回来。

从此后，他真的勤勤恳恳，像一位忠实的农夫，在他们的爱情的自耕田里劳作。

结婚第一年，她和他在那个城市的两端。她在家旁边的书城上班，他却要跑将近一小时的路才能回到家里。为了同她一起吃一顿热乎乎的饭，他牺牲掉中午仅有的一个半小时的休息时间，挤 40 分钟的公交车赶回家，然后挽起衣袖下厨房。他的理由很简单，夫妻每天连顿饭都不能在一起吃怎么能叫夫妻。她起初是反对的，但每每看他头顶烈日，满头大汗地从外面往家的方向小跑着走，心里便有了轻轻的不忍。某一天的中午，她早早回家做好了饭，等着他回来。她说，以后别急着回来做饭，我做好了等你。

仅仅是做一顿饭而已，她知道，那些与爱情无关。

结婚第二年，她上班的书城裁员，她下岗了。他的事业也进入了冰冻期，家里的开销一下子紧起来。为了节省每天 4 元钱的公交车费，他又把丢在车棚里好久的那辆破自行车找出来。他说，这是时下最流行的健身方式。他依旧乐呵呵地每天从外面回来，从菜市场带回新鲜的时令小菜。她却看着他黑发中出现的那星星点点的白扭过头去。她只觉得一种凉，噬骨吸髓般。他们的婚姻，连仅有的一丝平实温暖也那么不容易留住。

他给她那个小小的红色存折时，已是他们婚姻的第三年。那天是她的生日，上班前，他轻轻地将那个小折子放在饭桌上，略带羞涩地对她说：生日快乐！她打开，看到那上面孤零零的那个数字：300。到底是一个不懂风情不晓浪漫的男人，她笑着摇摇头，还是很小心地把它收起来。可此后的日子，她才知道那个数字是会变的。他省吃俭用，每个月的一号都会给她那个折上打上三百块钱。他说，她工作无着，他想趁着自己还年轻，替她挣一笔养老保险的钱，钱不多，却是他的心意。说这话时，他正在厨房里做着她最爱吃的凉皮。她站在他背后，胳膊就轻轻地环住了他的腰。

不间断的争吵应该是从婚后第四年开始的。其实也没有什么大事，不过是日子里一些琐琐碎碎的小烦恼，被她夸张地放大。说是吵，其实是她自己在唱独角戏。她吵，她唠叨，任凭她说干了唾沫，他也不急不还，他只在一边一个劲儿地说，消消气，一切都会好起来。她觉得他就像躲在门后面的一堆湿柴，任凭点什么火，也激不起他的火焰来，就越发无理地闹。感觉那样的日子，过得味同嚼蜡。那一次，她又莫名地发脾气，他一如既往地沉默。最终她被那种沉闷激怒，跑到厨房就摸起了一把水果刀。他真的慌了，上前抱住她拼命地夺。一只大手整个地把刀刃握住了，只留一个刀把儿在她的小手上。争夺中，她就看见有鲜红的血，从他宽大的手掌里滴下来。

疼痛就是那个时候整个地将她击中的，她扔了刀，疯了一样敞开了他的手，忙着去找白药找纱布。她给他包扎，一边包一边流着泪向他道歉，骂他傻瓜。她说，以后她再也不胡闹了，那么疼。她又说，你傻瓜了？把刀刃这么紧地抓在自己手里？

他只呵呵地傻笑：我害怕刀刃伤了你嘛，舍不得你受伤。

哪里有再逃开再抱怨的理由？面对一个把刀把留给你，而把刀刃留给自己的男人。

童话里，王子深情一吻，就唤醒了沉睡百年的美人。现实中，她却是用自己的汗水与泪水唤醒了沉睡的他。这个童话远比作家笔下的童话来得沉重，却也来得美丽震撼。其实，最美的童话，不只在缥缈的幻境里，她亦在尘世，在笑泪交迸爱意相随的凡俗岁月里。

〔第三辑〕

爱情能编织尘世最美的童话

仙人掌之爱

他是为了要一个安静的写作环境才决定离家到乡下去的。给他收拾行装时，大咧咧的她竟然没有半点离别的伤感："好好写，家里一切有我，你就安心在那里写。"

谁料他一走，就像断了线的风筝，一下子飞出了她的视线，再无消息。几年里，他年老的母亲被她侍候着上了天堂，年少的女儿考上大学去了外地。拥挤的小家一下子空荡荡的。留给她的，只有一脸沧桑还有一腔的怨恨。等你回来，看我不撕了你！她不止一次如此发狠！

再见到他，是他离家5年之后。在那个城

市一家小小的医院里，他一个人静静地躺在医院的病床上，睡得不知日月晨昏。一场车祸，他被摔出几十米远，没破伤没流血，却浑身动弹不得，睡成一株植物。医院是从他身上的一封信里，找到她的。直到那时，她才知道。原来，5 年来，他其实一直就没有走远。在那个城市，一个她看不到的角落，他同另一个会写诗作画的女子，风花雪月。是那个女人把他送到医院，在他的身上留下他的家庭地址连同一封情意绵绵的信，然后悄然消失。

初闻这个消息的那一刻，她号啕大哭。为着他成为植物人的现实，更为着他对她 5 年的欺骗。

是连哭带骂把他从医院拖回来的，在邻居们不解疑惑的目光里。人们说，他都对你那样儿，你还管他？他不能动了，就得一切听我的，看我怎么折腾他！她恨恨地说。听这话的人，唯有摇头。他们的婚姻，也许从一开始就充满了不和谐。她粗糙，没有多少文化，脾气还坏，他细致，脾气温和，从不与她吵。可她却一直觉得，多少年来，她是生活在他的阴影底下的。一次又一次用自己的高尚言语来掩饰的，不过是自己的一份自卑。他到底还是彻底地欺骗了她，不声不响地消失得干干净净。5 年。一个女人，能有多少个黄金 5 年啊？

他回来了。他们那间不大的房子里又不再寂寞。过路的人，时常听见她对他的呵斥声："她不是很爱你么，怎么一出事就溜得没影儿了？你，活该！""你这死胳膊死腿的，能不能动下，你是死人?!"……嘴里骂骂咧咧，手却一直没有闲着。从早到晚地给他按摩，翻身，擦洗。那封留在他身上的情书，本来打算把它一毁了之的，又想着等他醒来，没个证据，就忍气留了下来，还忍不住拿出来一遍又一遍地读。每一次展开，读不了两句，她就气得把它扔到一边。那些火热肉麻的词语，灼得她的眼睛生疼：亲爱的，我爱你……你是我的山，我是你的海……我欠你的是一生一世的情，今生无缘，我们来生相会！呸呸，她朝地上啐了两口唾沫，狠狠地骂着小贱人。可就是那封信，竟然带来了奇迹。那天，她又拿出那封信来读的时候，意外地发现，他的手指，竟然轻轻地动了一下。那个发现，把她激动得一夜没睡，眼泪都把他的睡衣打湿了。

一遍又一遍，那封信被她读"烂"了："……你是我的山，我是你的海……我爱你，到永远……"那种声音已完全变成了她自己的了。抓起他无力的大手掌，她的泪，纷纷坠落，如夏日里一场急雨："你再也不跑了，你终于完完全全属于我一个人……"

谁也不知道，是她的爱唤醒了他，还是那封爱意绵绵的信唤醒了他。总之，在近百个不休不眠的日日夜夜，她照顾着他，也唠叨斥骂着他，怀着一种复杂难言的情绪，一次又一次冒充着那个温柔多情的女子，给他读那封情意绵绵的情书。他竟然醒了。医生说，能在那么短的时间里醒过来，是一个奇迹。

醒来的他，面对苍老如老妇的她，哽咽无语。

就在那间小小的卧室兼书房里摆上了一台电脑。他写作，她屋里屋外地忙碌。仿佛没有改变多少，她依然咋咋呼呼，有时嫌他人邋遢不修边幅，有时逼着他把她煲的营养汤喝下去。大大的嗓门儿，常引路人侧目。

不知听哪个人说，一盆仙人掌放在桌子上，可以防辐射。她就从市场上搬回一盆大大的仙人掌，放在他小小的电脑桌上。他取书，拿茶杯，有好几次，都被仙人掌硬硬的刺给扎了手。却是含着笑，兀自放在嘴里吮吸一下了事。没事的时候，他常盯着那盆仙人掌发呆，那盆绿绿的，浑身是刺的植物，多像她啊，粗糙，尖锐，似有浑身的武器，可她却有着那么奇怪的根茎，能在一片沙漠里，源源不断地把一片生命的清凉与绿意输送给人。

奔跑的“情书”

她没什么文化，斗大的字认不了一箩筐。她长得也不好看，皮肤黑黑的，眼睛不大，个子瘦小。那时她唯一的优势，就是她家比他家有钱，他是从她家里借了几十元钱当路费、学费才勉强到省城里去读书的。那几十元钱的代价，就是他要承载起她后半生的幸福。

高大帅气的他，身边站着矮小瘦弱的她，他如玉树临风，她则像他阴影里一棵灰扑扑的小草。那样两个人，站在一起，怎么看都让人生出一种遗憾。可他还是跟她结婚，带着她进城。

她只在城里待了一个月，就匆匆忙忙逃

离。她说，她在城里待不习惯，还是回乡下去。说了那么多不愿意在城里待下去的理由，唯独有一条，她没说，就是她外出买菜的路上听到几个人在她身后悄悄议论：想不到李老师一表人才却娶了这么一个人。她是为着那一句，才坚决要离开城里的。她其实那么喜欢城市，喜欢和他待在一起。可她不想让别人在他走过的地方指指点点。

他真的送她回去了。此后，他在城里，做着光鲜体面的城里人。她在乡下，仍旧做着面朝黄土背朝天的村妇。因为她不识字，他很少给她写信，她给他的信更是稀少。只是在每个季节，山里的时鲜果蔬下来时，她会拎了大包小包的东西，翻山越水，去看他。见面，她也只会家长里短地絮叨，里里外外帮他收拾一遍。偶尔叮嘱他要早起早睡保重身体，就算是她能讲给他的最甜蜜的情话。

那纸离婚协议书，是在他们婚后的第 5 年，他千犹豫万徘徊后才拟定的。在那份没有爱情的婚姻里，他实在坚持不下去。家里的房子、田地、孩子，还有他那几年来在城里挣下的所有的钱，全部给她。那些都明明白白写在那份离婚协议书里。总是说不出口，他只能选择那样一种略微委婉的方式。离别的前夜，她一直在厨房里忙活到半夜，蒸煮炒炸，将他的行李包塞得满满当当。看着她忙碌，他的眼睛忽然有点潮湿。可他还是将那份离婚协议书，轻轻地折好放在了床边的小几上。

第二天，她挥手同他告别，在村头那棵古老的大榕树下。那个村里唯一一趟开往镇汽车站的公共汽车，将载着他到镇上，他再转车到省城。放心去吧，家里有我。她轻轻举起的手，在那棵老树下定格成那幅不变的风景。他的眼睛，忽然就被明晃晃的阳光晃得一片模糊。

从乡村到镇上的公路坑洼不平，那辆满载着乘客的破旧中巴载着他一路颠簸着往镇上驶去。他坐在车子的最前排，一路设想着他未来的婚姻路。车厢里的其他乘客，要么在打盹要么在交头接耳地说说笑笑。没有人会想到，他们身后远远的路上，有一个女人在扬着一只胳膊疯跑。是她。在村口和他告别，回家一眼就看到放在床头的那几张纸。打开来，只看一眼，她就飞身冲出家门，却发现那辆载着他的中巴已不见了踪影。她就一路飞跑着顺着那条路一直追上来……

从村子到小镇，二十里弯弯曲曲的盘山公路，车子行得慢，她却几乎是拼了命在跑。她要赶在那天开往省城的车子开出前追上他。远远地看到她披头散发地从远处扬着手向他跑来时，已是一个多小时以后，离他出发去往省城的时间还有不到半小时。他以为她看了离婚协议书，来找他拼命。站起身，寒着脸迎上去。那会儿的她，嘴唇发紫，头发已湿漉漉地贴到头皮上，气都几乎喘不上来：你的讲课稿，落在家里……

说完那句话，她就一手捂着肚子，缓缓地蹲了下去。他怔住，上前轻轻扶起她：你一路从家跑来的？就为了给我送这个？

我不认识上面的字，但我想它对你一定重要，怕你回去找不到着急……她的脸上露出孩子气的笑。

是很重要，非常重要……他的眼圈儿红了，接过她递上来的那份离婚协议书，三下两下就撕了。

怎么撕了？不是你的讲课稿？

是我写给你的情书呢，让别人看到了就不好了。

就你贫……她丝毫不怀疑他的话。脸上，是从未有过的幸福。

那天，他找借口没走，跟她一路步行着回了村。回程的路上，她还在为那封她没看到的“情书”而遗憾。他说，那封情书写得不够好，等回家，他重新给她写，给她写一辈子。

而今，已满头华发的她和他，牵手走在校园里，看见他们的人都说他们是那所校园里最恩爱最般配的一对夫妻。没有人知道，他们牵手半生的深情，只因为当年那封奔跑了一万米路追上他的“情书”让他明白了爱的真谛。那个秘密，她也不知道。

长相守

冬天的夜，来得似乎特别早。感觉才从公司下班回来不一会儿，竟是夜里9点钟了。同往常一样，男人先给躺在床上的女人擦过脸，翻了身，又为她通身按摩一遍，才戴起老花镜，坐到摆在女人床头的绣架前，一针一线地绣起来。

他面前那幅近两米宽的白色绣布上是不再年轻的一男一女。男的头顶微秃，正深情地俯视着床上的女人，床上的女人已满面风霜，在含情脉脉地与男人对望……他们的背后，是大片的青山绿水的背景衬托。

友秋，明天，我的这幅《长相守》就要封针

了，咱俩就在这画里头，一生一世都不分开了……男人一边低头小心地穿针走线，一边喋喋不休地同床上的女人唠叨着。静静的屋子里，突然传来女人的号啕大哭。她不能讲话，可她的大脑却是清醒的。那一刻，她能送给男人的，只有那几近撕心裂肺的哭声。女人的泪水里，有心疼，也有温暖。

年轻时的男人和女人，是世人眼里的神仙伴侣。青梅竹马的一段恋情，在合适的季节瓜熟蒂落。两个人手牵手走过，男人高大威猛，女人小鸟依人，一对完美璧人，如从画中款款走来。又都有各自独立的事业。男人是一所高校的教师，女人凭自己的心灵手巧，将一家刺绣馆经营得有声有色。那时的日子，是女人手下那幅五色斑斓的刺绣，针脚密密麻麻，幸福却纤毫毕现。

那一切，却在 6 年前结束了。一场突然而至的脑干梗塞，让昔日能描会绣的女人再也拿不起针线，她连自己的身体都无法再支配。整日躺在床上，不会说，不会动，脸上连一丝表情也没有，她的生命就靠那根插在胃部里的管子维持着。医院曾为她下发了 5 次病危通知书。5 次，都是他拼命求医生把她从死神那里夺回来。他要她活着。只要活着，就有希望。

她真的活下来。却从此躺在床上，时时刻刻都要人料理。那个曾被她视为生命的刺绣馆，她再不能打理。那时，他近 50 岁，已是他那所高校的一名部门主管，工作稳定，收入也稳定。他的辞职报告，是在女人倒下几个月后递交上去的。他说，他不能让她的刺绣事业因为她的病荒芜，他要为她支撑起来，等到她好起来的那一天。

那样的一个疯狂决定，曾引得他的亲朋子女一片反对。谁都知道，一向粗枝大叶的他，根本对付不了那些又细又小的绣花针。

他还是开始了在那片全新天地里的打拼。粗壮的大手，第一次拿起细细的绣花针，一针一线，从最基础的东西开始学起。与学问打了半辈子交道的人，第一次走出去，东南西北闯荡市场。没有经验，也没有可以商量的人。在外面所受的所有委屈与苦累，回家来不能倒给床上昏昏沉睡的妻。每一次，到她床前，他带给她的都是好消息：刺绣馆里又卖出几幅绣品，又引进了几个技术娴熟的工人……她在床上沉睡了三年，他也整整向他汇报了三年。直到三年前的那天，他再次向她絮絮叨叨地汇报时，她的眼睛突然睁开，对着他哭出了声音。那一刻，他把她抱在胸前，大哭了一场。为等到那一天，他走得好辛苦。

她的病情，一天天好转着，虽然还不能说不能动，可她的大脑已醒转过来。他对她说过的话，她不再无动于衷。她终于可以做他最忠实的听众。他们的刺绣事业，也在一天天向着好的方向发展，在他的苦心经营下，6 年前那个小小的刺绣馆已是拥有两百多名员工的绣庄企业。

那幅《长相守》是女人生日前半年他忽然想起来的。又一年过去，他希望女人能在那个生日到来之际重新站起来。他希望能在她生日那天送她一份惊喜。打理着公司的生意，照顾着病床上的女人，他只能利用闲暇之余，一针一线地在灯下绣下那幅他和妻子的画像。他的员工，曾不忍年过半百的他还那样辛苦地劳作，多次要代他完成那幅绣品，都被他轻轻拒绝了。他说，他绣的不仅仅是一幅画像，而是对妻子的祝福与爱。一针一线里，全都是，谁也无法替代。

把你我一针一线，绣在青山绿水之间，却不是你我年轻时的红颜，而是你又老又病的时刻。因为幸福的爱情，从来都是以浪漫缠绵开始，靠温馨呵护度过，以相依相扶蹒跚的脚步走向人生归途。我愿与你长相守，无论是画里还是在尘世。一对不离不弃相厮守的凡俗男女，为世人谱写了一曲新的《长相守》。

为爱开屏

很美的舞曲，多少观众熟悉又喜欢的经典葫芦丝曲——《月光下的凤尾竹》。很美的羽毛，伴随着优美的舞曲徐徐展开。羽毛上缀满五彩的 LED 灯，闪闪烁烁，瞬间就把人带入亦真亦幻的风情南国。可当舞台上的白衣人轻轻转过身时，台下一片哗然。一位长相平庸且不再年轻的中年汉子，背上背了那套美丽的孔雀舞装置，要给大家献上一段孔雀舞。那套美丽的装置，正是他自己设计的。

音乐再次响起，男人随着音乐翩翩起舞。一招一式，男人舞得认真，弯腰，屈腿，扬臂，看得出，他在极力模仿着原汁原味的孔雀舞。观众和评委却不买他的账——从来没看到过的一种怪异舞蹈。观众笑翻了，前台的评委一个接一个摁亮了前方的红灯，摇头说“NO”！

灯光底下，他的额头上沁出细密的汗。但他还是坚持着把那段舞蹈跳完。

“我觉得用你的发明让一个更专业的美眉来跳会更好。”评委甲说。

“我们是在做达人秀，尤其还准备走到世界舞台上。这个叫做机械表演，实际上表演的就是机器人的动作。”评委乙说。

“你能把所有的机械发明装在一个俊男美女的身上去么？”评委丙说。

面对评委们一个比一个更犀利的追问，他的脸红了。他只憨憨地笑，不知道如何回答。

“那你能告诉我，是什么东西让你想起要发明这样一种孔雀开屏的装置？”评委们对他的舞蹈不看好，却被他背后那套美丽的装置吸引了。

“为了哄我老婆开心。我老婆瘫痪在床三年了，所以我发明了这套逗她开心的装置。”舞台中央，男人已没有最初的紧张，他淡淡地笑着，回答了评委们的疑问。

“对不起，对不起……”一阵轻微的沉默之后，是几位评委一连声的“对不起”。台下的掌声响起来，很多人已擦起眼睛……

这是发生在 2010 年 9 月中国达人秀节目现场的感人一幕。那位为爱开屏的“孔雀男”姜仁瑞把那一段有些机械僵硬的孔雀舞带到了亿万观众面前，也把一段感人至深的爱情在世人面前轻轻展开……

姜仁瑞，一位来自内蒙古呼伦贝尔大草原的蒙古汉子，今年已经45岁。45岁的姜仁瑞原本有一个幸福美满的家。一双聪明好学的女儿，一个贤惠能干的妻子，他自己有不错的机械修理手艺，家里开着一间不大不小的机械修理铺。家里的日子，算不上很富足，却也是幸福平静。然而，那样的幸福，在三年前被妻子一场突如其来的病彻底打破。

3年前的一天，姜仁瑞的妻子突然脑出血瘫痪在床，从此再没能起来。

妻子病倒的那一年，两个女儿正面临着高考。妻子的病要治，修理铺只好关门，赚钱的生意断掉了，花钱的地方却越来越多。带着妻子去全国大大小小的医院看病，手里的积蓄花光了，妻子的病却没有什么好转。能活着，就已经很不容易了。医生们的宣判，让那个家再没有了往日的欢颜。那一段日子，对姜仁瑞来说，真正苦不堪言。可再苦再难也要把日子过下去，他答应过妻子的，一定会好好地把那个家撑下去，把两个女儿抚养成人。那年的高考中，两个女儿双双以优异的成绩被大学录取，飞离了那个家。那个家，就全部交到了他的手里。

修理铺的生意还要做下去，躺在床上的妻子也要小心照料。从那天起，姜仁瑞的日子就不再分白天与黑夜，睡着与醒着。早上顶着星星起，买菜，做饭，侍候妻子洗脸吃饭，忙完了就到店里，换上那身油污的工作服，开始自己的修理工作，夜里，侍候妻子睡下，他却还在灯下苦熬苦干。生活完全不能自理的妻子，一会儿要翻身，一会儿要解小便，他不敢睡，怕自己一倒下睡得太实无法更好地照顾好她。

那一个又一个长夜，他发明了一样又一样哄妻子开心的小东西，一把打开就亮的扇子、一件缝了可爱图案的小马甲，他拿着它们，在妻子的床前跳肚皮舞，唱二人转，病床上的妻子不能说，脸上却露出从未有过的开心笑容。

为了那套孔雀开屏的装置，他忙活了整整8个月，前前后后共花了四五万元。从云南网购来孔雀羽毛，从深圳买来LED灯，设计电路开关，焊接一个又一个细小的接口。他做那一切，只为博妻子一个灿烂的笑。

“她以前从来没有看到过真的孔雀开屏，那天我上网，偶尔打开一个网页，上面有正在开屏的孔雀，她看着看着就笑了。我就琢磨着能自己做一个，随时跳给她看……”

就那样，姜仁瑞背着他的孔雀开屏装置，从老家到沈阳，从沈阳到上海，一路站到了中国达人秀的舞台上。

姜仁瑞红了，姜仁瑞火了，似乎只在一夜之间，“孔雀哥”、“孔雀先生”、“孔雀大叔”这样的词汇统统被网友们送给了姜仁瑞。这一声声称呼里，没有恶搞，没有调侃，有的，只是广大网民对姜仁瑞的尊重与钦佩。

姜仁瑞有点不习惯这样的“火”，更没有想过自己还会在演艺这条路上走下去。

“你为了给妻子跳一段孔雀舞，前前后后花了四五万了，你觉得值得么？”

“值得，怎么不值得？我答应过她，有一天要到真正的舞台上给她跳一段孔雀舞，我做到了。”

“那你以后还会跳么？”

“跳啊，当然跳。却不会再来舞台上跳了，只跳给她看就行了。”

“站在这样的舞台上，你有没有什么心里话，想给自己的妻子说。”

“亲爱的老婆大人，不论你什么样，我会一生一世永远地爱你，伺候你，这是我一个男人应该做的，我也能做到！”

这是姜仁瑞给妻子的爱情宣言。没有华词丽句，没有豪言壮语，却在那一瞬间，轻轻打动了亿万人的心扉。

哪怕岁月淡忘了春天，花香还在你的怀抱，打开我的孔雀屏，让它美丽地绽放一次，病榻上的爱人啊，请你笑一次。“孔雀男”姜仁瑞，为爱开屏，让我们再次体会，这个世间暖暖的真爱。

爱无来生

彼时，他是大学里一名教授，那场可怕的政治风暴席卷全国，他也毫无例外地被卷进去。无休无止的批斗会，让原本平静的日子再无片刻安宁。妻子终于无法忍受，站出来与他划清界限，决绝远去，只给他留下三个不谙世事的孩子。

家里原本就穷，妻子又离去，他自己每天被批斗到天昏地暗，受不住饥饿之苦的孩子开始学着小偷小摸……

一个家，没有了女人，就不像家了。

她就是那时走进他的家的。一个曾经坐在他的课堂上听他讲授文学理论课的年轻女子，一家工厂的一名质检员，22岁的青春年华，要嫁个好人家，一点也不成问题。可她固执地抛开所有向她抛来的爱情红玫瑰，顶风冒雨走向他。不为同情，只为心中埋藏已久的那份暗恋。

一个未婚的年轻姑娘，不嫁志同道合的革命同志，不嫁有权有势的高干子弟，嫁一个比她大了十几岁穷困潦倒的“黑老九”，进门就是3个孩子的母亲。她的决定一出，众人一片哗然。父母寻死觅活地阻拦，组织威逼利诱一次次找她谈话。她的头，却抬终抬得很高：我爱他！爱无罪！

爱是无罪，他们却为那份爱吃尽苦头。他为此被发配到遥远的乡下，她为此丢了工作。依旧无悔，离别之际，她含笑对他说：放心去吧，家里有我。男儿泪，不轻弹，站在高高的土台上被人推来搡去批斗时，他没掉过一滴泪。那天，握着她瘦弱的双肩，他却泪湿双颊：你的爱，这么沉，今生无以回报，只待来生……

伸出纤细的手，堵住他的嘴巴：我不要来生，只要今世。我会在这里等你平安归来。

含笑带泪转身，挥手告别。那一去，就是5年。

5年时间，近2000个日日夜夜，他在那片荒僻的田野里挥洒汗水。拿惯了笔墨纸砚的手，拿起锄头镐子犁，不出半天，手上的血泡就一个接一个地起，磨破了，沾了咸湿的汗，钻心的疼。那还不是最疼，最让他疼的是心中的那份荒凉寂寞。离开了讲台，离开了书本，他是一条被搁浅到岸上的鱼，每一次呼吸都那样艰难。给她写信，诉说心中的孤苦与绝望。她的信很快就回来，满纸的似水柔情、满篇温暖的鼓励。灰色的岁月里就投下一束明媚的光。再走向田野，他呼吸到了满山满坡的青草香。

其实，她的那5年，比他更要辛苦。没有工作，家里却有数张要吃饭的嘴。替人洗衣缝补，深夜灯下糊着一分钱一个的火柴盒……为了让孩子吃饱穿暖，一个女子能做的不能做的活儿，她都做过。每月那点微薄的收入，一份给他的孩子，一份给他的父母，一份买成营养品买成书籍，寄给乡下的他。一份又一份，唯独没有她自己。5年时间，不长，却让一位青春妙龄的女子迅速老去。凌乱枯干的发、细细密密的眼角纹、不再白皙细腻的手……她用那一切，换回那个家的平平安安：他安心在农村劳动改造，他们的孩子健健康康成长，他的父母老有所养……

阴霾散尽，他回城，重新回到自己心爱的讲台与书房。

她依旧在那个家里转来转去，侍候他，侍候他们的孩子。

岁月流转，相守数载，原本相差十几岁的男女，再站在一起，竟是让人心酸的般配了。他越来越儒雅潇洒，她正无法逆转地老去。常年的辛苦劳作，把她的健康一点点吞噬掉。四十几岁的女人，已没有了同龄女子的健壮，有时候，自己照顾自己都成困难。站在水龙头下洗澡，伸出手，却无半点力气搓洗。“哗哗”开着的花洒下边，她的泪就和着洗澡水一起流下来。

一直坐在客厅里看报纸的他，还是听到了她隐约的抽泣声。推开门，看到一脸茫然无助的她。来，我帮你。轻轻上前，拿过她手上的毛巾，细细柔柔，一寸一寸擦过她已松弛的肌肤。她的脸上，飞起一片红，心却在瞬间被幸福淹没。

自此，帮她洗澡成了他每天必做的事。不只洗澡，很多先前由她来做的事，如今也全由他承担起来。买菜，洗衣，做饭，带她到校园里散步锻炼……

眼看自己已成了他的拖累，她的泪就无端地落下来：我这样拖累你，如果有下辈子，我一定要做一个健健壮壮的女人来照顾你。

傻妞儿，是谁跟我说，咱不要来生，只要今世的？来世有没有，谁也不知道。这一世，好好过，就足够了。所以，你要好好的，养好身体，陪着我走好下面的路……

女人一怔，不好意思地红了脸。伸出手，任由他牵着她下楼。

有一种爱，生死相依

第一次见到她时，她正在给顾客称菜。30岁上下的年纪，面庞清秀，衣着也端庄，一举手一投足都透着一种知识女性的儒雅气息。只当她伸出一双粗糙红肿的手时，才让人相信她是每天早出晚归将一双手浸在冷水里寒风里卖菜的女子。他的出现，更让人瞠目结舌。零下几度的严寒天气，他光着脚板，脚趾中间夹着一根粗粗的毛笔，坐在她旁边的一张椅子上，低着头，旁若无人地在脚下的红纸上挥毫泼墨。寒风中，那两只飘来荡去的空袖管尤惹人注目。他没有双臂。

她和他，曾经有一段幸福辉煌的过去还有

一段辛苦不堪的回忆，是我们慢慢熟悉成了朋友以后我才知道的。

大学里培养起的一份恋情，彼时，她是财会系高傲美丽的系花，他是工程系能写会画的才子。才子佳人偶相遇，一段甜蜜的爱情就拉开帷幕。毕业，结婚，双双从国有企业里辞职下海，开办起自己的五金建材商店。不消几年，他们的小日子就过得红红火火。可上帝却并不总是垂青于他们，婚后第三年，一场突如其来的火灾，把他们辛苦经营的店铺化为乌有，同时也夺去了他的双臂。

“那时真觉得天塌下来了。他的双臂没有了，胸前的肋条被取出了十根，浑身百分之七十多的烧伤……那时，他躺在重症监护室里昏迷不醒，我只能天天隔着玻璃门看着他流眼泪。那时，我只有一个愿望，只要他活着。好在医生们把他从生死线上抢回来了。可他们抢回的不光是一具残疾了的躯体，还有一颗破碎的心。他醒来，看到自己那个样子，只一心求死。你都无法想象，他当时连求死都做不到了，有一次竟然生生地迎着墙壁撞上去，头上给碰得鲜血直流……”她说这些时，手上正在麻利地整理着碧绿的青菜，他在一边，无语地望着她微笑，脸上有一丝淡淡的红晕。提起那次寻死经历，他仍然觉得有些难为情。

最初的悸痛总算过去，两个人的路还是要继续下去。只是，从此他成了一个事事要人照料的婴儿般的人。穿衣，刷牙，吃饭，去厕所，离开她，他一分钟都走不下去。她无怨，他却再次陷入深深的迷茫痛苦中。那样的生，何如死？让他练习书法，并未想到以后要以此维持生计。那时，她的想法极简单。没有一定的精神寄托，他就永远无法走出那场灾难的阴影。

找来纸，找来笔，他们满怀希望的开始。最初他是用嘴叼着毛笔在写，可嘴里的涎水把纸洇得湿成一片。那条路，行不通。用剩余的残肢去写。她小心地将毛笔固定到他的腋下，他趴在桌子上，一个小时又一个小时，仍然写不出一个像样的字。用脚吧，也不是容易的事。脚趾笨拙，最初连毛笔也夹不住。他却对自己狠了心肠，再难，也要练下去。为了他们共同的幸福。真的坚持下来了，脚趾累僵了，磨破了，又起了厚厚的茧子，他脚下的纸上，终于写出一个又一个漂亮的毛笔字，画出了一幅又一幅漂亮的画……

她可以不去卖菜的。凭着自己响当当的专业，在这个城市，她可以很轻松地就能找到一份月薪不错的工作。她也试过，可她去上班的当天，他就出了状况。他想去上厕所，却无能为力，只能眼睁睁地看着自己的尿液顺着裤子流下来……下班回来，他窘迫得冲着她发脾气。她没有埋怨，第二天就把那份工作辞了。去菜市租了一小块地方，开始卖菜。那样，他可以在她旁边，她时时刻刻守着他，看着他。

“他总想替我做些什么。看我天天踩三轮车进菜累，那天回家时他执意要替我踩车，却一头扎到车子底下，吓得我半死……”说起点点滴滴的往事，她的眼角，是亮晶晶的泪。

“恕我冒昧问一句，面对这样的婚姻，你有过退缩的想法么?”尽管彼此已经很熟悉，问到这个问题，我还是有些不安，怕无端勾起他们的伤心。

"爱情本来就是责任，是奉献，是苦难中的灵肉共鸣。我们不是在维系婚姻，我们之间，只有生死相依的爱情。"她低头帮他理着面前的书画，不卑不亢地回。

我泪湿。无语。

现在，他们还在那个菜市。她卖菜，他卖字画。同以往不同的是，他不用再受风吹日晒了，手头稍微宽绰，他们就租了一间小小的门面，她在店门口卖菜，他在店里面写字作画。店很小，又因夫妻二人均姓马，小店就取名叫"二马的幸福小店"。

爱有灵犀

那个乍暖还寒的初春，一大早，她就起床，做饭，伺候儿子吃饭，送儿子出门去上学，然后慢慢收拾家务。一个忙碌又寻常的早上，与往日没有什么不同。

“姐夫出事了，在井下没上来。矿上正在抢救，要家人赶紧到矿上去。”一个男子慌慌张张推门而入。一声炸雷，就把那个平静的早晨给炸碎了。来人是她的妹夫。手里的一块抹布“啪”一下掉到地上，她瘫倒在地。没容妹夫把话说完，掏出手机打过去。他的电话已关机。

他真的出事了。

那是2010年3月29日的早上。就在刚刚过去的那一个漫漫长夜里，山西王家岭煤矿，一个名不见经传的地方，一下子牵动了全国亿万人的心。煤矿发生透水事故，153位矿工兄弟被困在几百米深的地下，生死未卜。

“小孩，在世界上你是我唯一的亲人和爱人。没有你，我就无法生存，我把我们的感情看成了一对石门，无人能比。爱你的人。哥。”在离出事煤矿不远处的一家宾馆里，她一次次翻看着他出事前发给她的最后一条短信，一次次泪如雨下。3月27日15时17分，时间就此定格，他们幸福平静的生活也在那刻定格凝滞。此后，她一次又一次徒劳地往他的手机上发送短信：“国义，你要仔细听我说，如果你不能平安回来，我就要离开儿女，我要去找你……我跟定了你……”他的回信，终于没有再出现。

8天8夜的坚守。她同那另外100多位被困人员的家属们一样，每天被思念与担心撕扯着，坐在电视机前流泪，眼睛不眨地关注着前方传来的救援消息。终于等来那一刻。4月5日凌晨，第一批9名矿工被救出。4月5日下午，第二批被救的矿工被陆续抬出井口，送往医院。那一双手，一双被煤灰染得几乎看不出肉色的手，轻轻举起来就感动了电视机前的亿万观众。那一刻，他的身体他的头都被黄色的军被裹得严严实实，可当周围的掌声热烈地响起来，他还是情不自禁地将一双被染黑的大手伸出来，轻轻地拍起来。那是8天8夜以来，人们听到的最动人的声音。那是一股最强劲的生命之音。人们被他的顽强感动，为他的重生而惊喜。却没有人知道，那样一双手，属于谁。她知道。那个画面只轻轻在她面前一闪，她就激动地跳起来："国义，是国义的手！"她果断地断定，那是他的手。因为细心的她发现，那双手在拍掌时，右手小指是弯曲的，其他的都是直的。"国义的右手小指以前骨折过，后来就伸不直了，这应该就是国义的手，"她哭着告诉身边的人说，"我要等他回来，给他做他最爱吃的面条。"

在刚刚过去不久的那场可怕的矿难中，有揪心的痛，也有同样让人揪心的暖。冯小梅、秦国义，原本一对草芥一样普通平凡的夫妻，因为那个一闪而过的镜头，因为她在那一瞬间里做出的反应，因为她那句朴实得让人掉泪的话，我们记住了他们的名字。

那双手，到底是不是她的爱人秦国义的手，还是无从得知。被救矿工的名单迟迟没有公布。网友们却被这则新闻故事深深地感动了，只是在感动的同时，质疑的声音也慢慢扬起。只从一双手，一只没有伸直的小手指来判断，那就是自己的亲人，还是一双被煤灰染黑了的手，太难了，也太不可思议。

可我相信这会是真的。我更希望这是真的。

想起曾在自己身上发生的一段小经历，虽不至于如此揪心，可那瞬间的感觉，我却深深地懂得。1998 年，长江流域的一场大水震惊全国，他被派往洪湖大堤抗洪抢险。整整 70 多天，没有信，没有电话，没有他的只言片语。我能了解他的消息的唯一渠道就是每天晚上的新闻联播节目。不敢差一秒，每天准时坐在电视机前守候。那个镜头，是他身穿迷彩服，高挽裤腿儿扛着沙袋的一个侧影，如白驹过隙，一闪而过。可在那一刻，我的心脏骤然停住，眼泪疯了一样流出来。我认出，那是他。事实上，那就是他。事后，在一个《风雨同舟》的纪实节目中，那个镜头再次被用到。仍旧那样一闪而过，他说，不仔细看，连他自己都找不到。不知当时我怎么就发现了。

我笑，却无从解释。

爱有顺风耳，爱有千里眼。爱有灵犀，只有深爱的心知道。我愿那一双举起的手，正是她日思夜等的那双手，轻轻擦掉她腮边思念与牵挂的泪……

暖　冬

那天晚上店铺快要打烊的时候，店里厚厚的玻璃门又被推开了。一男一女挟裹着一团浓重的寒气从外面走进来。两个人都在 30 岁左右的样子，男的矮胖，女的瘦高，身上的衣着都有些单薄。不知是因为在外面冻得太久了，还是进到热烘烘的暖气屋里不适应，才进屋，男人就忍不住打了个大大的喷嚏。

“看你，都要冻感冒了，还硬撑着不来。”女人低声地嗔怪着男人，眼睛就朝男士服装那儿瞟过去：“老板，那件蓝色的羽绒服有特大号的么？”

女人指着墙角挂着的那件衣服脆生生地

问。听她的语音，像是来自不远的乡下。

“有啊，正好还有最后一件了。”我欣欣然迎上去。冬天已过了大半，那款深蓝色的羽绒服，因为号码太大，一直挂在那里卖不出去。

“那好，给他拿来让他试一下。”

“……”男人张了张嘴想说什么，我已以最快的速度把那件衣服从衣架上取下来递给了他，“试下吧，您穿保证合适。”

男人犹豫着接过衣服，却并不急着往身上穿。他先去翻看挂在衣领处的商标。只瞄了一眼，男人就像被烫着了一样：“780 元，你们抢钱啊。”他把衣服扔给我，回头就去扯女人的手：“冬天都过去一大半了，等过季打折时咱再来买。”

“我们逛了一晚上好不容易才遇上这么一件适合你穿的。就买下来吧。”

“不买，说不买就不买。”

“买，我说买就买。”女人有点急了。

他们争执不下，我收拾东西准备关门了。

“要买你自己试吧。”男人笑嘻嘻地说，眼睛始终在店里瞟来瞟去。

“你不用看。我进门就看好了，这店里也就这件衣服还适合你。”

“看看又怎么了，又不收看钱。”

……

我自然没有耐心再陪着他们耗下去:"对不起,如果您不打算买的话,我们店要关门了。"

那天晚上,最终还是男人占了上风。看着男人硬生生地拉着女人的手冲进门外茫茫的夜色中时,我苦笑着摇了摇头,正是贫贱夫妻百事哀啊。从跟他们简单的交谈中,我得知那是一对来自乡下的农民工夫妻,在市郊板厂打工。平时忙得连上街的功夫都没有,那天是趁着晚上休息的空儿匆匆出来的。

第二天,一股强劲的寒流袭击了小城,店里的生意比平时冷清了许多。坐在暖气开得十足的店里面,透过厚厚的玻璃门,看大街上的行人全副武装缩着头在风沙中艰难地前行,忽然又想起那对衣着单寒的夫妻来。他们是否已经在别处买到了他们想要的衣服?

店门就是在那时再次被人推开的,是头天夜里来的那个女人。她身上还是那件单薄的黑色丝棉外套,头上连帽子围巾也没有戴,整张脸都被风吹红了。她进门,将双手放在嘴边哈了半天热气才哆嗦着从口袋里掏出一只小小的手绢儿来,一层层打开,就露出里面一叠百元大钞。

"老板,那件衣服还在不?昨天一个晚上都没睡好,生怕您把它卖出去了。这不,中午下班我饭也没吃就跑来了……还得瞒着他,要让他知道还是买不成……"

"在的,在的,我这就给您包好。"

我麻利地将那件衣服包好,女人如数交了钱,拎着它心满意足地出门去了。

女人前脚刚走，男人后脚就赶到了。推开门，还在呼哧呼哧喘着粗气，大冷的天，竟然跑出了一头的汗。

“好家伙好把我跑出汗来了，”男人擦一把额头的汗，乐呵呵地跟我打招呼，“老板，把那衣服给我包一下，想来想去还是想买下来，好不容易遇上一件我看着顺眼的……”

听男人也要我包上那件衣服，我一时就有点懵了：“对不起，先生，您的妻子……”

“不用理她。她其实比谁都会过日子，攥着两毛钱星星月亮似的……您只管包上就是，咱不差钱……”男人自顾自地说着，并未发现我的脸上已起了微妙的变化。我忽然为那个刚刚走出店门的女人觉得悲哀。

“对不起，我已经把那件衣服卖出去了。”

“哦？它不就挂在那里么？看我，一路只想着它了，还没来得及告诉你要哪件。”男人摸摸脑袋咧开嘴憨憨地笑。顺着他手指指过去的方向，我就怔在了那里。那儿，赫然挂着一件淡紫色的女式羽绒服。

男人的眼力真好，那个码子，给他的女人，再合适不过。

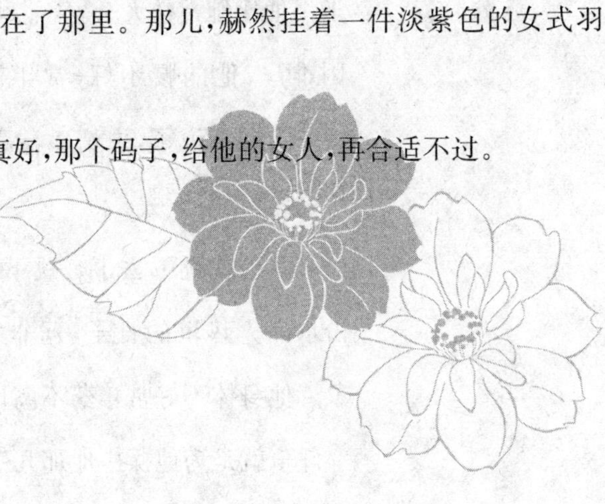

山路弯弯

那一年，她嫁给了他。因为父母的一个约定。

他的父亲曾救过她父亲的命，父亲一感动，就把女儿一生的幸福交给了救命恩人的儿子。他比她整整大 7 岁，他家里是十里八乡的困难户，他的腰不好，常年做不了体力活儿……可父亲说了，恩情大于天，就算是一个火坑，她也得跳下去。

真的就跳下去了。跳下去了，才发现，那份水深火热里的日子，远非年轻的她能够想象。他身体不好常年药不离口，她每天起床第一件事就是为他揉搓他那几乎僵直的腰；家里日子穷，有时穷得连吃盐的钱都没有，可她要算计着留出给他抓药的钱；那么严重的腰病，体力活儿他干不了半点……

再以后，他们有了孩子，家里家外，所有的重担几乎全落在她的肩上。春种秋收，往地里运肥，往家里运粮食，全凭了她那副并不宽厚的肩。体力上无法与男人相比，就从时间上算账，一般大男人半天干完的活儿，她可能要整整一天。从早晨天不亮就开始行动到半夜所有的人家都睡了，她还挣扎蹒跚在那条弯弯曲曲的小路上。身上汗流成河，眼中泪让月光下原本就朦胧的山路变得更加模糊。累到极点，也曾一个人坐在那条寂静的山路上号啕大哭。可哭归哭，哭过了，擦干眼泪，照样回家去给他揉背去给他抓药去把那份窘迫的日子过下去。

那份日子，连村人也看不过去。当着她的面，就说："唉，你说你还不带着孩子改嫁，跟着这么个半死不活的人，何时是个头儿？"她不反驳什么，沉着脸站起来就走。

他更是不止一次地说过那样的话："你要是不愿意留在这里，我也不强留，只要你把咱三个孩子养育成人，我这一辈子就感激你……"

她瞪他一眼，说一句："胡咧咧什么。"就走开。

那样的日子，她跟着他一过就是好多年。好多年后，他们都老了。他的腰病也奇迹般地好了。鹤发童颜，走路呼呼生风，敢跟二十几岁的小青年比赛掰手腕儿，骑自行车可以一口气骑上两个多小时。她却完全不像她那个年纪的老太太，才不过六十多岁，头发全白，牙齿几乎掉光，关节不好，走不了几步路就腰酸腿疼。他和她，与年轻时节相比，整个地倒了个个儿。年轻时，她挑家里的大梁，年老了，他成了她的拐杖。做饭，洗衣，这些年轻时节从不做的活儿，他竟然一样一样全都学会了。

他提出要重新修整从家到山下的那条山路时，几乎遭到了所有子女的反对。三个儿女都已在不同的城市安营扎寨。他们一致反对的理由是他们年纪那么大了，费钱费力修路不如跟着儿女们进城享福。

他的脾气、他的权威，都不容家里任何人的挑战。筑路工程，还是如期大张旗鼓地动工，他却再次否决了儿女们找建筑队修那条路的建议。他的理由很简单，他还没有那么老，那点活儿，小菜一碟。

先平路基，再从外面运回石头沙子水泥……七十多岁的他，似乎要把前半生欠下的活计一股脑儿补上。铺路面，和泥沙，大太阳底下，白色的背心被汗水打湿，贴在背上印出一片又一片暗色的花。她在旁边，给他打下手，偶尔上前，用手里的毛巾轻轻替他揩掉额头的汗……

整整一夏一秋，他们都在那条路上忙碌。秋末冬初，终有一条弯弯曲曲的水泥小路，从山下蜿蜒着到了他们的家门口。小路不宽，刚刚够开一辆小车过去，小路不直，从山脚下的公路到家门口，顺着山势拐了又拐。可小路却很平整很精致，远远望去，像那座小山上飘起的一条青白色的带子。

她的66岁大寿。每个儿女都给她捧出一件生日礼物。

爷爷，你给奶奶送的什么礼物？调皮的小孙子钻到他的怀里，缠着他说。

路啊。这条路啊。以后，你奶奶再也不用走那弯弯曲曲的羊肠子山路了，磕磕绊绊走了半辈子，老了，腿脚不利索了，得走点平路了……他抿一口酒，眼光美美地落到身边她的脸上。

她不说话，只是笑，脸上就现出一片酡红。

他是我的父亲，她是我的母亲。

一条小路，弯弯长长，你扶我一路，我携你一程，大半生的岁月已无声滑过。那条小路，在风里雨里静默，蜿蜒崎岖却也不乏花香满径，一如父亲母亲那份静水深流的爱情。

盛满爱的搪瓷缸

第一次与公公见面时，他的手上就捧着那只白色的搪瓷缸。一屋子的亲朋好友，都用着晶莹剔透的玻璃茶杯，只有他，捧着那个破旧的搪瓷缸，悠然地呷着里面热气腾腾的红茶。那实在是一只很不成样的搪瓷缸了，杯体已摔得坑坑洼洼，上面的红漆小字也磨得模糊一片看不清字迹，常年的茶渍，已把搪瓷缸里面染成浓浓的茶色，看不到一点白颜色。

公公却宝贝一样，天天缸不离手。吃饭前用它来温酒，喝完酒又用它来泡茶。日复一日，年复一年，那只搪瓷缸的年龄就比他最大的孩子——我老公的年龄还大了。一只茶缸竟然用上三十年，想想都觉得让人不可思议。

那日心血来潮，我跑到外面去买了一只上好的保健杯回来，打算悄悄把他手上的那只破旧搪瓷缸换掉，却被他发现。杯子没换成，却意外地换回一段故事，一段他和婆婆与那只搪瓷缸的故事。

春日午后，门前月台上，暖洋洋的太阳底下，公公捧着一大搪瓷缸热气腾腾的红茶边喝边聊，婆婆戴着老花镜，正一针一线地缝补着他的一件旧衣。公公的目光悠远，已穿过岁月的重重山水，重新回到那年那月……

那只搪瓷缸是他进矿第二年，矿上发给他的奖品。那一年，她还同他一样健壮年轻。那时家里经济状况还很不好，那只搪瓷缸就成了家里最体面的一件用具。那种体面，却只属于常年在地下劳作的他。每次，一身煤粉一身疲倦的他钻出矿井时，她一定会准时捧着那只搪瓷缸笑嘻嘻地守在那里。那只搪瓷缸，五冬六夏，盛放的内容千篇一律，全是热气腾腾的白开水。她说，刚从井下上来的人，最需要的就是那杯热乎乎的暖胃的水。其实，矿上一直供应热开水的，盛水的保温桶就在离井口不远的地方……

"你们不知道，你妈她年轻的时候，可是出了名的胆小。可自从开始天天去给我送水，那胆子就越来越大了。那时候，从咱家到矿上，要走二十多分钟，中间是一片乱石岗子坟地，埋了不知多少被矿井吞了命的人……那时家里没有钟表，天不亮你妈就提前醒了，顶着星星就往矿上走，为的是我一上来就能看着她，就能喝上热乎乎的水……也真难为她了，一送就是几十年哪……一杯热水送上去，任是谁可能都会轻易做到，可要把那一杯热水持续不断风雨无阻地送几十年，能如此做的，可能也就你妈……”公公呷一口茶，扭头看婆婆，满眼里都是笑意温情。婆婆不抬头，脸却微微红了：“陈谷子烂芝麻的事儿，也跟孩子们提……”

“不提怎么行，不提他们怎么知道？这只搪瓷缸，可是给咱家立下汗马功劳的。什么东西能丢，它可不能丢。”再呷一口茶，公公的目光就落到那只伤痕累累的搪瓷缸上。眸子里，是与他看婆婆时一样的款款温情。

“其实，那时候，要是单纯为了去给你送那口热茶，还真的没那个必要。我就是不放心你，每次你下井，我这颗心都得提起来，在井口上，看着你黑头黑脸地从井下升上来，我这颗心才又放回去。我就是想去看看你，让你知道井上还有东西牵着你……”

“嘿嘿，我知道。我一直知道呢。每次在井口上看到你，我都跟自己说，明天早上，这个人还来给我送热水，我不能让她扑空……”话说至此，公公的眼圈儿已微微地红了。

在矿井下工作的人都知道，他们每天其实就是在阎罗殿门口转悠。从下到矿井里的那一刻起，他们就把一只脚迈进了阎罗殿里。那颗卑贱的生命，就不再单单属于他自己。在那个岗位上做了几十年，公公也曾经历了大大小小几十次险情。他曾眼睁睁地看着一个个早上还鲜活的生命瞬间被黑色的巨浪吞没……他自己也曾被困井下，整整七天，他不吃不喝，竟然奇迹般地生还……

“那一次，要不是想着你妈天天在井口上抱着个搪瓷缸在等啊盼啊，我可能真的就放弃了，估计阎罗地府里的日子也不过就那样子了……”

“是，那次可真把我快吓死了……”

听着两位老人你一言我一语，将那一段岁月轻轻铺展在我们面前，再去看公公手上那只古旧的搪瓷缸，一股轻柔的风，就从心间轻轻掠过。“执子之手，与子偕老”，爱，原来并不需要怎样的轰轰烈烈。一只小小的搪瓷缸，就装下了所有的爱和温情的岁月。

爱是最好的名分

女人被送到医院时，整个人已被病魔折腾得气息奄奄。直肠癌、卵巢癌，癌细胞已如疯长的草，挨挨挤挤，布满她瘦弱的身体，将她的健康整个吞噬掉了。

基本没有什么希望了。医生摇头。

有万分之一的希望，也请您救她。送她来的那位男子央求医生。

她就在那所医院住下来。男人始终陪在她身边，给她洗脸，喂她吃饭，守在床前看着她头顶上方吊水瓶子里的药液一滴一滴滴进她的体内。看她痛得厉害了，他会轻轻将她的手握在自己的大手心里，给她讲一段不知哪里听来的笑话，分散一下她的注意力。当着她的面，他的脸上始终洋溢着一种自信，一副天塌下来有我顶着的男人的自信。背转了身，他的眼泪就掉下来：如果可以，我愿意替她痛。

那一份伪装的坚强倒愈是让人心酸。

旁边的医生护士，都认定那是一对夫妻。直到那天他再次握着她的手柔声恳求：你一定要给我机会，让我给你一个名分。旁边的人才开始了一份迷惑，他，竟然不是她的丈夫。

不是她的丈夫，却承担起一个丈夫全部的责任。他对她的好，大家都看在眼里。唯有她，对他始终是冷的。他给她擦洗，她冷着脸，他一勺一勺喂她喝汤，她不是嫌热就是嫌凉。只有一句话，她每天不止要重复多少次：你让我出院！语气里，有深深的固执。他不从，她开始闹。不吃不喝，拒绝配合医生的治疗。

请你们帮帮我，一定要救她，不能让她出院，医疗费，我想办法筹齐。我不能让她出院，我欠她的太多太多。医生面前，四十几岁的男人，泪水流了满脸。他和她的恩怨悲欢至此才在大家面前水落石出。

他是她的前夫，半年前两个人才扯的离婚证。原本是一对恩爱有加的夫妻，她在那条街上开了一家小小的茶馆，他在一家公司做保安工作。她是个极勤快待人极热情的女子，一间小小的茶馆，不出一年功夫就被她经营得有声有色。日子并不富足，幸福却是满满的。那样一份平静的日子，却被她率先打破。最初的吵闹，开始于一年之前。他也不知何故，一向温柔敦厚的她，忽然像变了一个人，几乎每天都能找到同他吵架的理由。嫌他归家晚，嫌他天天辛苦却赚不来几个钱，甚至连他吃饭时发出的一点声音睡觉时打起的呼噜都能引得她大发脾气。最初只当她累她烦，吵久了又怀疑她在外开茶馆开野了心，男人的忍耐力慢慢到达极限，终于狠心喊出“离婚”二字。女人离家远去，孩子和家留给了他。看着她远走，伤心悲愤的男人，把手里的离婚证撕了个粉碎。

从此恩断义绝，他连那一纸证书也不愿意再看到。

得知女人生病，是一个很偶然的机会。从他的一位朋友那里听到的。朋友告诉他，听说你以前的女人生病了，而且是不好的病。只此一句，就似晴天霹雳，把他整个人震呆在那里。想起此前她突然的转变，想到她半年来顶着误解与病痛孤独地抗争，想起她所有的苦心却被他浮浅又粗心地忽略，男人再也坐不住。找到她，不顾她的反对，执意送她进医院。

为她治病，与她复婚，就成了男人最大的心愿。

请让我给你一个名分。望着病床上病情不断恶化越来越瘦弱的她，他一次又一次地恳求。她不再坚硬，只是流着泪拒绝。一年之前为着怕连累他，狠着心做了那样的选择。她不能让自己再回头。他和她的故事迅速在医院传开，打动了所有在场的医护人员。知道她执意要出院的原因，只为心疼他的奔波劳碌，心疼他为她花出的那大把大把的钱。医院领导经过研究，决定减免她所有的医疗费，只要她安心配合医生的治疗。

那是他们意想不到的一个温暖结局。不再绝望，不再拒绝，她开始安心地配合医生的治疗。一次又一次大大小小的手术，一次又一次痛苦的化疗，她都坚强地忍过来。只有一个要求，她始终没有再答应他。哪怕他动用了所有的亲朋好友前来劝说。她不同意再同他结一次婚，不再要他给的那个名分。

有了你的这份心，这份情，我已知足，何在乎什么名分？我只希望我走了以后，你还能去寻找你的幸福……躺在床上的女人，目光湿湿柔柔地停在男人的脸上。她真的时日无多了。可她的嘴角的幸福微笑，却是从心底里荡漾出来。

以伤害的名义远离你，以赎罪的名义挽留你。都只为那一个“爱”字。风里错过，雨里追逐，也许，爱本身就是最好的名分。

那些被我们忽略的爱情

他们50岁那年，开始了两地分居的生活。

她去给城里的儿子看孩子。儿子是他们那个小村唯一一个走出去的大学生，在省城读了大学，毕业后又在那里找了工作，然后娶妻生子，就将母亲接到了城里。儿子原本想把他也一起接走的，却遭到了他的拒绝。他说，城里有啥好，除了车就是楼，没有岭上空气新鲜。儿子知道他的脾气，没再坚持，带着母亲一步三回头地走了。他站在岭上，频频向他们挥手，一直到看不到妻儿的身影才落寞地回家。

从此，冷锅，冷灶，寂寞凄清的小院，就只有他进进出出。她只能逢着节假日，儿子媳妇不上班时才能匆匆忙忙回家一趟。也不过待一两天，就又匆匆忙忙赶回去。回家，掀开锅盖，锅是冷的，看看碗里，碗是空的。她的眼泪就扑簌簌掉下来。他是那样笨拙的一个男人，从来只知道出力气，对家务事却是一窍不通的。

蒸馍，煮肉，炸丸子，她回家一次，他们家里就像过一次年。吃着她为他做的那些可口的饭菜，他只呵呵地傻笑，不会说一句动听的情话。

但他会跟她说他们的那些树。

那些树，就在他们院子前面那片光秃秃的青石岭上，是她进城的那一年，他开始栽的。从外面买回几捆小杨树苗儿，从山上的沟里挑来一担又一担的土，又从岭下的河里挑来一担又一担的水，没日没夜地在那片秃岭上忙活了十几天，那片被黄沙覆盖的青石岭上就多了一片不大不小的杨树林。几百棵小白杨，像等待春天检阅的士兵，在那个春天就将那片山岭染绿。

嘻，青石头上也长树。真是奇了。路过的人都会情不自禁地冒出这样一句。

是的，他用汗水把那片青石岭上浇出一片盎然的绿。春天天旱，岭上的黄沙都干得起了黄烟，他去岭下的河里挑水来浇。几里山路，挑一担水来来回回他要走半个多小时，那片林浇下来，要近百担水不止。那一条弯弯曲曲的黄沙路上，就开满了一朵又一朵暗色的花。有他桶里溅出的水，有他身上落下的汗。夏天树叶上长了虫子，炎炎的烈日下，他背着喷雾器给树打药，树已很高了，他要举着几米长的杆子才能够得到，一天下来，脖子向后仰着，痛得几乎不敢折回来。冬天，应该是闲着的时候，树们都卸光衣衫睡了，他还在树下忙活。挖坑儿，施肥，为来年的春天在准备……

我看你对那些树，比对我和孩子还亲。听他滔滔不绝地讲着那些树，她偶尔会取笑他一下。

你不懂，那些树，将来能有大用处。每每此时，他会这样急急地争辩。

8年。她在城乡之间那条路上来来回回奔波了8年。他独自一人在那方荒岭小院里守了8年。8年里，他们的小孙子都已上了小学，8年前他栽下的那片小白杨已长成了参天的树。他们，也已由当年满头青丝的中年步入了发丝飘白的老年。她脸上起了皱纹，他的腰也弯了。她终于从城里再次回来，与他在一起。

对子女的义务，她已完成，剩下的时光，她只想与他静静地守在一起。

那天下午，她做了他最爱吃的红烧排骨又给他温上了一壶老酒。坐在桌子前，他的话忽然就多起来：那些树，再过几年都成材了。估计也能卖上个几万元钱了。

嗯，你就钱上紧。看这几年，为了这片树，你累成什么了。她嗔怪他。

嘿嘿，我不受累，将来我看你花什么。这些树，可是我专门给你种的。等你年纪大了，动不动了，有这些树，你就不愁，也不用给孩子增加多少负担……

她无语，一下子怔在那里。那些树，是他为她种的养老树。

那天夜里，他走了。他看起来像是睡着了，平静而安详。前来为他施救的医生说，他有很严重的心脏病，估计不是一年两年了。她不知道，他却是知道的。

她是我的小姨，他是我的小姨夫。前几天打电话，听到他去世的消息，一时无法接受，为小姨也为他。他们的好日子，似乎才刚刚开始。

那一块伤心地，小姨应该不会久留，连最后一个让她牵挂的人也去了，她一定会收拾东西重返城里儿子家……我们做小辈的都这么猜也这么希望。可再将电话打回去时，却听小姨说，从此后，她哪里也不去，就守着那个家那个院还有院前杨树林里的他……

电话这端的我，终于忍不住，泪下如雨。为着那些平素被我们忽略的父辈们的爱情……

爱能编织尘世最美的童话

如果那天，在医院门口，他没有听懂她的话，没有在她和医护人员从车子上往下抬他时他眼角突然滚落下来的滴滴清泪，他们的故事，也许就在那个 3 月的清晨永远打住。

后来的一切，就因为他那两行无声的清泪而改变了。

“兄弟，咱回家，姐再苦再累也不再把你送回来了。”重新将他安置好，掉转车头，往家的方向驶去。

那一转头，他就再也没离开过她的身边。

他是她在开出租车的路上遇上的一位陌生人。那天深夜，她准备收车回家，却在空旷无人的马路上遇上浑身是血不省人事的他。风风火火送他去医院，又帮他交费办理了入院手续，她就匆匆离开了医院离开了他。彼此连名姓都不知道，她只当自己做了一回好事，救他一条性命。她相信，他的亲人很快会同他联系上。

半个月后，因儿子感冒发高烧，她再次去那家医院急诊室，正巧碰上了那天她送他去医院时收治他的那位女医生，不由得又问起他，女医生的话让她的心一下子悬起来："他还在昏迷呢，可他的妻子一听说他有可能会成为植物人，就再没有露面了。他一直不醒，同他的家人朋友也联系不上……"

急急忙忙去他的病房看他。一脚踏进他的病房，看到病床上孤零零的他，她的眼泪就掉下来了。

她把他接回了家，以远房姐姐的身份。

她对丈夫说："他一个人躺在医院里，就真的成了植物人了。"丈夫不悦，却当她只是一时头脑发热。可让人没想到的是，那一照顾就是两个多月，她为他擦洗，按摩，没事的时候还坐在他的床前絮絮叨叨……

那一切，最终惹恼了丈夫："这个家，有他没我，有我没他。"

那是丈夫给她的最后通牒。

她只得再次将他送回去，却在医院门口被他的眼泪给泡软了心。她和丈夫的婚姻也因此而无可挽回地走向终点。

丈夫走了，孩子判给了丈夫，家里仅有的数万元存款也给了丈夫和孩子。那个家，只剩下一栋空荡荡的房子和整日昏睡不醒的他。要出车去挣回他的医药费，也要有人守着他。她的日子，陷入一片空前的苦累。可看到发生在他身上点点滴滴的变化，她又含泪笑了。他会动手指了，他会流眼泪了，他会在音乐响起时嘴角露出一丝不易察觉的笑了，他会在听到电视里的小品时开心地笑出声音来了……总是一步一步向着光明走。虽然那看似不起眼的每一小步里，都浸透了她无数的心血与泪水：前夫再婚，她复婚的梦想彻底破灭；自己的那点收入再也填补不了他高额的医疗费，她把房子也卖了；常年躺在床上，他的腿部开始萎缩，她就拼命为他按摩……

6年，两千多个日日夜夜，她守着不会说不会动的他。一个连职业、姓名、年龄都不清楚的男人。6年，她为他破碎了自己的幸福，为他倾家荡产。6年，她终于把他从那一片混沌世界里拉了回来。

他醒来了，他再次下床婴儿似地学走路。她牵着他的手，如同一位母亲牵着一位身形庞大的儿子。她教他识字，教他说话……他阻塞的大脑终于被她一点点打通，他知晓了6年里所发生的所有故事。跪在她面前，他泪流满脸，他叫她亲姐姐，她的眼泪也流下来。那一声"亲姐姐"，能否抹平6年里她所有的伤痛？

他突然消失，是在他恢复神智数日后。没有告别，也没说自己到哪里去。就同最初他突兀地出现在她的面前一样。众人替她不平，骂他忘恩，她只淡然地笑笑："最初救他，就没想过让他回报。"

一个月后，他再次出现在她面前。原来，那段时间，他回了老家，见了自己的父母和那个曾经弃他如敝屣的妻子。她这才知道那段发生在6年前的故事：6年前，他和妻子到这个城市来谈生意，在外与朋友喝了酒，回宾馆的路上遇了车祸，妻子怕他会成为永远的植物人就匆匆回家告诉家人，他去国外遇车祸掉下悬崖，尸骨无存……他回去，是处理那些事情了。念着旧有的情分，他没有起诉妻子，只是同她办理了离婚手续，将他应得的财产拿回来。他，竟是一位身价千万的商海中人。

他说他不能只做他的弟弟，他要娶她。他说她是一朵来自天山的雪莲，有着冰雪晶莹的纯美和金子一样的心，他要做她身边的泥土，终生相随。

她的眼泪，再次迸溅而下。那些泪，透着幸福的甜。

像一个童话，她和他的爱情。

童话里，王子深情一吻，就唤醒了沉睡百年的美人。现实中，她却是用自己的汗水与泪水唤醒了沉睡的他。这个童话远比作家笔下的童话来得沉重，却也来得美丽震撼。其实，最美的童话，不只在缥缈的幻境里，她亦在尘世，在笑泪交迸爱意相随的凡俗岁月里。

爱，能编织尘世最美的童话。

爱情梯坎

8年前的那天，她正在厨房里做午饭，忽然就头晕得不行。当他急急地将她送到医院时，她已陷入重度昏迷。

“手术成功可能性不大，就算成功，术后也无法预计能活多久，肯定有偏瘫和语言障碍后遗症。”医生的话，分外冷静清晰。他们在她的脑袋里，发现了一颗鸡蛋般大的肿瘤。

“给她开刀吧，砸锅卖铁我也认了……她才50岁……”听完医生的话，再看看病床上面无血色的女人，他就哽咽了。

依照他的要求，医生前前后后一共为她做了3次开颅手术，总算成功地将她脑袋里那颗肿瘤摘除。她的命，保住了。可正如最初医生预言的那样，她再也不能如以前一样行动自如。她变得神志不清，话说不清，站也站不稳。而近40万的巨额医药费已让他们再也没有力量承担更大的压力，只好回家慢慢来养。

出院半年，医生开的中药西药差不多都吃完了，他那点退休金，除了养家，根本买不起那些昂贵的药品。“咱买不起那些好药，我必须得想其他的办法。”那天，望着床上愁眉苦脸的妻子，他拉着她的手动情地说。她什么也没说，只摇摇晃晃地用力点头。

他开始每天带着她去离家不远的穿山路“散步”，像牵一个学走路的小孩子一样，他在前面双手牵着她的双手倒退着走，她在后面，一点一点艰难地挪动着步子前行。最初的锻炼，缓慢又艰辛，她每迈出一步，都要付出数倍于常人的努力。他也是。一个小时下来，她还没能挪出去十米八米，两个人的身上却已被汗水湿透。可他们还是咬牙坚持下来了。一天又一天，从来不间断。

“现在你能在平地上走了，下一步，我带你去爬山。”她终于可以撒开他的手，扔开拐杖，自己缓缓前行，他又决定带他去爬那座小山。就在他们常散步的路边，一座垂直高度三百多米的小山，山上有一条盘旋而上的石阶小路。第一次带她到山脚，才知要爬那座山，竟然还要收费，一次两元。那是一家农家乐旅舍私人开辟的小路。“我要重新给你开条上山的路，你就可以天天上山锻炼。”他说出这个决定的时候，把她吓了一大跳。“你疯了，还是有力气没处使?”谁都知道，那座小山，虽然不太高，却也是乱石嶙峋陡峭无比，何况最好开路的那一侧已被人开辟出来，剩下的那一面，想要开出一条路来，却是难上加难。

他却不是开玩笑，第二天就带着工具上了山。一把镢头一把锹，又带上一根粗粗的钢钎，那就是他开山筑路的全部工具。当然，他还带着她。他工作的时候，她就坐在他的旁边，一手拿着毛巾，一手拿着水壶，看到他脸上流汗了，她就跑上前轻轻地替他擦把汗，再把水壶递上去给他喝一口……两个人的筑路工程，进展十分缓慢。工程比他们想象得还要艰辛。数日下来，他们只修好了几个台阶，钢钎却断掉了几次，他的手也磨破了几层皮了……

一个年近半百的男人，带着一个行动不便的女人，起早贪黑，要在那座小山上凿一条路出来。路过的人都说，莫不是愚公再世？他却不在乎别人怎么看怎么说，他只管低头修自己的路。

风里雨里，那条起自山下的路，像一条缓缓爬向山顶的巨大蚯蚓，一日日地向山顶延伸着。夏日雨水大，一夜洪水，把他刚刚修好的路冲了个干净，他不怕，收拾起工具，一切从头再来。三年时间，他就那样一日不停地在那座山上劳作着。三年时间，那个走路都走不好的女人，一直陪着他，脸上的气色竟然越来越红润，身上也越来越有力气。一千多个梯坎儿，一千多个日夜，数不清的汗滴，他们，终于顺着自己开凿出的那条小路，站在了山顶。

那是一条属于他们自己的路，没有人来向他们收费，也没有人再嘲笑他们。每天，一大早，他和她，一身轻便的运动服，顺着那条道一路上山。山顶上，俯视被霞光笼罩的城市，闲云野鹤般舞一会儿太极拳，再哼着小曲儿一路下山。她总是蹦跳着走在他的前面，欢快得孩子一般。她的身上，已找不到昔日半点危重病人的影子。医生说，那是他们不敢相信的奇迹。

那条路，被她戏称为他们的“爱情梯坎”，他听了呵呵地憨笑：“我没有钱，就用力气来疼你。”慢慢的，那条路，已不再属于他们自己，越来越多的人，知道了他们，知道了那条路。年轻的抑或年老的伴侣，清晨或者傍晚，总喜欢拉了手，去那道“爱情梯坎”上，一步一步，用心去体会、感受爱的味道。

有多少爱值得痴守一生

男人将女人娶回家的时候，女人已经疯了且疯得不省人事。

夜静更深，来参加婚宴的亲友也渐次散尽。他慢慢走向坐在灯影中的她。一片喜庆的氛围中，身着大红嫁衣的女人，忽然“咯咯”地笑了：“大哥，人家都回家去睡觉了，你咋还不走呢？”看着女人一脸婴儿似的纯真与茫然，有一抹淡淡的忧伤轻轻笼上了男人的脸，很快，他的笑容又回来了：“来，让大哥给你洗脸洗脚你早点休息好不好？”女人倒很听话，乖乖地坐在床沿上，伸出双脚放在他端过的热水盆里。他轻轻地替她揉搓着，她则不停地向他问话，却是东一句西一句，杂乱得毫无章法。那两滴温热的泪，不知何时就掉到女人面前的脚盆里。是男人的。他还是不能想明白，那样聪慧善良的女人，何以会变成那个样子。

是的，曾经，她比村上所有的姑娘都更聪慧更善良更能了解他的心思。彼时，他们是同村、同班、同学，后来又偷偷相恋变成恋人。几十年前的一份乡村爱情，纵有再多青春的狂热，也只能悄悄进行。那时，在村里，他家是最穷的，穷得连父母都没有。他是一名吃百家饭长大的孤儿。她家是最富的。她是家里唯一的娇娇女。一穷一富的一男一女，爱情注定要被一道世俗的天河隔开。当那份恋情曝光，也就是他们的爱情结束的时候。她的父母，抵死不同意那门亲事。不管她如何以死相逼，她还是被硬生生塞进了前来迎娶她的花轿里。

她嫁人，他则绝望而去。他去了遥远的北大荒，渴望那片黑土地能治疗他心上的伤。从此，一别就是经年。

再次回到阔别多年的故土，他已是一名衣锦还乡的大学教授。北大荒那片油亮的黑土，终究没有遮住他的光芒，他参加高考，又幸运地读了大学。之后，他的事业路可谓一帆风顺，从讲师到教授，别人要为之奋斗大半生的路，他在短短的数年间便走过来了。他的感情，却并不像事业那样顺利。人过中年的他，身边也曾绕着莺莺燕燕，无奈千帆过尽，他，再也找不到当初的那一叶轻舟。

都说游子近乡情怯，那样的怯怯之情，于他更比别人多出几分。原以为，她已是绿树成荫子满枝，也以为，他们会有一个温暖又激动人心的相遇。可当他面对着眼前那个衣衫破旧对着他呵呵傻笑的女人时，他一下子呆住了。原来。在他离开的那段岁月里，发生了太多事情。太多的不堪、太多的沉重与忧伤。当年她被硬生生地抬到了婆家，却是一连数日不吃不喝不睡，只自顾自念叨着一个人的名字，这个人就是他。一个月后，婆家人发现她是个疯子，便毫不客气地将她打发回了娘家。从此，村子里便多了一个疯疯癫癫的女人，村前村后唤着"阿军哥，阿军哥……"。

听乡邻讲着那段伤心的往事，再看看女人瘦骨嶙峋弱不禁风的样子，他的眼睛就湿了："这些年，真是苦了你啊……"。

他决定娶她，带她到自己生活的城市。一个堂堂的大学教授要娶一个疯疯傻傻的女人进城，几乎所有的人都认为他也疯了。他还是不顾众人的异议，将她娶到自己空寂了多年的屋子里，开始了他们迟到了十几年的婚姻生活。

婚后的女人，在他的精心照料下，身体精神都好了许多，病情却时好时坏。好的时候，她会很乖地坐着同他聊天说话儿，坏的时候，她就又摔又砸。他的脸上，就常无端地出现一些莫名的抓痕。那些，他都不在乎，他说，那点皮肉之疼，哪比得了她当初的失他之痛。可有一点，却让他伤透脑筋，她始终不能认出他。她始终叫他"好心的大哥"。在同他一起生活的二十多年中，她就这么叫他。她叫他"好心的大哥"是因为他二十多年如一日地替她擦脸洗脚，二十多年如一日地牵着她的手在美丽的校园里散步，二十多年里忍受她的无常与病情。每每清醒一些，她会说，若不是这位好心的大哥，她早死了。对他，她有敬，却无爱。

女人是在他们婚后的第二十个年头走的，乳腺癌晚期，他用尽心力去为她治疗，还是没有留住。弥留之际，女人几度陷入昏迷，又几度醒过来。醒过来的女人，似乎又变得特别清醒，她蠕动着嘴唇，示意他俯下身去：好心的大哥，我走了，你也可以歇一下了，这么多年，苦了你了，我……终于可以去找我的阿军哥了……女人的话，就讲到这儿。她的生命，在一片祥和安静中戛然而止。

他痴痴地守了她一生，她傻傻地爱了他一世，那份痴痴傻傻的爱，终究还是错失。趴在女人渐渐冷却的身体上，他的眼泪，无声地掉落下来……

扛着的幸福

他们都是太普通的人，妻子在一家超市做收银员，每个月不过600元钱，他在煤气公司，每个月扛着煤气罐子一栋楼又一栋楼地跑，一天下来累得浑身散架一样，每月收入也仅仅勉强够他们一家的度日。那个水准，离富裕小康，似乎还有一段很遥远的路。贫贱夫妻百事哀，和妻子的争吵伴着贫寒的日子，一日日有增无减。有时候，他甚至有一种逃的欲望，逃离家庭，逃离一个男人该负的责任。他觉得，人活着真的太累。

那天早上，他就是同妻子争吵后离开家门去上班的。

一层，两层，三层……每一层有十三个阶梯，上到第五层时他的额头已开始渗出细密的汗珠，在楼层的拐角外，稍稍站稳了喘口气，他继续往上走。肩上的煤气罐子似乎在一点点加重着，他的步子明显地慢下来。是在五楼与六楼的楼梯拐角处遇上那对中年男女的，他们往下，他往上。一个中年女人背着一位体型庞大的男子，正健步下楼来。男人与女人差不多年纪，体型却与背他的女子形成鲜明的对比，她那么瘦弱，看上去一百斤不到的样子，他看上去却足足有一百五六十斤。她背着他，脸不红，步不乱，一步又一步，稳稳地下楼。他看得呆住了，放下肩上的煤气罐子，走上前去帮忙，跟在那位大嫂身后，他有些吃惊地问："大嫂，我一个大男人扛个煤气罐都累得不行，你背的大哥至少有80公斤，却走得比我还轻快！"女人笑笑说："你扛的是煤气罐，我背的是我丈夫！"说着，几步又把他甩在了后面。她是背着丈夫去医院复查的。她说她们家在六楼，自从他病倒，她背着他上上下下那一层又一层的楼梯已差不多有两年了，也习惯了。

他一直跟着那对夫妇来到街道边上，那位大嫂伸手拦了几次出租车都没叫住，情急之下，她竟然背起丈夫一溜小跑着往医院的方向跑去。他想起自己停在楼下的三轮车，于是上前帮那位大嫂把她的丈夫放在了车上："大嫂，我帮你送大哥去医院吧。"

他在前面很用力地蹬车，那位大嫂却似乎仍然嫌慢的样子，不断地在后面用力向前推："他这病最怕闹怕吵，我们快一点吧！"到医院，挂号，送男人进门诊室，女人的脸上已渗出大颗大颗的汗珠。看着她软软地倚在墙边大口大口地喘着粗气，他的心忽而轻轻地疼痛了一下。她真的太不容易了：“大嫂，你真的很不容易呀，也很了不起，大哥遇到你是他的福气。”他向她竖起了大拇指。“不，兄弟，你只说对了一半，我们是不容易，可我得感谢他，感谢他陪着我。就算天天扛着他下楼上楼，我们也是在一起呀，我也感觉很幸福。”

就算天天扛着也是幸福的，闻听此言，他心里那层柔柔酸酸的波终于一层又一层地漾开来。他跑出去，骑上三轮车，一路踩得飞快，他要去把搁在半道的煤气罐送给主人家，然后回家，告诉妻子他遇见的那对夫妇，他要告诉妻子，从此他们不要吵架。因为他终于明白，有所扛，有所担当的人生，其实是多么幸福！

今生相守，来生相望

那年大年三十，家家户户贴春联放鞭炮，一派喜庆祥和，她的家门却被前来要账的人团团围住。一个月前，正值英年的丈夫出去送货连人带车一起滚下了山崖，躺在医院里把家里所有的积蓄耗光，还是没再回来。她是个要强要脸面的女人，强忍着丧夫的痛苦一一安慰着前来要账的众人。可辛苦了一年的工人兄弟，一分钱都拿不回家，她心里也是不忍。

“谁先替我给这帮弟兄们垫上十万元钱，我愿意替他做牛做马。”逼不到份上，这句话她是万万吐不出口的。大门外，除了要账的人，还有街上一帮游手好闲的人，站在那里看热闹。一阵哄笑，围观的人却四下里散去。家里已一贫如洗，一个连姿色都快败下去的中年女人，她拿什么给人当牛作马？看着众人一个又一个摇头离开，她的泪慢慢溢出来。

“妹子，莫急，哥家里还有些积蓄，回头我再替你想想办法。”一个苍老沙哑的声音从人群里冒出来。扭过头，他们的目光在清冽的空气中相遇。是他，他们村里的一位老光棍。五十多岁，头发掉了大半，瘸着一条腿。那刻正笑嘻嘻地看着她，一脸的期待。有瞬间的火光在眼前一闪，随即，她的心，却一路跌到黑暗里去。她的求助，竟然只得到一位年过半百的老光棍的回应。他揣着的心事，她不必想都能想得到。

还是收下了他七拼八凑送过来的那十万元钱。那是他日日风里来雨里去，蹲在路边修车补鞋一角一分挣来的钱。“哥，你有啥事儿，就只管给我吩咐。洗衣服做饭，我都不在乎。那十万元钱，我总会想办法还给你。”握着厚厚的几捆钱，她感动得无以复加。“妹子，一人有难十人帮，哥啥都不需要你做，你只管放宽心好好过自己的日子就是了……”他的话，让她的心柔柔地疼了一下。看着他转身，蹒跚着走向门外，她忽然鬼使神差地朝他喊了一句：“哥，等我为他守完一年，我跟你搭伙过日子。”他的身体，像被什么击了一下，猛然一震，却没回头，也没停下，只撂下一句：“你把哥当成什么人了？”就飞快地逃离。他逃离的，其实是自己。那个女子，早已画儿一样被他揣在心里好久了。从她的丈夫还活着的时候。却知道，那不过是一个永远无法实现的梦。他帮她，有爱的成分，却没想到过占有。

他和她，中间隔了太远的距离。

一年后，她还是兑现了自己的承诺，轻轻地将自己装扮一番，就走进了他破败凄凉的小院。

小院里从此有了阳光，有了生气。她很勤快，干活又利索。手脚麻利，屋里屋外就被她收拾得干干净净。他的身上不再是那永远油乎乎得看不出颜色的工作服，头上为数不多的灰白发不再像以前那样沾满尘土枯草一样立在那里。他也不再像以前那样一出摊儿就是一整天，用一个干巴馒头就应付了午饭。每天午饭时分，路人都能看到她拎着一个红色的小保温筒，笑嘻嘻地走向他。有时是煮得香浓的骨头汤，有时是白白胖胖的饺子。就着二两白酒，马路边的他吃得满脸开花。那场景，招来的是不同的声音。有人对他们的那段婚姻表示祝福，有人却是满脸的不屑："一对不正经的男女，女为财，男贪色。"那样的声音，也曾不止一次被风送进他们的耳朵里。他们却相视一笑，就让它们从耳边掠过去了。

都说半路夫妻难得长久，可他们在一起平平静静地过了20年。20年里，他对她疼爱有加，她对他关心备至，两个人甚至从来没有红过脸拌过嘴。他75岁那年，突然倒在了自己守了半生的修车摊儿前，是急性脑溢血。

那5万元钱的私房钱，是他在最后清醒时刻拿出来的。层层叠叠的破旧衣服里面，他将它们哆嗦着拿出来，轻轻地唤她到跟前："这些钱，是我这些年来瞒着你攒下来的，你别生我的气。我是想，活着时你跟着我受了委屈，下辈子，我不再牵累你了，妹子，我知道，你心里，一直没有放下过他……哥只有一个小小的要求，你用这钱，买两块墓地，一块东边，一块西边，到了那边，哥远远地守着你就心满意足……”

她的眼泪无声地流下来。原来他什么都知道。20 年里，她的身在他身边，心却没有一刻不在思念着那个离去的人。她和他，只有亲情，没有爱啊。

相守却不一定相爱，不爱却风雨同行，世间有多少这样的苦涩婚姻，用一份亲情，用一份责任，维系终生，却也是一份让人心酸动容的爱。

情 书

男人是一家公司的设计师，天天与图纸数据打交道。与女人结婚几年，别说有玫瑰鲜花的浪漫，就连一句甜蜜的话，他也拙于出口。可那些挡不住他们的幸福。

除了不善于表达，他其实是一个能干的男人，家里家外，他都能拾起来。工作中，他几乎年年被评为优秀工作者，家里头，只要他在家，他便不劳她动手。洗衣服，做饭，大大小小的事，他比女人做得还好。了解他们的人都说她福气好，嫁了个打着灯笼也难找的男人。她轻轻地笑，不摇头也不点头。他是很好，可她为什么老觉得日子里还是少了点什么呢。

是的，少了点什么？在他们结婚8年的纪念日，看着他忙活了整整一下午为她捧上的一桌子美味，却来了个毫无创意的开场白：趁热快吃吧！她终于明白了点什么：你啊，什么都好，咋就是嘴这么拙呢？回头想想，从相恋到结婚，他竟然没有给她写过只言片语。他们的爱情里就是少了几份火热的浪漫啊。男人不语，只低头闷闷地往嘴里扒饭：啥情书啊？那个能填饱肚子？女人娇嗔地白了他一眼，也不再说话。

当拿着男人那纸再生性障碍性贫血的诊断书时，是在他们结婚的第十个年头。那年，男人刚刚过完40岁生日，刚刚被公司提升为总设计师。一张美丽的画卷刚刚展开就被无情撕裂。女人感觉自己的世界蹋了，却不敢当着男人的面哭。每天，除了变着花样给男人做吃的从饮食上调理他的生活，就是想尽办法哄着男人开心。她说，你这个家伙，什么都好，就是太笨了，估计是上学时文科不好，结婚这么多年，连半封情书都没给人家写过。男人也笑，还是那句一成不变的回答：啥情书？那个能当饭吃？话还是同样的话，可听起来却如万箭穿心。就这样的俏皮话，男人还能说多久？

男人的病越来越严重，不断地化疗，把他折磨得憔悴不堪。头晕，恶心，失眠，一切化疗常见的副作用，一样不落地落到他的头上。女人再也笑不起来，用温热的毛巾蘸了水，给他擦洗。看着那一头曾经浓密的黑发已零落得如同几棵秋日的枯草，孤零零地立在他的头顶，女人的眼泪就再也止不住，一滴又一滴地掉到男人光亮的头皮上。你看，这样子多好，我可以省下买洗发水的钱了啊。他握着她的手，轻松地开着玩笑。从得知自己生病的那一天起，男人似乎就变得健谈起来，常常搜罗一些她闻所未闻的笑话讲给她听。每一次，她都配合着他，开心地笑。他却不知，泪水流进她的心里了。

在自己最后的一段时光里，男人执意放弃了所有的治疗。他说，明知道的结局，他不希望自己把最宝贵的时间浪费在病床上。女人终是拗不过他，她也知道，那个家，还有太多让他割舍不下的东西，他是想在最后的光阴里更多地把那个家装进他的心里。就那样子在医生们的叹息声中撤离，回到那个曾经充满爱与回忆的小屋。

回到家的男人，仿佛服了某种仙丹妙药，那些日子里精神忽然好了不知多少倍。敲敲打打，东查西看，家里的水管、煤气管、灯管，凡是过日子要用得着的东西，他都一一想到了，默默地做着自己最后的检修。女人沉默着，看他从这个屋到那个屋，心疼到眼泪都无法流出。男人屋里的灯，每夜都亮到很晚。他在伏案疾书。女人不敢催他，她知道，他在争分夺秒，同时间赛跑。

就那样子，男人如一匹跑到终点的马，最终在他常年工作的书桌前悄然离去。男人的嘴角，挂着平静的笑容。一本被磨得起了毛边的小本子，还摊开在男人面前的桌子上，上面记满了一串串的号码：保险公司、银行、医院、煤气公司、交通资讯台……那一个又一个无眠的深夜，男人就是在整理那些东西。他不想在自己走后的日子里，让女人的生活陷入困顿。

那则“征婚启事”，是女人在男人去世后不久在当地晚报一个并不显眼的位置读到的：佩茹，我最爱的妻子，我们在一起共同生活了十年，我以我的生命作证，她是这个世界上最好最美的女人，是我一生一世的至爱宝贝。本想好好疼她一辈子，无奈天不从人愿，我将先她而去。谁能替我好好珍惜她疼爱她，我在天堂将感激不尽！

如果这算是“情书”，应该是男人一生给女人写的第一封也是唯一的一封“情书”。

穿越时空的爱恋

那年那月，每个周末，她都会去孤儿院弹琴，都要路过那个车来人往的十字路口。每一次都会有一双有力的大手温暖地牵着她走过。茫然地睁着一双空洞的大眼睛，她看不到他，却能感受到来自他手心的温暖与力量。

他是一名交通警察，就在她常常穿过的那条十字路口站岗值勤。

是 12 岁那年的一场意外，让她跌入无尽的黑暗。此后，父母给她找了当地最好的老师教她弹琴。在音乐的海洋里，她的生命终于找到了另一个光明的出口。去孤儿院弹琴的时候，她已是 20 岁的美丽姑娘。如同贝多芬月光曲里的盲姑娘，她披着一头黑黑的长发，安静地坐在琴前，修长的手指滑过黑白相间的琴键，乐声弥漫处，她不会看到，有一双怎样火热深情的眼睛，为她痴迷。那就是他，他来孤儿院做义工，正遇上来弹琴的她。

于是，便有了每周风雨无阻的牵手。彼此间，静默着，只领受着彼此手心里湿湿的温暖。一个失去了光明失去了色彩的年轻女孩子，不敢奢望爱情的梦。可那份爱还是固执地来了。他对她说让他牵着她的手走一生，骇得她半天没有反应过来。怎么可能？忧伤地拒绝，她把自己关在屋子里，没有再去孤儿院。

几天后的一个清晨，她的父亲进屋，说，丫头，我看他是真心的，他都已在楼下站了整整一个星期了，每天都站到深夜。屋外的雨正哗哗下着，她跌跌撞撞地冲到窗口，打开窗子，她听到那声熟悉的呼唤：我要和你在一起，我会做你的眼睛，你答应我吧！那么不容置疑的口气，她泪流如雨。

接下来，恋爱，结婚，他带着她到一家又一家的医院去作检查。如他所说的，他成了她的眼睛，静凉如水的秋夜里他拥着她坐在阳台上看满天的星，春日融融的阳光下他拉着她去欣赏郊外新抽的柳芽儿。曾经单调的黑色世界，变成五彩画面。可还是有一份淡淡的忧伤，常常挂在她的脸上。她一次又一次轻轻地摩挲着他棱角分明的脸，细长的手指滑过他的眼睛他的嘴巴，喃喃自语，我想看看你，只要一眼就满足。他怎么会不知道她的心事？

可她的眼睛依旧不好，希望与绝望并行交织。他们要等合适的眼角膜。

他出差，一个月，去很远的地方执行一次很特殊的任务。他要她好好在家等着他回来。很乖顺地送他到门口，她用眼睛“看”着他，直看到他的心里去：早点回来，别让我担心。

一个月，似乎发生了很多的事情。他消失得无影无踪，连个电话都不打回来了。她却意外地得到医院消息，说有了合适的眼角膜捐献者，通知她去做手术。这确实是一个让人振奋的消息。他不在，心里有稍稍的遗憾，她还是很积极地配合医生的治疗。手术很成功，一个月后，拆开层层纱布，她的眼前明晃晃一片。她看见了，白的是墙壁，红的是鲜花，午后的阳光长了脚一样在她身上温暖地跳舞。她闭了眼睛，再睁开，一切都还是那么鲜亮。不是梦。

她终于可以看看他们，那些陪着她走过的所有的最亲的人。爸爸，妈妈，弟弟……一个个那么急切深情地盯着她。目光流连处，她在急切地找一个人。

他呢？他在哪儿？

孩子，他出差了，还没回来……母亲把头扭到了一边，意欲岔开话题。

他出差了，还没回来？这么天大的喜悦，他不能同她一起分享。心里有淡淡的失落感，但是，很快，她又快活起来。她总是能够天天看到他了，他们还有长长的一生。她能等。

一天，两天，三天……又一个月过去了她已完全康复，再没必要在医院里呆下去。他还没回来。一种不祥之感，猝然来袭。她发疯般地跑到医生办公室问，你们给我换的是谁的眼角膜？

办公室里的医生们面面相觑，屋子里忽然静默了，有位年轻的女医生，已在掩面抽泣：他走了……两个月前他就走了，那份眼角膜就是他给你的。他在执行任务的时候遇到车祸……临走只留下一句话，把我的眼睛给她……

屋子里静极了，两颗大大的泪滴从她美丽的眼睛里掉下来，没有人知道，那两滴泪，是她的，还是他的。

忽然想起自己曾读过的几行诗句：两颗心，在黑暗中行过，坠入爱中，却永远无法获得彼此的目光眷顾。他和她，就是如此。可她仍旧觉得自己是一个幸运的人，因为无论他在哪里，他的爱，会穿越时空，温暖陪伴着她走一生。

从来不曾忘记爱

他们有一段梦幻般美好的开始，身后却注定是一段波折多舛的泥泞路。

她出身书香世家，身后是门第森严的族门家规，他来自贫寒偏远的农家，不过是一介穷书生。但两个人还是无法遏制地爱了，在西子湖边，在清凉的月光下，他吹箫，她抚琴，琴瑟和鸣，他们是路人眼里神仙伴侣。那段爱情，却成了她家族里无法容忍的一颗尖钉。软的，硬的，劝了，哄了，她不点头，却学了街头沽酒的卓文君，拎起简简单单的行李，与他远走他乡了。

跟着他回到北方那个偏僻的小村子。黄

沙遍地，鸡鸣狗叫的小山村，听不懂箫，也看不懂琴。要吃饭，要想办法讨生活，他们只有入乡随俗，一锄一镐，一草一木，他们都要亲自动手。挽起裤脚跟他下田，扛起担子随他上山，她光洁的皮肤，渐渐被乡村的风沙凡俗的烟火打磨得粗糙，却从来不曾埋怨过。他却心怀内疚，常常捧着她皱纹渐起的脸，黯然失声。

那个冬天，天气奇冷，是他们婚后的第一个严冬。她怀上了他们的第一个孩子，却因家里缺少食物，饿得面黄肌瘦。掀开家里盆盆罐罐，都是冷的，都是空的。看她虚弱地靠在四处透风的炕上，他一扭头就出去了。屋外，雪下得正紧，她喊都没喊住他。半天后，他回来了，整个人似一个雪人，唯有嘴角“呼哧呼哧”的热气显示着他的兴奋。他的手上，举着一只小得可怜的鸟儿。他说，那是他到山上林子里找了半天才找到的。不顾她的反对，他把那只可怜的小生灵下了锅。很久没有闻到那么诱人的香气了，当他小心翼翼地捧着一碗热汤端到她面前时，她竟再也顾不得许多，夺过来就放到嘴边。一声尖叫伴随着那声脆响，之后，他们两个都呆在了那里，汤太热，她太急，只喝一小口，她就把那只碗扔了出去。他没去管汤，上前去看她，她的眼泪“哗”地流下来：你费了这么大的劲才做好的汤，却被我洒个精光。他宽厚地握着她的手笑：没烫着你就好。

从此，他就多了一个习惯，每次饭前，他都习惯性地把她面前的饭菜放在嘴边试一下，仿佛她还是一个不知冷热的娃娃。她微笑不语，由着他宠，由着他付出。那时候，成全他的爱，就是对他最好的爱。

他走丢，大概是在他们婚后第六个年头，彼时，他们第三个孩子已出生。他同往常一样上街去卖柴，从此再没有回来。她疯了一样，满世界地打听，满世界地跑，最后还是失望而回。他不在，家瞬间成了漆黑的冰窖，几个不谙世事的孩子急切地张着小嘴等着外出的父亲给他们觅食。那一年，她刚刚 30 岁。村上好事的人都在私下里讲，她肯定会抛下孩子回娘家去了。那么苦的日子，她自己如何撑得。可所有的人都猜错了，她哪里也没去，安顿好大大小小三个孩子，她扛起扁担就上山了。拼了命一样地砍啊，把那一担又一担捆绑得结结实实的木柴挑到几十里外的镇子上去。他的孩子们要长大，要吃饭，她用那样的方式等他回来。

半个世纪，有多长？半个世纪的日子，有多沉？她用自己柔弱的双肩挑过来了，用自己坚定的步子走过来了。几个孩子，在她的影响下，都一一走出那座大山，有了自己的家庭事业。她却哪里也不去，她跟孩子们说，说不定哪天，你爹就会回来了。

是的，他还是回来了。确切地说，应该是她终于找到了他。50 年后，时光列车已悄然滑进 21 世纪，在偶然的一次电视节目中，领导到养老院去慰问，镜头一闪，一张沧桑的脸一下子闯入她的眼帘。是他。尽管中间隔着长长的半个世纪，她还是一眼就认出了他。可他却再也认不得她。敬老院的领导说，他是一名退伍老兵，患了失忆症，半身不遂，记不起从前的事，管不了身后的事了。原来，那年，他在回家的路上被征兵的拉走后又不幸伤了脑部失去记忆。与她，从此天涯相隔。

她把他接回来了，小屋里从此有了阳光，她轻轻地给他擦洗，唠叨着同他讲话。他的目光却始终直直地盯着某一个地方，除了呵呵傻笑几声，再无其他。就那样，她的脸上还是菊花绽放。

腊月初八吃腊八粥，她早早起来淘米洗米，将一碗热气腾腾的八宝粥端给他。如昨天的他一样，她想试一下温度，还没将碗放到嘴边，却听到他轻轻地一声惊呼："灵儿，热，给我……"随即，他竟伸手将碗端过去，放在嘴边，轻轻地吹了几下，又小心地递回。

她的眼泪，又流了满脸："回来了，你可算回来了……"岁月的风霜，漂白了他们的发，残酷地夺去了他的记忆，可它却无法掠走他们的爱啊。

你我站在爱情之外，却仍用爱取暖。那种爱，是亲情的爱，是友情的爱。方知，有时候，爱，真的比爱情更奢华。因为，爱的内涵，远非爱情能够包容得下。

〔第四辑〕 爱比爱情更奢华

爱比爱情更奢华

5 月午后，酣睡醒来。案头莹白如玉的栀子花，正妖娆着掬一袭花香，水波样荡漾满室。室外却正烟雨如织，窗外偶尔会有一只无名的鸟飞过，留下一串悠然清脆的叫声，又复归宁静。

“……最近一直在忙，新买了一条船。什么时候你们再来，可以开着我的船下海。头顶蓝天白云，脚下是深蓝色的海。与故友在船上把酒言欢，飘荡在茫茫无际的大海之上，当是此生一大幸事……”你的信，早在几天之前就已飘落在我的案上。再次读来，仍禁不住莞尔。

知道这可能又会是一场遥远的梦，就像你以前从遥远的西域大漠给我发来的召唤一样。那时，你说，来跟我一起看大漠里的落日孤烟，一起听驼队洒下的叮当驼铃……可山水迢迢，我们中间隔着的不仅仅是那一片波澜壮阔的海，那一片夕阳下苍凉又壮美的大漠。隔一程又一程的山水，你是我回不去的原乡。我们，只能坐在光阴的两岸，静静对望。可我还是要感谢你，感谢你，在你的双脚亲吻过的每一寸土地上，也替我留下两行浅浅的脚印；感谢你，在长长的寂寞旅途中，把埋在心底的悲喜与我共享。

尽管，我们已是相隔天涯。

曾经遗憾过，为了今生曾经牵手又轻轻错开。最美的青春年华里，一场最美丽的相遇。那一朵绚烂的爱情之花，却没能结出甜蜜的果子。世事难猜，情路难测。有时候，最浓烈的爱在现实面前也会苍白无力。我们为各自的亲情舍弃了爱情。挥手，作别。在那方小小的站台。从此，人海茫茫，天各一方。

“我们没有离开，我将给你爱情之外所有的爱。”第一次捧读你从茫茫雪原上寄来的信。我的泪，将那封信湿得一塌糊涂。爱情之外，你又如何给得起我？

你喜欢上旅行，是不是从那个时候开始？因为在我们相恋的贫寒岁月里，我们曾不止一次地坐在月下憧憬。雪域高原，荒凉的大漠，蓝得看不到底的海……我们相约，等我们有钱了，会携手走过每一个梦境里的角落。可那时我们太年轻太贫穷。等我们有钱时，走在路上的却只有你一个。拍大组的照片，写或长或短的信。信里，你向我们绘声绘色地讲。在你经过的每一个地方，也常有一些意想不到的小包裹会从几千里几万里外寄来。送给我的是一件披风，送给他的是一只工艺烟斗，送给孩子的是一双水晶鞋子……你的心思如此缜密又如此透明，它把我和我的爱统统绵密地包裹进去。也许，正因如此，我们之间的这份情谊才得以绵绵不断地延续下去。

我们相知，熟悉得像彼此的左右手；我们相亲，是世间隔得最远又离得最近的亲人。可我们却永不再提爱情的“爱”这个字。有时候，我们，甚至可以省略所有繁琐的语言。只隔了重重山水，淡淡地打一声招呼：嗨，最近可好。还好，你呢。我也是。

“日子依旧忙碌，却也能忙里偷闲。闲时，弄花种草，研究厨艺。也会泡一杯绿茶捧一本旧书打发掉半天的光阴。孩子很好，马上就要小学毕业，他亦很好，只是近来有点忙……”笔墨相亲，沙沙地记录着我们或美丽或忧伤的凡俗日子。在这个红尘喧嚣的世界，依然喜欢用这种古老的方式传递着彼此的牵挂与祝福。没有了年少轻狂的炽热，再回首，一切云淡风轻。曾经痛楚的疼，终在岁月里化成淡淡的暖，曾经弥漫心头的遗憾，也随着年轮的加深而烟消云散。

“我将在茫茫人海中寻访我唯一灵魂伴侣，得之，我幸，失之，我命。”与你分手的最初，捧读徐志摩的这一句，心会痛到发抖。以为，失去你我的爱情，是我今生最大的不幸。岁月流转，终有另一双温暖的大手轻轻牵引着我走向幸福的深处。他爱我，却不嫉妒。他爱我，连同我的过去。不敢奢望，你们会彼此接受。可你们，竟然成了一对最好的朋友。因为你们都怀了一样的心情，希望我快乐幸福。

你我站在爱情之外，却仍用爱取暖。那种爱，是亲情的爱，是友情的爱。方知，有时候，爱，真的比爱情更奢华。因为，爱的内涵，远非爱情能够包容得下。

拒绝，也可以如此美丽

溽暑渐消，蝉声已稀，热热闹闹的夏渐行渐远，秋夜一轮金黄月，将满未满，斜挂中天。开着窗，银色的月光，染了淡淡的菊花香，梦一样洒下来，清清凉凉，正落在那满架的书上。

斜倚窗前，不忍开灯。怕灯光一亮，破坏了那份秋月夜的宁静。随意从书架上抽取一本书，不必打开，就已知道，是那本被我翻过千百次的《唐诗宋词选》——当年你送我的书。清凉凉的月下，那些唐朝花宋时月，再次伴随着如烟的往事一路款款而来……

认识你之前，已经近乎痴迷地沉浸在你的文字里。彼时，你已是知名的书写者，我是你万千粉丝读者里最默默无闻的一个。16 岁的青涩年华,已有了玫瑰色绚烂的梦,梦里的王子,就从你的书里翩然而来……别人读你的书,读你的故事,却是书里的故事,我读你的书,却是读你整个人,读你藏匿在文字背后那一颗亦喜亦悲的尘世心。

那时,在我的心里,你是一颗光芒万丈的星,高高地悬挂在中天,可仰望却不能亲近,不能亲近,却又那样痴迷地放不下。

给你写第一封信,前前后后共用了近三年的时间。一千个夜晚用来犹豫酝酿,一个夜晚用来倾诉书写。纸上不敢言一个情字,只说自己对文字的热爱对你的书的痴迷。字斟句酌,一个标点都不肯用错。怕你误会,又怕你读不懂那一腔隐晦曲折的心事让那一腔柔情付诸东流。

你的回信,比我想象中快。一周之后,它已载了你龙飞凤舞的草书翩然飘落在我的案头。按住一颗狂跳不止的心,轻展那封淡蓝色的格子信笺,我的泪无端地落下来……你比我想象中随和风趣更没有我想象中那样冷傲高高在上,你感谢我的喜欢,说那是对一个书写者最大的奖励与鞭策,你也小心地劝告我,文学那条路,有多艰辛寂寞曲折漫长……

一道门,乍然推开,门外的我、门内的你,伸一双友爱的手,温暖相握。自此,不再是读者与作者,我们是最知心的朋友。你读过的好书,一定会推荐给我,我写的那些稚拙的文字,你一字一句地认真修改再热心帮我推荐出去……

一个只痴迷在别人的文字里的女子,开始怯怯地迈开步子,小心翼翼踏进文学的殿堂。因为你在那里，那条路再漫长都不觉艰辛寂寞。

爱的种子早已种下，等到你来我往彼此熟悉，那一树暗恋的青藤已枝枝蔓蔓把一颗心占据。满得再也装不下，终于不再矜持不再羞涩，热烈大胆地告诉你：我爱你，今生要跟你在一起。一张大红的请柬，却在那时热辣辣地刺痛我的眼睛。你的婚期已定。眼泪毫无防备地掉下来，我质问你：有恋人，为何还要骗我这么久？

你呆住：我没有欺骗你，我一直当你是我最好的朋友啊。

拼命地摇头，眼泪已是汹涌，声嘶力竭责问你：你为什么不选择欺骗却这样残忍地拒绝？

不，我宁愿在伤害之前选择拒绝，把你的疼痛减到最轻。你不再笑，眼里的柔情却让我心痛如绞。

那本厚厚的《唐诗宋词选》是你今生送我的第一件礼物。你说，带上它吧，好好写，我们在文字世界里交流相遇。

接过书，轻轻说声"谢谢"，转身，泪落。

这些年，走过很多的山山水水，丢了很多很多的旧人旧物，唯有它，唯有你，走多远，放不下。就如我再也无法丢下你为我种下的那一个绚烂多彩的文字梦。一遍又一遍地翻阅着它，昔日倚门嗅青梅的青涩女子，今说天凉好个秋。与你不能常见面，却一直没有中断联系。电话，书信，或者互读互评一下彼此的作品。知道彼此安好，都心安。

偶然的一次聚会，你我同去。都是熟悉的圈内人，难免会推杯换盏。已经年过不惑的你，黑发里已有星星点点的白，眼角也有细细浅浅的皱纹了，坐在你身边的我，恍惚中再次被忧伤与幸福淹没。心中于你的疼惜，一如当年。

“别看我写了这么多年的字，可现实生活中，我真的是一个木讷的人，我不会表达自己的感情，面对我最爱的亲人，我也说不出一个‘爱’字……”你举杯，走向我。轻轻从自己的座位上站起，转身，含笑，迎着你深深的双眸，泪已轰然滴落心底的湖……

爱过的人，错过的缘，心中有憾却无悔。走过再回首，才知，不是所有的拒绝都冰冷，在伤害之前选择拒绝，那样的拒绝也是美丽。

忘却，是最优雅的转身

澄澈高远的蓝色夜空，一弯淡黄月、两扇小轩窗、一挂轻轻卷起的翠绿竹帘……一本明代陈继儒著的心灵随笔《小窗幽记》，不看内容，只看封面，已是莫名的喜欢。及至轻轻打开来，集醒，集情，集灵，集韵……一句句醒世清言，携了满纸的田园清风扑面而来。捧读，再不忍释手。

一个又一个长夜，便被浸在浓浓的书香里，竟让我忘记晨昏往来。

你的电话，在那样一个夜晚打进来。

嗨，好久不联系，在忙什么？略带沙哑低沉的声音，磁性十足一如往昔。握着电话听筒，竟是恍如隔世。努力想，竟然也想不起你的容颜。何时，就已把你忘却？

当初与你爱，是用自己的整个生命在爱，那样子痛彻骨髓不管不顾。你要的，我不愿，亦是违了自己的意愿给。你不要的，自己再想，也不开口向你提半点。而你于我，却始终是一阵来去匆匆的风、一阵飘忽不定的雨。你会对我好，好的时节让我透不过气，你会对我冷，冷的时候就把我打入冰冷的地狱。爱那么甜，你给的甜；爱那么苦，你给的苦。反反复复中，我们的爱，跌跌撞撞前行。

对那份爱，曾经怀疑，也曾经绝望，却始终不舍得放下。倒是一位朋友，清醒无比。她说，你们没有未来，因为他爱他自己胜过爱这世上所有的女人，包括你。不愿意承认那样的现实，现实却很快印证了她的预言。你走了。只淡淡地给我一句：我是一个给不了你未来的男人。

你头也不回地走，把一个又一个漫长无边际的白天夜晚丢给我。哭过，恨过，骂过，怨过，一切疯狂的发泄，都拉不回决绝远去的你。试着换另一种活法，强行改了自己的形象，把温婉安静的自己连同一份死去的爱情一起埋葬。跟朋友聚会，烟雾迷离中放纵了自己。去同一个又一个的男子相亲，又在一份份冷漠的挑剔中把那些男子批得体无完肤。那时，我只想证明给你，没有你，我的日子仍然会精彩继续。

当初绝情离去，你在转身的那刻给了我最致命的暗示：爱也罢，恨也罢，我是你今生逃不掉的情劫。那时，你是对的。就是在那样的追寻中，我整个儿的人，再度迷失。我没有找到自己想要的快乐，却在那些茫然的追寻里迅速枯萎老去。

那时，你在哪里？是否躲在高高的城堡里骄傲地俯视？俯视这个被你牢牢俘虏的女子？

这个世界上，常有一种温暖会不期而至，有时仅仅是一句话的点拨，就能在瞬间挥去人心头弥漫已久的迷雾。那夜无聊，随手拿起一本放在桌边的书，是自己买了好久却一直没读的《小窗幽记》，随意翻开，那一句就劈空而来，在那一瞬间将我击中。

“使人有乍交之欢，不若使人无久处之厌。”千百年前的人，却似专门把那句话说给千百年后的我听。一见钟情，处久生厌，似乎是许多朋友或者情人总难逃脱的厄运。我们也不能幸免。

“休怨我不如人，不如我者常众；休夸我能胜人，胜如我者更多。”简简单单的句子、明明白白的道理，又有多少人真能做到？

“临风弄笛，栏杆上桂影一轮；扫雪烹茶，篱落边梅花数点。”一字一句，就缀成了一幅淡雅的画，轻轻地落进我的心里。是将要远赴塞外的昭君么？清风朗月，花香露浓，有衣袂飘飘的女子，楼上临风弄笛，笛声悠咽，诉不尽美丽女子心中的幽怨。是红楼槛外佳人妙玉么？白雪红梅掩映下，扫一捧白雪，烹一壶香茶，款待大观园来的怡红公子。这样的句子，美，美到夺人心魄，美到让人读来唇齿生香，美到你反反复复品读仍不忍放下。

那是我们分手以来，第一次，没让你入侵我的精神家园。

自此，试着让自己静下来，真正地学着善待自己。白日工作，灯下夜读，闲时纵情山水，闷时约三五好友小聚，身居红尘闹市，胸怀风景田园，一颗反反复复被情苦浸泡的心，终于找到了宁静的去处。才发现，没有你，这边风景，仍然独好。

彻骨的恨，是另一种彻骨的爱，急于证明的忘记，恰是在提醒着那个人那段情的存在。爱情远去，如何才能最优雅的转身？继续爱，不能够；深深恨，伤的却只是自己。那么，不如忘却。忘却，于负情远去的人，是最大的报复，于留下来的那一个，却是最优雅的转身。

有爱的王子永远不会落魄

再过几天，是她的生日，六十寿诞。看你几次走到电话机前摸起电话，又颓然放下，几次走到我面前，欲言又止。你想回去参加她的生日聚会，又怕我不能同意，是这样么？

如果你真的为这些苦恼，你就大错特错了。对于她的这个生日，我比你记得更清楚。瞒着你，去给她买了一大堆生日礼物，衣服，首饰，不知道我们小城的东西是否合她的意，但我还是去尽心尽力地准备了。你爱她，我爱你，她也毫无疑问成了我应该去爱也必须去爱的人。

恼恨过她，且有很长一段时间，那段让人

伤心不堪的回忆在我的心头凝聚成大团的阴云，挥之不去。那时，她确实太低估了我们年轻的爱情。

相遇，相识，相爱，所有的过程都发生在那片繁花似锦的大学校园里。大三那年，5月芬芳的栀子花香里，你我在那片花开满树的山坡上相遇。风正轻，云正淡，年华正青葱，彼此间一声灿烂的招呼，就轻轻启开了爱情的大幕。那时，你没有问过我是灰姑娘还是白雪公主，我也不曾知道你是平民子弟还是富家王子。只是那样纯粹地相爱了。花前月下絮絮低语，阶梯大教室里一起埋头苦读。那时，我们只有一个愿望，一起在那个城市留下来，一起去营造一间属于我们两个人的温暖爱巢。

以为爱情就是爱情，是只属于我们两个人的私事，没料到你的家人，会对我们那份爱情持那样强烈的反对态度。第一次跟着你进家门，第一次站在你家富丽堂皇的大房子里，才知你对我隐瞒了太多。只等那个将要成为我婆婆的女子，一袭华服高傲地站在我面前，那居高临下的眼神，蓦地就刺疼了我的心。是的，她抵死反对那门亲事。为了能让我离开你，她曾费尽心思。打通关系找到用人单位，让我已签订的一纸就业协议成了废纸；拿了厚厚的一摞人民币，让我带着它们远走高飞，飞到一个你永远不知道的地方去……她说，他们已为你安排好了所有的前程，我在，只会无情地毁掉那一切……

原谅年轻气盛的我，那样决绝地离你而去。冷笑着扔掉她送来的所谓“就业安置费”，我连夜离开了那座伤心的城。我需要爱情，却也无法容忍自己的尊严被人随意地践踏。

那座高原上偏远的小城，是我出生的地方。它永远不会嫌弃我身上灰扑扑的气息，它永远向我敞开着温暖的怀抱，时刻准备为我疗伤。决计，在那里，把曾经的一切过往埋藏。

没想到你会来的，不过时隔两个月，你就风尘仆仆地站在了我的面前。消瘦，苍白，春草一样浓密的胡须，可你向我张开了双臂，你说：亲爱的，我来了，你不会再赶我回去吧？大脑里有瞬间的空白，悄悄掐一下自己的胳膊，疼的，方知，不是梦，你不是从我的梦里从天而降。

风一样扑进你的怀里，眼泪掉得疯狂。

为了那份世俗的反对，我对爱情，心痛到绝望。以为你会向世俗，向亲情妥协，以为再深的山盟海誓都抵不了那阵强劲的世俗风。可你来了，你跪别父母双亲，你撕掉了他们辛苦为你安排好的前程。你说，我们可以，在这里，白手起家。但是，要跟自己心爱的人在一起。

小城的岁月，没有京城的繁华热闹，我们却把每一个日子过成一朵馨香静好的花。各自有各自的事业，薪水不高，工作压力却没有那么大。燕子衔泥一般，一点一点垒起那个温馨的小窝。没有豪华的别墅，没有香车宝马，我们住着三室一厅的公寓房子，我们开着红色的奥拓小王子去郊外踏青野炊，你的脸上却是从来没有过的舒心与安然。你从来不跟谁比，你已把你繁华的昨天忘记。看到岁月在你曾经白皙光洁的脸上不经意间刻下重重痕迹，我有时会心疼，不忍，会跟你开一个善意的玩笑，我说你像一个落魄的王子。可你说，有爱的王子永远不会落魄。

没出息的眼睛，在那一刻又蓦地发热发红。

一份坚忍是一朵，一份执著是一朵，一份真诚是一朵，一份宽容是一朵，一朵又一朵，是俗世里绽开的皎皎白莲花，淡淡的莲花香里，我们不仅仅收获爱情，也要收获亲情。亲爱的，明天，咱们一起回家，给妈妈过六十大寿。相信，她会张开怀抱迎接她远道而来的儿女。是的，有爱的王子永远不会落魄，他应该收获这世间最完满的幸福。

尘世里的桃花源

一幢二层的红砖小楼，静静地矗立在桃园深处。多少个月白风清的夜晚，我和你，共倚窗边：春天推开窗，窗外有花香扑鼻而来；夏天一伸手，就可以摘到鲜美的桃子；夜幕垂下，一抬头就能看到天上的繁星与清月；楼下院子里，葡萄架下，鸡们鸭们已安然地睡着了……

这是我们的爱情城堡。我们已在这里平静又幸福地走过三年。一枝曾经历经风霜不被人看好的爱情之花，在这片桃园深处，开得摇曳生姿。时间，会给人最完整的答案。

今天是我们结婚两周年纪念日，你却因一笔生意去了南方。坐在电脑前，敲敲打打写下这篇文字，是回忆，亦是共勉。只愿此生，相携相伴。

是一根网线，把我们连到一起的。彼时，我还是在校读书的一名研三的学生，你则身在千里之外一个小山村。第一次在网上相遇，你在 QQ 上对我说：我是一个农民，现在跟父亲一起在家种桃。那句话，不知怎么就一下子打动了我的心。为你的那份坦诚。

我亦来自一个贫寒的农村，学的也是农学专业。两个人的话题就从此处打开。你说你的桃园，也说你的身世。与我相仿的年纪，高中毕业后却因家庭经济窘迫而不得不放弃学业。回家，同父辈们一样扛起锄头下田，却不甘心自己的命运就那样被黄沙尘土埋没，苦心钻研培育几年，终于有了那片桃园……网络的另一端，我被你眼里的桃园深深迷住：最美的是春天，那时节桃花正开，漫山遍野的野花也正开，那一片片红、粉、蓝、黄紫的花，像一片又一片七彩的云，把整座山都罩住了，柔柔的山风吹来，吸一口气，满怀都是香……你的这一番描述，已将我的心灌醉。

从相识到相恋，摇曳如花的美好情愫，也是在网上不知不觉培育出来的。当我习惯了在一天的学习生活结束后挂在网上耐心地等你，当你一天不见我的头像闪亮就在心里生出千百种的猜测与牵念。我们都知道，爱情来了。是的，我们就那样子爱了，不管不顾。

那场爱恋，像一湖静水里落入一块巨石，其反应的强烈，是我们始料未及的。你带着大包小包的礼品，跟着我去见我的父母。我的母亲，毫不留情，将那些东西扔出门来。他们不能接受，自己的研究生女儿又要回到农村当一名村妇……

那场战争，持续了将近两年。两年里，亲朋好友，轮番上阵，劝我回头。我则只有一个回答：今生非他不嫁！那两年里，你却在发了狂地努力。埋头专业书，挥汗桃园里，日日琢磨你的桃园管理。你说，你会让我在亲人的祝福中嫁过来。你做到了，等你拿着那张省农业吉尼斯桃园管理大赛的冠军通知书，等你在桃园深处建起那栋二层红砖小楼做好了所有迎娶我的准备，你再一次登进我的家门。我的父母，脸上终于露出了笑颜。他们知道，女儿的眼光，终究还是没错。

从炊烟袅袅的小村走出来，重新又回到熟悉的土地上。只与父辈们面朝黄土背朝天的生活方式不同，我们不再仅仅凭着在太阳底下挥汗来吃饭。我们挥动勤劳的双手，更转动智慧的大脑。日里一起在桃园深处，剪枝，施肥，除草……夜里一起相守灯下，各捧一本农学书看得入迷。有无言相视的默契，亦有激烈的专业争论。那一片大大的桃园，是你为我提供的最美丽的实验室：蓝天为顶，大地作席，一方方平静如镜的水塘，是实验室明净的窗口，鱼在水底游，鸭在岸边戏，塘边一架架绿色的葡萄架子上，挂的是水晶、玛瑙……在我们共同的努力下，我们的立体养殖模式已初具规模。

“这一块，留着将来建果品加工厂，这一块地，留着将来建温室花棚……到时候，我们这不起眼的小山就变成一座真正的花果山。我就是山大王，你就是我的压寨夫人……”闲暇时，我们也喜欢在山前山后地转，把绚烂的未来画图慢慢铺展在眼前。那里，全是幸福的模样。

到现在，仍有人叹息说我们不太相称，那当然只是世俗人的眼光。我们爱得简单，爱得纯粹。我们在这里，远离了浮华和功利。我们之间，没有任何差距，只有幸福！这是我们的桃园，更是我们的桃源。世人说，桃花源不过是陶老先生一个美丽虚无的梦。我却说，桃花源就在尘世的深处，在相爱着的人心里。

十分钟年华老去

黑白景致，满身风尘的男子，在那片开阔的原野里，遇到了他生命中的姑娘。陌生、寂寞而快速的爱情。当动人的民歌唱起来，他们跳舞、结婚、生子，羞涩又温暖的相握。平淡的快乐里，十分钟，他们已然老去。开着新买的车，一家四口去旅游，却不幸一头扎进了路旁的沟里。好在，擦伤的只是车子。人，还安然无恙。追随内心的声音，他再一次回到当年那棵大树下，当年的吹笛老人，淡然地告诉他：人生路漫漫，终究会有一些不如意……

在大提琴低回婉转如泣如诉的旋律中，《十分钟年华老去》，一部长 150 分钟的电影，集中了全世界15位知名导演的灵感与经历,创作了15种不同的故事,将15种不同的人生一一展示在我们面前。

十分钟,就是一个人的一生。

人、生命、时间和记忆,以这样的艺术形式形象地展示在人的面前。这是好友送我的一张碟片,在我30岁生日的夜晚。那个夜晚,你已不在。

坐在那个城市最高建筑的顶端,星星很近,仿佛唾手可得,而脚下,同样是一条星光的河。城市的夜风,正穿街过巷,带着初夏夜晚街边蔷薇微醺的香,直抵我的内心深处。对面坐着几年未见的女友,正探究似的盯住我的脸,试图从那里读出我几年来的悲欢。

"我很好。真的。一直在努力地生活,努力地忘记。直到现在,几乎想不起,他曾给我的伤。"在一起,免不了要谈起你,谈起我们8年轰轰烈烈的过往。她很小心,生怕触疼了藏匿在我身体深处的旧伤。她哪里知道,我的记忆双轨,已在岁月的风霜中变得锈迹斑斑,没入连天的芳草。

很努力地回忆,才想起18岁的青涩年华里,那个穿一身学生装的自己如何背着画夹跟在高大帅气的你后面,去郊外的小树林里写生。春阳正暖,春风正柔,你涂涂抹抹,将我收进你的画卷。光与影的交织里,你的青春光芒逼人。我含羞低眉,将你,悄悄印在心的底片上。18岁的爱情,羞答答如月下的花,不遇知音,宁愿孤芳自赏。18岁的爱情,一经盛开,却热烈如火到无法阻挡。知道爱上你,注定会走上一条艰辛漫长的情路。因为你曾明确对我说,你的世界,注定在远方，没有什么可以阻挡你对艺术的狂热。可真正的爱情，从来不与理智同行。那时，我以为我不怕疼，愿意做那只扑火的飞蛾。

她是我们爱情的见证者。从最初的如花似锦到最终的花凋叶落。那些浸透纸背的浓情蜜意，寄给去远方求学的你，也拿给她来看。你太过痴情，太过婉约，像他那样的人，真的不太适合你。那时，她的话，只会让我云淡风轻般拈花微笑。不求天长地久，但求曾经拥有。青春的红唇一翕一合，哪里去想红消香断的苍凉。一如既往地沉溺，一心一意在河的对岸等你。等你，渡我到幸福的彼岸。

也许过于美丽的花朵注定生命短暂，也许匆匆的流水最终将会把一切带走。8年的爱情长跑，近3000个日日夜夜，说起来，不算短了。可一条短信，一句"对不起"就为我们8年的爱情作结。才知当初的自己太过年轻轻佻，轻慢了那份失爱之痛。8年，足够一棵小苗在土地的怀里长成一棵大树。拔出来，连血带肉，疼得我无处可逃。

8年，在生命的长河里，也许只能算作一瞬。没有你，我还要走下去。

颓唐到近乎毁灭的日子。还了所有你寄来的信，删除你所有的消息。你，被我请出了我的世界。读书，写字，做事。从头生活。时光老人毕竟还是厚爱，终让我如凤凰涅槃，经历疼痛与黑暗，浴火重生。

"离开你，我不会去死，我只是凋零。"世间女子，有几个会如才女张爱玲那般玲珑与决绝。一生一世，只盛开一次。一朵花，只为伊人开。伊人离去，花亦凋零。我辈凡俗女子，是旷野里一株风吹雨打浑不怕的花树。千朵万朵压枝，一朵离去，另一朵又会不屈不挠地绽放枝头。因为我们深信，春天之后还会有春天，爱情之后还有爱情。

一段 8 年的痴恋纠缠，再讲，用了不到 5 分钟。一分钟情窦初开的羞涩，一分钟热恋中的缠绵悱恻，一分钟月落乌啼的苍凉，一分钟苍凉过后的淡定与从容……当人生开始懂得回忆，十分钟年华已然老去。还好，我还有 6 分钟的时间，去开启另一段全新的旅程。

有一些错失，如此美丽

这一个微风之夜露珠儿唱歌草叶儿弹琴，温柔的浪花哗啦啦溅湿朦胧月下那一份久远的记忆。你来这个城市出差，短短的一日停留，我们相约一起去看那片月光下的海。一长一短的两个身影，调皮地在月下的白色沙滩上重叠又错开，絮絮叨叨的话题里今日往昔如烟掠过，似无弦的风琴轻轻奏响彼此心间那首无字的歌。声声皆珍重，句句皆祝福，这个春花明月夜，与爱情无关，却是如此美丽静谧。

谢谢你现在还来看我。谢谢你当初把我关在你的爱情门外。在我还没有真正明白爱情真谛的那个青涩季节。

与你相识，曾是我生命中一场没有预约的甜蜜与疼痛的纠结。刚刚走出校园，没有任何经验与阅历可谈，背后亦无一份显赫的背景。可我何其幸福，就做了你的下属。第一次把那份改了又改的工作报告怯怯地交到你手上时，我的心，已被一份忐忑占满。那份报告再回到我的手上，它已被你用红色的笔圈圈点点改过不下几十处。没有一句严苛的批评，那一条条红色的批注，却在那刻把我整张脸映得羞红。此后的你，不像我的上司，倒更像我的邻家大哥。你手把手地教我如何写文件，也毫不保留地向我传授你的为人处世经验。你说，你也从我这个年纪走过。

你的办公桌，就在我的对面，有时不经意的一个扬眸，你的影子，就轻轻地落入我的视线。紧抿的唇、线条分明的脸，你吐着烟圈儿沉思时微皱的眉头，略显忧伤茫然不知落在何处的双眸……越来越多的影像，在心底重叠纠结，慢慢就幻化成一棵枝繁叶茂的树，那一树哗啦啦摇响的叶子，每一片上都写着相思，却是一树寂寞无处倾诉的相思。知你有妻有儿有一个幸福的家，更知你是一个爱家顾家的好男子。我的寂寞与你有关。你的生活，却离我很远。

有人说暗恋根本算不上爱情，我却真真切切体味过那份甜蜜的颤栗，那份幸福与苦痛相伴交织的无眠。尽管，那方寂寞的戏台上，其实只有我一个人，衣袂飘飘，在唱着一出孤单的爱情独角戏。是的，我只能以自己的方式，在自己的精神世界里，默默地爱你。每天早晨，给你的杯里注满第一杯热气腾腾的清茶，把你办公桌上那盆绿色植物的叶片，用柔软的湿布擦了又擦，在你下班离开的时候，偷偷坐在你坐过的椅子上，体味你留下来的那一丝余温，甚至，在无人的静夜，轻轻拿起你用过的杯子，索要你留给杯子的那一个个“吻”……那样的爱，让我的心垂得很低很低，低得生怕被任何人发现。包括你。

可那时的我，毕竟还是年轻，那份藏在心底的暗恋，却一日日渐聚渐浓，最终还是将我出卖。那年年底，公司举办一次大型的舞会。那是我期待已久的一个夜晚，我渴望，在那夜的舞会上，我可以借着音乐与红酒的力量，与你共舞一曲《人间天上》，给自己汹涌的暗恋找一方美丽的出口。白色的曳地长裙，黑瀑布一样披下来的发，明眸皓齿的青春，我相信，那夜的舞池，会因我的出现而瞬间闪亮。我亦相信，你的眸子会穿过重重叠叠的遮挡奔我而来。可我却猜错了，当你牵了她的手，深情款款地向众人介绍她是你的爱人并一路拥着她从我面前舞过，喧闹的世界，在我的眼里成了一片空白。

不知道，那夜，我到底喝了多少酒。再醒来，人已在你家宽大洁净的客厅里。你和她，一左一右静静地守护在我的身边。她的脸上，仍然是那抹温柔恬静的笑：你喝醉了，今天晚上就睡在这里吧。

小丫头，没有酒量还喝这么多，喝坏了胃可不是小事情。你递一杯温热的牛奶给我，满眼里，全是疼惜。

扭头，眼泪再次止不住地滚滚而下。这样的场景，让我暖，让我疼，让我情何以堪。

谢谢你，这样爱过我。可你知道，每个女人都是一朵花，都应该有属于她们自己的爱情花瓶。我的瓶里，已装满了她的爱情，再容不下其他。而你，一枝何其清新芬芳的新荷，应该去寻找一个能全心全意盛载你的新瓶儿。这份情谊，我只能铭记，却不可领受。她起身去厨房，给我烧一碗暖胃的醒酒汤。你的大手，轻轻地滑过我的黑发又轻轻地挪开。原来，我所有的心事，你早就知晓。

心释然，情释然。含笑，挥手，告别，轻轻一转身，时光已弹过十年。十年后的我，在另一个注满清水与养分的花瓶里开得摇曳生姿，十年后的你们，仍然一路相携恩爱如初。这世间，不是所有的错失，都是遗憾。有一些错失，就如此美丽。

幸福花香，逃不出爱的手心

有时候，回忆像一把锁，把快乐和爱的自由都锁住，让一个人停留在原地，舍不得遗忘，也无法迈出朝向新的幸福的脚步。

一场曾经轰轰烈烈不惜弃了自己所有一切追随的爱情，最终却以黯然的分手草草收场。3年缠绵悱恻的恋情，只换回半载相守。可我却是那样的不甘心。守着那间曾熟悉的出租屋，守着电脑蔚蓝屏幕上那个眨着眼睛的黑色小企鹅，我把所有等待的热切与焦灼，全都写在了签名里：向我敞开你的怀抱，我会重新不顾一切奔向你。

可我没有等来要等的人，却听到了 QQ 上传来陌生人的叩门声。轻轻点击,接受了你的加好友请求。生活从此为我打开了另一扇窗。

远隔千里,我在冰雪飘飞的北方小城,你在繁华热闹的南方都市。彼此的身份也有着巨大的悬殊,我是被爱情伤得体无完肤的怨妇,你是一名即将走上社会的大四学生,但我们还是聊了。我把自己所有的心事,毫无顾忌地倾倒给你。

应该说,你是一个绝好的听众。彼时,你喊我姐。我把一串又一串的苦恼抛过去,你给我的是一串温暖的笑脸。你轻轻地问,姐,你还想去找他么?是的,我在等他。我要去找他,可山水迢迢,我连去找他的路费都拿不出……我从来都没想过,你会那样直爽,或者说是一份傻气,一份让人想来后怕的傻气呵。你竟然当即要了我的银行账号,又在两天后把2000元钱打到了我的账上。再次在QQ上看到你的留言:我把钱打到你的卡上了,你去找他。

那些留言,是你从某个网吧里发过来的。手头同样窘迫的你,竟然把自己视若宝贝的手提电脑卖了。为了那个千里之外与你素昧平生的伤心女子。

就如你劝我的那样,纵是再精美绝伦的青花瓷,碎了,也是一文不值。那段曾经的好姻缘就那样碎成了一地闪闪烁烁的青花瓷片。拾不起了。慢慢地平静,在平静中慢慢修复。在小城一家宾馆找了一份做服务员的工作,生活还要继续。

你拎着大大的行李包,一路打听着站在我面前时候,我们已是无话不谈的好友。一路的风尘,掩不住你夺目的青春光芒。我们同龄，我的心却提前进入了老年。你说，你想到那个小城找个实习单位，让我帮忙。

那曾经是我们所在的那家宾馆一个不大不小的笑话。一个在大都市里上了四年大学，学了工商管理专业的高材生跑到一家小县城的小宾馆里当服务生。你每每都笑着说，因为愿意。彼时，你的眼神如春天的阳光，轻轻在我的脸上荡来跳去。知道你不远千里，为谁奔赴而来。更知道，你的那一声"因为愿意"里藏了你什么样的心事。可一颗破碎的心，如何能接住那一瓶爱的玉液琼浆。我能给你的，只有冰冷的拒绝。

最理智的谈话有过，最绝情的伤害也不得不吐出了口。可那些都无法抵挡你的热情、你的固执。你不急着要一个答案，却一日又一日在那个小城里留下来。你只说，你愿意。那份狂热那份执著，多像当年的我啊。可那样的狂热与执著留给我的却是一地无法收拾的破碎回忆。我不想让你重蹈覆辙，更不能让你把你的青春浪费在一场绝不会有结局的虚幻爱情里。你不走，我走。

没有告别，只留一封简短的辞职信，放在你宿舍的桌子上，劳你代交。火车站，南来北往，一列又一列的火车，进站，离开，却不知道哪一列可以载着我驶向幸福。

那天，在我就要跳上南下列车的最后一刻，你找到我。你竟然麻烦了110，五六个民警帮着你在那个小城的火车站、汽车站，一路疯找。你跟他们说，你爱人丢了，要是不赶紧找回来，你可能这辈子都找不到她。你一路跑，一路喊，一个堂堂青春男儿，头发跑乱了，衣服跑皱了。所有的风度你全不要，你就那样跌跌撞撞地向我跑来。你的嗓子，在见到我的那一刻，竟然发不出半点声音了。那一刻，世界无声；那一刻，天地不在。我们紧紧地相拥，用彼此的心跳和泪水来诉说着彼此的心声。其实，我一直在犹豫，在等，又惶惶地不知自己何去何从。

轻轻地依偎在你的胸前，听它一声又一声地用力地说“别走”。你说，所有的冬天都会过去，所有的伤害最终都要为爱让路。你说，幸福的花香从来都逃不出爱的手心，再受伤也不要失了重寻幸福的勇气。那就让我们牵着彼此的手，风雨，泥泞，再不松开，一路追着花香飘来的方向，走下去。

化爱为桥

你和我，只隔了一层透明的玻璃门。你在门里边，我在门外边。每天，轻轻地一抬头一扬眸，就能看到彼此或忙碌或悠闲的身影。无言的一个对视、轻柔的一丝微笑，我的心，便在一整天里，颤颤地开着喜悦的花朵。

今天的你，与往日有了太多的不同。那封淡蓝色的信封，飞越千山万水，翩翩降临你的案头之际，就把你眉宇间那份淡淡的忧愁与阴霾一扫而光。一次又一次，你悄悄取出它，时而微笑，时而沉思。你的幸福甜蜜，是一阵关不住的清风，穿过厚厚的玻璃门，向我徐徐吹来。抬头，调皮地对你一笑。转身，却已泪盈眉睫。我读得懂你的快乐，你却无法明了我的忧伤。这样的结局，是我努力寻求得到的，却又是我千千万万个不愿意面对的。明天，她会带着一份旧爱新情，从大洋的彼岸飞赴你的身边。而我，也注定了要永远退场。

是的，谁都知道我恋着你，为此，甚至不惜冲破重重阻隔，从一个城市，追着你来到另一个城市。以为时间会是最好的黏合剂，以为在近水的楼台上，我会是第一个欣赏到美妙月色的人。可咫尺却是天涯，三年了，我和你，仍然不远不近地站在原地。你，决绝地不肯向我迈出一步。你喊我小妹，一如邻家大哥般的亲切。你给我最温柔细致的呵护，却与爱情无关。这份关爱，让我贪恋，亦让我疼痛，直至让我选择了最后的退场。

寻找她的地址，费了很大的力气，向她描述几年来你于她的思念，更是费了很大的力气。你清醒时的忧伤、深醉时的呓语，要借我的笔，传达给她，你应该知道，这对我有多艰难。一封信，涂涂改改，写了数日，撕了又撕。一颗心，起起落落，冷了又暖。最终，还是尘埃落定。将它轻轻投进绿色邮筒的那一刻，眼泪还是止不住地流了满脸。从此，你的幸福、我的寂寞，大路朝天，各走一边。

遇上你，遇上了我生平最刻骨铭心的爱情。在你最失意落魄之际。几年前，第一次在老乡会上，遇见玉树临风的你，心便生出一种甜蜜的焦渴。彼时，还是盲目地迷信爱情迷信美好的年纪，相信一见钟情，相信最初凝眸时的悸动。你眼眸中的忧伤，就在瞬间将我击中。没有丝毫的犹豫，就那样子走近你，以老乡加小妹的名义。

从此心里多了一份牵念，也慢慢知道了你的过往你的故事。听你深情又忧伤的回忆，你与她的点点滴滴，心里有一份淡淡的忧伤，更有一份深深的疼惜。

弱水三千，只取一瓢，你是，我亦是。

你把自己轰轰烈烈地给了那场爱情，我却在你们的爱情之外，无望又决然地守候。

辞掉了在另一个城市的工作，我义无反顾地奔你而来。固执地以为，旧日的繁花会落，今天的繁花会开。我们，需要的只是恰当的距离，恰好的时间。可事实证明，我错了。再多对你的关爱，也敌不过你们的青梅竹马你们曾经共同走过的甘苦风雨路。相识几年来，怀念，是你对待爱情唯一的姿态而等待，也成了我唯一的爱情宣言。我们的爱，同样热烈绵长，却无论如何也走不到同一条路上。它们，同是寂寞。

听过太多你深夜酒吧里的叹息，听过太多有关她点点滴滴的好。在我的面前，你不设防，亦忽略了我的性别。我是你在那个城市最温暖安全的小站，是你最亲的人。你说。

原谅我悄悄瞒着你，查访她的行踪消息。因为我，再也不想看着你心疼。因一场误会而起的离别，终究需要一个替你解开这个死结的人。我成了你们中间的那个人，是幸还是不幸？

值得庆幸的是，几经辗转，我还是跟她联系上了，信来信往间，彼此间的芥蒂已是荡然无存。知她仍然孤身在漂，知她如你一样用情地在守候着那份迷失的爱情。我的心，终是坦然。

明天，她会飞来你的身边，明天，我也会飞向另一个城市寻找另一片未来。

“桥如虹，水如空，一叶飘然烟雨中。”一直很喜欢这样一种境界，渴望自己会是飘然红尘烟雨中的那一叶轻舟。真的要面对时，才知，那一叶小舟，亦有载不动的愁。可心中有憾，却无悔。

有人说，墙，推倒了是桥，我不想成为你和她之间的那堵高墙，那么，就让那份爱，幻化成桥。能够看着你和她，翩翩从各自的岸向着彼此靠近，是我能给你的最好的爱。

默然相望，寂静欢喜

白衣，蓝裙，素面朝天，第一次怯怯地站在你面前，你是我的考官。一曲原本熟悉到不能再熟悉的《百灵鸟》，让我演绎得七弯八拐，完全失了原本的韵味。一曲唱罢，我的泪与汗，同时涌出来。渴望了太久，为之也努力了太久，最终，竟是那样子收场。知道失败无可避免，知道美好的梦想可能就此与我擦肩而过，轻轻地转身，竟然忘记对你说一声“谢谢”！

“你等一下！也许，今天你是太过紧张，我们可以再给你一次机会！”就是那轻轻的一句，从此启开了我梦想的大门，也启开了我另一种完全不同的人生。你说，你看过我的资料，知道一个在工厂车间里做苦力的女孩子，想要改变自己命运的艰难。那一次，你破格留下了我。

此后5年，我们风雨相伴。一架黑白相间的旧式钢琴，一把窄窄长长的琴凳。你弹，我唱，或者，我弹，你听。日复一日，年复一年，歌声琴韵，将那间小小的音乐室，塞得满满。失意无着时，你给过我鼓励，骄傲自满时，你泼过我冷水。我却是在你一路的扶持呵护下，乘着歌声的翅膀，越飞越高远。

不知道，爱，何时进驻我的心里。是不是那次大赛来临前的那个夜晚，你一遍又一遍的叮咛，像极了我唠叨的妈妈；是不是考场失利我在倾盆大雨里洒泪独坐山崖，你在我身后撑伞，无言又心痛地陪伴；是不是我生病躺在床上你却急得一夜失声……这条通往鲜花掌声的路，走起来却是一路的荆棘与泪水。而你，是它最好的见证人，是我最忠实的陪伴者。

曾经不止一次对你说，没有你，我真的撑不下来。那时，你只给我慈爱的一笑：傻丫头，是你的梦想在支撑你。你怎么可以不明白，我的梦想里，有太大一部分，是你！

当那夜星光灿烂，当那夜我是舞台上最闪亮的主角，站在那方灯光璀璨的舞台中央，当所有的镁光灯对准我，当所有的掌声响起，我却无法掩饰自己目光的游离。那时那刻，天地无声，那一份喜悦，只肯与你分享。

然而，你给我的，只是一个背影。连一声告别都没有，再接你的电话，你已在那个小城开始了你新的教学生涯。你只在电话里，淡淡地叮嘱：一人在外，切切小心，红尘中游，珍重珍重！寥寥数语，我一一答应，已在电话的那端泣不成声。可我知道，我不能问你要一个理由。你不喜欢，我亦不能。尽管，你独身，我未嫁，你有情，我有义。除了近十岁的年龄差距，你和我之间，没有任何阻隔。

原谅今夜，不经意间闯进了你的这方神秘家园。“……然而，你永远不会知道，我有多么的喜欢……然而，你永远不会知道，我有多么的悲伤……”你博客的背景音乐，是陈升那首苍凉的《然而》。再读你随意涂下的句子，隐忍太久的泪，还是轻轻掉下来。

“不是所有的爱，最终一定要相守。爱，有时是电光石火般的绚烂，有时是地下岩火一生封存。当我不能再陪着你飞得更远，当一份爱情或许要变成你的牵绊，请原谅我的放手。把最爱的人放在最远处，用一生的牵挂与茫茫相思去绿化那片爱情的森林，默然相望，寂静欢喜，足矣！”你说。

默然相望，寂静欢喜！除却祝福，不再带走一片云彩。是不是，今生，我能做的，也唯有如此？

我们,没有第三地

“告别白昼的灰/夜色轻轻包围/这世界正如你想要的那么黑/霓虹里人影如鬼魅/这城市隐约有种沦落的美/如果谁看来颓废/他只是累/酒杯跌破了/也无所谓……只是夜再黑/也能看见藏在角落里的伤悲……”这方异域的城,在深黑的秋夜睡了,凉凉的夜色里,醒着的唯有那些不知愁的秋虫,高一声低一声,在窗外,和着室内那一室似有若无的歌声,让离情更紧,让我欲加清醒无眠。

天亮,就启程,向着不同的方向,奔向各自熟悉的轨道。从此,你是你,我是我,生命也许再没有交集。今夜,月圆的夜,不应辜负的夜,是么？最后一次“举杯邀明月”，或者最后一次在园中暗影斑驳的小道上并肩走过，将那份萦绕心头已久的情怀，向对方轻轻诉说。那情那景，该都契合彼此的心意。只是，为什么，摸出手机，将同样的一条消息写了又写，抹了又抹，最后，还是轻轻掐断了送它到你身边的路。

也许，你已睡了……

在这个城市相遇之前，我们已不是陌路。共同的爱好，总是让我们能在最短的时间里找到太多共同的话题，都已不再是青涩少年，太多的心事，已不需要层层叠叠的隐藏包装。就那样越说越多，越说越远的话题，就把彼此的心一点一点拉近了。我们都习惯在无人的静夜里工作，习惯在繁重的工作之后，静静地泡一杯咖啡，在黎明前的微光里，守着一室天籁般的乐声，把一颗孤寂的心泡在微苦的咖啡与忧伤的音乐里。黑夜，让我们看清自己，也让我们乘着夜之神的羽翼，向着彼此用力飞翔。那样一个又一个无眠的黑夜里，分明已听出彼此深埋的孤单，只是，那时候，谁都不曾说过什么。害怕有些话一出口，便失了那份美好的云淡风轻。

我们同接到去那个北方古城进修的消息，你兴奋得像个孩子：我们是同窗了，想不到今生还能做同窗。我的心湖，却在那一刻，“咚”地掉下一颗石子。波心微荡处，有淡淡的甜，也有丝丝缕缕的忧，一圈一圈荡开去。总归，还是要相逢。

拉着简单的行李，站在人来人往的站台上，北方的秋，天空是水洗一样的蓝，一如我那天的心情。你向我跑来，以我最熟悉的姿势，不过，那一次，你的怀抱，有着实实在在的温度。轻轻地一拥又迅速地放开，你的脸上飞起一丝不易为人觉察的红。你竟真的是一个有些腼腆有些害羞的男人，因了那丝羞红，心里于你的喜欢，就莫名地添了一分。

全新的一份生活就此开始。离开校园很多年，再次一头扎进那个熟悉又陌生的环境，有几分新鲜，也有几分吃力。你，便成了我最好的同伴。图书室里的埋头苦读，林荫道上热烈的争论，有我的地方，你便一定会出现。在那个陌生的城市陌生的环境，我们不必在乎身边人的目光。事实上，也没有人会刻意去关注我们。就那样习惯了身边有你的日子，忙碌而又温馨充实。习惯了你在开饭的时间，早早地站在我的楼下含笑地等，习惯了在课业轻松之时与你同租一辆自行车去郊外疯跑。那一段日子，让我们暂时忘却了自己尘世的重重身份，妻子、丈夫、母亲、父亲。那时，我只是我，你只是你，两个如此热情洋溢渴望把自己放归自然的男人和女人。

一直很糊涂，我们之间的这份情缘。不明白，你在我的生命里，到底在扮演着怎样的角色，朋友、师长、大哥、知己，或许都有，又似乎都不是。直到今夜，再次打开曾经听过千百次的这首歌。我的心，在这份熟悉的旋律里被一份浓浓的离情撞击得生疼。才知道，在你和我之间，纵不说，爱亦来过。

“现在流行一种第三地的爱情，不是她生活的地方，也不是他生活的地方，那儿叫做第三地。第三地，可以让一种爱情自由生长。只是那种爱情，没有根基，没有未来，离开第三地，她便只有死亡。

我不希望，让我和你之间的这份情感，消失在第三地之外的地方。所以，原谅，今夜，还是不见！”你的短信，出现在我最犹豫不决的时刻。想是，那一夜，你同我一样在挣扎了，但你做出了理智的选择。

那条短信，就变成了那个漫漫长夜第一束黎明前的微光，读它，轻轻地笑了：我们，没有第三地，只有一份天高云淡的美好未来！祝你一路顺风！回复完毕，才发现自己真的已经很累，和衣倒在床上。睡了。再也无梦。

对的时间里错过对的你

暮春，黄昏，一场突然来袭的雨。周末，独处，一间被孤单塞满的屋。庭院深深锁，杜鹃声声啼，被后人吟诵了千百年的浪漫宋词，在一个30岁离婚女子的现实里，却只有凄凄的凉意。

桌上那台旧式的录音机，“叮叮咚咚”飞出的是我最熟悉不过的旋律：“如果你是那只受伤的鸟/我就是你养伤的森林/如果你是幸福的新娘/我就是你背后关注着你的目光……”

而今，受伤的鸟儿独自舔舐伤口，却再也找不到那片让我养伤的森林。

与你相识之时，我正一心一意地爱着那个

叫皓的男人。很多人说，皓是一片流云，不会为一片风景停留，那样的男子不适合我。可我已掉进他热烈柔情的陷阱，爬不出。看着皓的身边，走马灯一样变换着不同的女子，心痛如刀割的我，唯有隐忍，只为他的一句“曾经沧海难为水”。我们是彼此的初恋，我便以为自己会是他那片永远的沧海。

周末的游乐场里，他搂着另一个年轻妖娆的女子去坐过山车，恣意的笑声里丝毫不顾忌我的感受。远远地看着他们玩得热烈，眼睛就莫名地酸了。他不太适合你！一方洁白柔软的小纸巾，散发着淡淡的茉莉花香气，就递到了我的面前。别哭鼻子了，不如我带你去坐摩天轮。你的脸上是一种很奇怪的表情，却始终挂着一种温和的笑。那种笑，忽然接住了我欲堕地的委屈，赌气般揩掉了腮边的泪，同你一起走向那个庞然大物。

那时，你在我心里，不过是一个最普普通通的朋友。

在摩天轮的最顶端，恐惧的刺激已让我忘记所有的痛，只拼命用手抓了你的胳膊，尖声地叫着往你怀里靠。你猝不及防的一个吻就蜻蜓点水般落到我的脸上，又飞快地挪开。风声太大，你的声音太小。那一句你鼓足勇气吐出嘴的话，很快就消逝在风里。其实，是我不想知道，也不想记住。因为那时，我没给你在心里留一点爱的位置。

你却从此担起所有保护我呵护我的责任。与皓的关系，仍然时好时坏。昨天哭断肝肠说要同他分手，他一个温情的电话我就可以乖乖回到他的身边。在我一个人狼狈地躲在屋里对着一地七倒八歪的酒瓶撒气时，你是第一个赶到现场帮我整理的人。你是我的哥儿们，在你面前，我可以放心撤掉自己所有的武装。不怕趴在你的肩上，把你洁净的衬衣哭花，也不怕自己在你面前红肿着眼睛一副怨妇的模样。你说，你就是我的垃圾筒，时刻准备接受我的所有坏情绪坏模样。

不知道那时我们都被施了怎样的魔咒，我拼命追赶着皓，皓拼命享受着更多的新鲜与未知。而我的身后，却时刻有你忧心忡忡的温润目光关注。深深的夜里，皓从酒吧打电话来说自己醉了让我马上去陪他。我的电话就在第一时刻打给你。静静的马路边，你看着我钻进出租车远去，又不忘细心地叮嘱司机将车子开稳开慢。我的事业陷入低谷，寻不到新的客户源。冬天的寒风中一家又一家敲开那些大公司的门，身后跟着的是冻得搓手跺脚的你。

习惯了在伤心哭泣时把所有的泪水倾倒在你的怀里，却把自己如花的笑脸给了自己最深爱的男子。你不抱怨，只用你一如继往的微笑接着我所有的苦乐悲欢。你只说，你愿意。

我到底还是做了皓的新娘。在洁白的婚纱映衬下，我的幸福，温柔热烈地绽放。彼时，在我的心底，你已是我最好的朋友，好到让我省略了你的性别。

人群中，你大大方方地将我的手交到皓的手上：小子，把我妹妹交给你，照顾不好她，我不轻饶你！我只是笑，幸福浓得化不开。我看不到你脸上的忧伤、心底的哭泣。

此后，你远走他乡，再没有在我的生活里出现。

那盒小小的磁带是在我与皓的婚礼后一个月收到的。没姓名没地址，只有那些熟悉的字体，让我想起了你。磁带里，有你自弹自唱的那首歌。

幸福却不能靠祝福来维系，婚姻的城堡并没有留住皓流浪的心。千山万水已过，心里有痛，却无法言悔。与皓分手之后很多个寂寞的夜晚，你送的那盒磁带就成了我唯一的慰藉。

一遍又一遍地听，一遍又一遍地让泪像小溪水一样潺潺地滑过我凉凉的脸庞，却再也没有办法找到你。在错的时间遇到对的你，却在对的时间里错过你。曾经有那样一片茂密的森林，盛放过我所有的忧伤。鸟儿的目光却始终眷恋着远方，追逐高天上流浪的白云，终是错过那片爱意葱郁的森林。

有爱的地方，就是天堂

喜欢你之前，先喜欢了你的诗。彼时，都是正青葱多梦的年华，都一样狂热地迷恋着海子顾城迷恋着席慕荣诗里那棵会开花的树。为赋新词强说愁的年纪，我们读诗，也在纸上涂抹着浅浅淡淡的青春忧伤。校刊上，我们两个人的名字，常不期而遇。两颗心，也在那些似懂非懂朦胧似烟的诗句中慢慢靠近。

都道初恋时不懂爱情的真，那份半猜半等，半嗔半怪，半真半假，半喜半忧的日子却曾伴着我们走了那么久。把所有的心事寄托在那些闪闪烁烁的诗句里，又在新刊到手的日子，迫不及待去嗅那一纸的墨香。墨香里藏着我们年轻的心事，怕人问寻，又忍不住猜测思量。很奇怪，被爱浸透的两颗心，却一直没有将那个“爱”字吐出口。直到毕业歌响彻校园的长空，我们再没有时间犹豫。

你把那本淡蓝色的小本儿递到我手上时，脸已飞红一片。一首从未公开发表的小诗，将我的心做了它唯一的芳草园：“我渴望有一间房/用蓝天作顶/诗歌为墙/日日黄昏/有我爱的女子/门前轻倚/把我张望。”那便是你最直白的表白了。抛开所有的羞涩与不安，奔向你那座蓝天做顶诗歌为墙的小屋。

那样的婚事，曾受到我们两家人的一致反对。一穷二白的两个人，只晓得风花雪月的两个人，要在那个城市里白手起家，谈何容易。生活真的不似写就一首诗那么容易啊。可再多的语重心长都难阻断那份热烈新鲜的爱情。我们义无反顾，我们兴致盎然。有一段如诗的相遇，我们以为，那份诗意会久久长长。

就在那个城市留下来，租来的小屋里，一床一桌，一些简简单单的生活用具，张贴上俗气的大红，热腾腾的日子就此开始。依旧沉浸在那份浪漫的风花雪月里，一桌一灯，一边是你，一边是我。理想如高悬在我们上空的一盏明灯，照得我们心里亮堂又温暖。你说，有爱相伴，你会写出更多更好的作品，漫天飞来的稿费单可以让我们衣食无忧。我也曾这么以为。可等我们花光了手上最后一点积蓄，下一笔稿费还没有着落的时候，才开始慌了。才知道，所谓的诗歌理想，有时与养家糊口是两码事。

很感谢你的那份勇气，揣着一份简单的简历，就拉着我踏上找工作的征途。敲开一家又一家用人单位的大门，受尽一双又一双的白眼。看着我们发表过的一摞厚厚的作品，对方敷衍着恭维两句却还是毫不客气地将我们打发出门。才知道，那些空灵浪漫的诗句，那样经不住世俗风尘的吹打。

日子突然陷入空前的失落与恐慌里，也没有心思再写诗谈理想，突然明白他们当初执意阻挡我们相爱的苦心。我们太年轻，根本不知道除了诗词文学以外的日子怎么过，却不甘心就那样沉没，最苦最难的日子，我们争过吵过，最终还是相扶相持着走过。暂且停止了用诗歌砌墙，我们兵分两路，去寻找适合各自的工作。当我们拿着上班后第一个月的薪水，当我们去市场拎回大袋的米面油盐，当我们轻轻替对方揩去额头的汗，有一种别样的快乐，从各自的心底缓缓升起。那种快乐与诗歌给我们的快乐不同，那是一种踏实、温暖，又略带着一点辛酸苦涩的快乐。那份快乐，却让我们认识了什么是真正的诗歌，什么是真正的生活。

真快，一转眼，我们结婚竟然已有 12 年了。12 年里，我们曾做过不同的工作，家里的房子也迁了几迁。由最初租住的平房到单位给的两间宿舍，再到现在拥有了属于我们自己的小院。我们的日子，虽没有别人的大富大贵，可我们的富足，却在别人瞧不见的地方。柴米油盐里，仍然没有放弃最初的理想。你把一个又一个长夜分成几块儿，一块儿交给睡眠，一块儿交给你喜欢的诗歌文字，一块儿交给你身边的亲人。每月不定期的稿费单子，或多或少，是我们生活里快乐的点缀。我真的做了你门前倚门守望的女子了。岁月的大手，轻轻抚过，带走了年少时的躁动与青涩，我们已沉淀成那潭波澜不惊的湖水，面对荣辱得失，轻松一笑，便踏过去。

繁华的大都市，热闹且热闹着，我们独守这一院的风景，守着我们的春秋四季。春听花开，秋看叶落，用柴米油盐烹调五味杂陈的生活，用文字诗歌装扮那片芳草萋萋的精神家园。你说，我们的灵魂，其实轻得像两片洁白的羽毛，那么小的幸福与快乐，就能让它们轻快地飞往开满鲜花的天堂。我却觉得，有爱的地方，就是天堂。我们一直就住在幸福的天堂里。

让我来做爱里天使

烟雨三月，水汽氤氲的江南。第一次带着你，在家乡的田埂上走过。春意正好，一块又块的水田正欣欣向荣地葱茏，布谷鸟的歌声，由远而近，倏忽间，飘向一个谁也辨不清的方向。那样的季节，爱情疯长。

可那只是前一天的爱情。从那个长长的雨巷里，撑了油纸伞款款而回，回到林林总总的水泥建筑里，日子就恢复了旧日的喧嚣。上班，下班，脚步匆匆，心情再没有那种水洗般的清爽，争吵总是不期而至。

那一次争吵，是我们认识以来最为严重的一次吧。气急败坏的两个人，恨不得在那一刻把世上所有刻薄的语言，刀子一样地掷给对方。我看着你的眼泪，在我的震怒里，一滴一滴掉落下来。一滴一滴，却是我疼痛的快意，我只希望它们来得更猛烈一点。

争吵，是一把涂了毒药的锯，争过来，拉过去，把两颗心拉得遍体鳞伤，却是越争越吵越没有停止的意思。那天，你投降。第一个住了口，只丢给我一个绝望的眼神，破门而去。

也是三月，门外正飘着丝丝细雨。我看着你紫色的风衣，带着一股凉风，在门外消失……

那一次，我没有追上去。我们都正年轻，彼此都把自尊看得堪比生命。

回到生我养我的那片江南，原为躲开你的。可去了，才知道，你的气息，已变成了湿润的江南雨，终日里萦绕不去。去田间地头，你的笑在那里，去村口那棵绿叶新发的大槐树下，你调皮的影子在那里，躲进静静的青石小巷，你又从戴望舒的诗歌里款款走来……

是那个年逾 80 岁的老人，第一个发现我的心事。在村口的大槐树下，他独自一人，拄着一根乌黑发亮的拐杖，向村口怅怅地望。一直不知道他在望什么，只记得从自己记事时起，这个老人便站成树下一道不变的风景，风雨无阻。

孩子，回去吧，去向她认个错。那天，我同他一起，站在濛濛的雨里。他一如往常，我的心情却被那场江南雨淋湿。不去，又不是我的错。我嘴硬着。回吧，孩子，认个错，低不了人，别给自己落下后悔！直到那天，我才知道，那个孤寡大半生的老人，在守望着 60

年前的一个身影。彼时，他和她，正是你我一样的年纪，因了一次争吵，他就是站在村口的这棵大槐树下，看着她，伤心远去。他没有追上去。从此，轻轻地一松手，就是半生。他不知道她是否嫁了。他却再也没有娶。

相爱的两个人，争吵在所难免，谁先在那场争吵里服输，谁就是爱情的天使。这是，那位老人用自己半生的悔与痛，告诉我的爱情箴言。

所以，亲爱的，我迫不及待地回来了。让我，来做我们爱情的天使。

让我们一起收藏那些幸福的花瓣

那一树灿烂的云霞，在4月的阳光里热烈地燃烧了近半个月，终于恋恋不舍地飞离了枝头，扑向它们脚下的泥土。在那样一个天气晴好的周末，我们带着年幼的女儿一起在那片花香弥漫的林子里漫步。“嘘！别踩疼了花儿，它们睡着了。”8岁的小女儿，正蹑手蹑脚小心地蹲了下去，伸出细嫩的手指，将飘落在地上的花瓣一片一片地捡起，放到她手上那个透明的玻璃瓶里：“妈妈，回头我也将它们做成干花，放在咱家的柜子里。”“都是跟你学的，长大就是另一个你。”你走在我们身边，看看女儿，再看看我，有掩饰不住的柔情与甜蜜正从你的眼角眉梢轻轻流泻而出。是的，有两个喜欢收藏幸福花瓣的小女子，会陪你走过长长的一生，你怎不幸福知足？

如你说的，女儿的喜好，定是缘自那个爱收藏的妈妈。因为在我们家的小柜子里，有大大小小各式各样的收藏：两张旧日的车票、一本泛黄的线装书、一瓶干枯的花瓣……它们全是我从生活的路边轻轻拾起又认真珍藏起来的。轻轻开启那个枣红色的小木箱，沉积的幸福，便如片片轻灵洁白的羽毛，从箱子里轻轻飞出……

那两张从武汉到徐州的车票，已微微地发黄，票面上那两个淡蓝色的名字，却清晰如昨，如两朵素雅的蓝色小花儿，瞬间就燃亮了一片回忆。十几年前的那个寒假，在从武汉回老家的车上，我们第一次相识，竟是在同一所校园读书的学长学妹还来自同一个地方。熟悉的乡音让我们很快找到了共同的话题。你比我先入学一年，就把自己在大学里读书生活的经验毫不保留地传授给了我。十几个小时的车程，火车在茫茫夜色中的原野上轰鸣驶过时，两颗年轻的心，也越来越温暖地向彼此靠近。徐州站下车分手，匆匆忙忙中不知道该如何留下对方的联系方式，你忽然笨拙地掏出一支笔递给我：把你的名字写在这儿吧。羞涩的我，也如法炮制，看着你的名字龙飞凤舞地出现在我手中的票上。那是我们生命里的第一次交集，却真的成了我们此后共同搭上同一趟人生列车的票据。几年后，我们恋爱，结婚，竟然才发现，那张写了对方名字的旧车票，是我们不约而同收藏起的宝贝。

看着女儿小心地收藏着地上飘落的花瓣，我也不由自主轻轻地笑了。十年前，也曾有个女子细心地站在水池边清洗着玻璃瓶，那是我第一次收到男孩子送给我的花，是你送的。却不是花店里娇艳惹人的玫瑰。那些花，于你，价格太过昂贵，意义又太过浅薄。是同样一个阳光明媚的春天，你骑着那辆花几十元钱买来的二手自行车，带着我去郊游。木兰山，一个离我们学校有些远的地方，几个小时的车程，你踩得有些气喘，却仍然止不住一路欢唱。和暖的风把你洁净的灰白格子衬衣鼓鼓地吹起来，我坐在自行车后座上，悄悄地把头埋进你的衣服里，在那里，有淡淡的雕牌洗衣皂的清香味道，也有朦胧的幸福味道。

暮春时节的木兰山，是一片绿的海洋、花的海洋，漫山遍野我连名字都叫不上的小花儿，在春日正午的阳光下，在那片氤氲的香气里开得如火如荼。而那片静静地卧在大山深处的一片小小湖泊，更是让我疑心自己去了仙境。蓝得让人眩晕的水，在静静的空谷中凝成一滴大大的蓝色琥珀。那样的地方，如果不是你带我去，也许这一生我都不会遇上。“没有玫瑰，没有钻石，现在，让这一座山、这一片湖，来见证我们的爱！”

送一座山，送一片湖，是不是这个世界上最昂贵又浪漫的求爱礼物。可惜，我不能，把那一座山、那一片湖轻轻地放进我的收藏箱。可我还是带回来了一束山间的野花，几枝湖边的水草，回头将它们在阳光下晾干，轻轻地装进了洁净的瓶里。

那张CD，因为我喜欢，是你跑了大半个城市给我淘来的；那条烟色的丝巾，是你不远万里从大洋的彼岸给我带回来的；那个装了朱砂的小小红袋子是你远赴重洋前我替你一针一线缝起来的……

时过境迁，当它们慢慢退出自己的舞台，我们也不舍得丢掉，就那么一一收藏起来。外人的眼里，它们是那样的普通甚至无所用处，在你我的心里，那些再普通不过的东西，因为沾染了我们共同的岁月痕迹，就变成一片又一片馨香恒久的花瓣，在岁月的深处，时时提醒着我们，且行且珍惜！

幸福的红丝带

冬日午后的阳光斜斜地跳过窗台，轻轻巧巧地落在了我的桌上。空气中细细的尘埃，如一层细细的绒毛，轻轻地在光束里浮动着。心底深处某个角落的某种情绪，忽然就如那些绽放在阳光下的细小花朵，灿然乍放。

那样暖洋洋的阳光，适宜晾晒，适宜回忆，不是么？

打开一个又一个尘封的柜与箱，我像一只勤劳的小蚂蚁，一路翻找下去。你替换下来的旧军衣，孩子一年又一年穿不上的小衣服，还有那件当年映红了我年轻的脸庞的大红嫁衣。它们都在，一层又一层，散发着岁月淡淡的幽香。翻到柜子的底层，在那个最隐秘的角落，那触目的红忽然点亮了我的眼睛。十根大红的丝带，结成十只美丽的蝴蝶，翩翩落在那一摞又一摞的信封上，它们幸福地拥抱着的，是我们相识相恋以来的一千零一封信。

一千零一封信，从岁月的彼岸，一路铺展而来，直抵幸福的深处。

轻轻地拆开第一条红丝带，便看到了那一个个醒目的1、2、3……在每一个信封的左上角，岁月漂过，风雨洗过，它们的颜色却依旧新鲜如初。因为不再是单纯的阿拉伯数字，它们鲜艳的容颜后面，是一段又一段甜蜜鲜活的往事。

第一封信，是你先写来的。彼时，你还是一名年轻的军官，而我也正处在最浪漫多梦的季节。虽是媒妁之言，我们却彼此一见钟情。短暂的相守，等待我们便是长长的相望与思念。回程的火车上，你写成了给我的第一封信：归队的火车上，我在衣角发现了你的一根长发，你知道么，这个长长的旅程，因为这根长发不会再寂寞……这第一封信，好多年后，我依然倒背如流，因了那份心跳，那抹羞红。此后，信来信往，虽没有花前月下的相依，可那南来北往的飞鸿，一样陪我们走过了世上最浪漫唯美的爱恋。

第五十六封信，是我写给你的，从来没有过的简短：你什么时候回来，我已决定做你的新娘。你的回信，也就是我们的第五十七封信，是在左等右等了十几天以后才姗姗来迟的，你一改往日的热情，信写得简短又理智：你考虑清楚要与我共度此生了么？你仔细考虑过嫁给一名军人要做出的牺牲么？你知道的，我不会给你承诺，我只能保证在每一个当下，好好爱你！有什么山盟海誓能比得了一个"当下"更动人心弦呢？我们的第五十八封信当即就诞生了：你回来吧，我去选嫁衣！那么容易就把自己的未来交付于你，人笑我痴傻时，我已在享受着你每一个温柔细致的"当下"呵护。

看到第一百零九封信时，我不由自主地笑出了声：亲爱的，你知道么，我感觉到自己的体内有一条小鱼儿，她正在自由自在地游戏在我的身体深处……那条小鱼，就是我们可爱的女儿。彼时，强烈的妊娠反应正把我折磨得死去活来，吃下去的东西会喷枪一样从口中喷出来。那段时间，你的信来得很勤快，几乎一天一封，你嘱咐我一定要照顾好宝宝照顾好自己。我背过身去抹泪，回转身，信笺上便向你活灵活现地讲述着孩子的点点滴滴，每一次胎动，每一声强有力的心跳……厚厚的一摞孕儿书信，终于填补了几许你的遗憾与空白。怀胎十月，我们没能有一日相守，你却从那一封又一封的书信里，体会过初为人父的所有快乐。

1998年夏天，整整两个多月，是我们通信中断时间最长的一次。你没日没夜地守在长江大堤上。险情当前，人命关天，你再顾不得即将临盆的我，一下子从我的世界里消失了。电话不通了，信鸽中断了，我只有天天坐在电视机前，不放过每一条来自抗洪前线的消息。那个镜头，那么偶然又那么清晰，你胡子拉碴，裹满泥水的裤腿高高地挽起，你扛着重重的沙袋，从镜头前一闪而过。只那一闪，我的泪就来了。全国亿万观众，那一刻，谁会像我一样一下子认出那是你？再在每一次整点新闻的时候，平心静气地守在电视机前，可那个镜头，再也没有出现。我的思念与牵挂却如决堤的洪水，再也无法收拾。那时候，我甚至开始后悔选择了你。有什么比牵挂一个人更噬咬人的神经？一秒可以是一年。而我同样知道，同样的煎熬于你，并不比我少。一个铁骨铮铮的汉子，在听到我们的女儿平安降生，我们母女都平安的时候，在异乡的电话亭里失声哭泣，你压抑的抽泣声还是直抵我的心里。那一刻，所有的痛与怨，都瓦解在你的柔情里。

呵呵，我们居然也有吵起来的时候。抽到第三百零三封信，在那张洁净的信纸上，昨日的泪痕犹在，一朵朵浸得满纸都开满淡蓝色的小花。记不得因为什么了，也许因为一些鸡毛蒜皮的小事吧。不能相守，我们一样逃不开尘俗，会吵架，会和好。只是我们吵架的代价从来要比别人高，我们吵一回，要赶紧补上三封或者四封信来和解来求得对方的原谅。我们的爱，大多时间在路上，比别人跑得艰辛，却也久长。

……

一直看到一千零一封，需要多少时间？十年的两地分离岁月，我们用那些美丽的文字编织起我们温暖的爱情生活。如西天取经的唐僧师徒，第一千零一封信之后，我们的爱终于结束了马拉松似的长跑，修得正果，我们可以日日相守，夜夜相伴。

然后，在某一个阳光明媚的春日午后，我和你，静静地坐在那一堆摊开的信件前，小心翼翼地用红丝带，细细地将它们捆扎。你说，丫头，好好留着它们，等哪天我们老了，哪也去不了了，再打开这些美丽的红丝带，将我们那些幸福的回忆，缓缓释放……

我希望，有那么一天，白发苍苍的你和我，还会在暖洋洋的阳光底下，含笑抚过那一根又一根代表着幸福的红丝带。

相爱不如怀念

一场秋雨，连绵数日，滴滴答答，自灰色的天幕垂下。丝雨成阵，黄叶似被雨水淋湿的蝴蝶，无力地在风中飘然而落……

你踩着那场无边的秋雨，向我走来。开门，我就在门外等你。听到你声音里的恳切与心痛。我的手，一次次抬起，终又无力地落下。一道门，只需轻轻触动一下银白色的把手，我们就可以相见。可我不能。拼尽平生所有的力，我嘶哑着告诉你，你走！

要我如何？你才肯原谅？门外，你哀伤的声音，如一把锋利的刀，每响一次，就在我的心上留下清晰的一道伤口。纵如此，那扇门，依旧不能为你打开。听你沉重的脚步声，在空旷的楼道里渐行渐远，拉开门，远远地看着你走，隐忍多时的泪，如雨坠落……

一场春雨里的邂逅，揭开我们相识相恋的序幕。那年，我们都在读大三。去往图书馆的路上，一场突然来袭的晚春急雨，兜头浇了我一身一脸。那把蓝色的大伞，就是那时候轻轻罩住了我的天空。惊慌中抬头，遇着的正是你含笑的双眸。自此，相识相恋。那个校园的角角落落，我们都用快乐丈量填满。

年轻的两个人，全心全意沉浸在那场美好的爱情里。没想过春会去，冬会来，没想过爱情在世俗红尘里，还有许多不可预测的未知。在我们欢天喜地地筹划着未来的时候，我们的爱情遭遇了它生命里的寒霜。同为家庭独子的我们，家偏偏又远隔几千里。你是他们的心肝，我是父母的宝贝，谁都不愿让自己的心肝宝贝去天边。为着留在哪一个城市，争执由此而起。一次次无果地商讨，一次次伤心哭泣。两家的老人，都铁了心的固执，为难的只是我们。纵然如此为难，我依旧没想过放弃的。爱的力量，能胜一切。我如此相信我们之间的爱。可你却给了我一个措手不及。一场迅急的冷雨，一下子将我拖进深秋的苍凉。面对强大的亲情攻势，你说，你投降。你不能为了自己的爱而牺牲二十几年的亲情。此后的一切，都在你父母的安排掌控之中。你回到他们身边，去他们为你安排的单位上班，按照他们的旨意，娶回那个与你只有几面之缘的女子。

没有多余的解释，也不管我在你身后哭断肝肠。那扇爱情之门，在我们身后轰然合上。自此，人各天涯，冷暖自知，我把自己所有的精力都投入工作。可长夜漫漫，思念会从一个不知道的角落里忽然涌出。才知道，越是要努力忘却的，越是固执地占据你的心房。时光流逝，你以让人怀念的姿态，固执地在我的心里矗立。就这样子，把你锁在心底最柔软隐蔽的角落里，把那份爱，尘封成一酝醇厚的老酒，在此后的岁月里慢慢品尝。这是你走后我唯一的希望。知道日子依旧要继续，我和你，此生只剩怀念。

可你为什么又回来？在时隔 4 年之后？在我心底的伤慢慢平复之时。你说你再不肯忍受一份对我的愧欠与相思，再不肯放一份真爱从你面前溜走。与四年前相比，你更成熟更有魄力，你说你终有能力支配你自己的人生。可是为什么，在你周到的安排之下，我的心却越来越冷，离你越来越远？4 年前，你为着一份孝心逃离爱情，我恨你，却还是那样心疼你。竟然都不舍得怨。4 年后，你为心底的爱情逃离责任，我恨你，却再也找不到心疼你的理由。是的，我开始鄙视你，鄙视你的自私。你是一位无辜女子的丈夫，一个两岁孩童的父亲，可你为了所谓的爱情，竟然要置他们于不顾。这样的爱，我怎肯承受？

“当爱与责任合二为一，恩典才与你同在！”所以，原谅我的门，再不能向你敞开。已经错过幸福花开的春天，我不想，再把秋天的色彩涂抹得一塌糊涂。时光是一条河，已将我们送到了不同的两岸。就让我们站成岸边两棵遥遥相望的树，在春花秋月的四季，为彼此祝福！

沉爱江湖

是为着彼此共同的寂寞，我们走近。那时，爱的面目，遥远且模糊。我从来不相信虚拟世界里的爱情，却还是忍不住，在一个又一个寂寂的深夜里，面对着冰凉的屏幕，等你。只为与你相处的那点点滴滴里被快乐填满。

彼时，他在万里之遥的大洋彼岸。我的手指在深夜的键盘上跳舞时，他那里正是阳光灿烂的上午。忙碌的生活节奏、遥远的距离，把我们的心，分到了两个半球。爱着的人，不可分离太久。两情若是久长时又岂在朝朝暮暮其实是很苍白的一句慰语。那样的空白，会让寂寞乘虚而入，也会让另一段感情乘虚而入。

你就是在那一段空白里，渐行渐近。

其实，我们从未言爱的。说的不过是琐琐碎碎的小事。生活、工作、父母，还有我们都喜欢的文学。我们谈论风花雪月，也躲不开烟雨红尘。如同两个闹市里的隐逸者，我们在现实的夹缝里，寻找着一片芳草萋萋的精神家园。那时，我们之间是轻松快乐的。朋友在远方，有人在远方为你牵挂，你有可以牵挂的人。那是一种幸福。

争吵从什么时候开始？第一次为着一个名字，你大发脾气。你说吃醋的感觉快让你发疯，而我再也不是那个快乐的居家小女子。相思成灾，却无力挣脱那份来自内心的挣扎。只有在一次又一次无言的静默里，把心内堆积的千言万语化成泪滴。本是传统保守的小女子，愿意守着一份天长地久的婚姻，与他白头到老的。可你出现了。本来没打算同你爱的。可爱情出现了。你比我勇敢，努力地向我的方向靠近，再靠近。你那么霸道地占据我的心，让我再无抵抗的力量，却从此把我推进了更深更无助的痛苦里。

去看你吧！你在电话里轻轻地对我说。那是你在那一个又一个长夜里，给我重复的最多的一句话。你说，你再无力抵挡那些毛衣的温暖与诱惑。你想知道，那个在深夜里为你赶织一件又一件温暖毛衣的女子，是如何在阳光下跳舞。握着听筒的手，瞬间颤抖得厉害。有泪，是一滴又一滴的叹息，纷纷地洒落。原谅我的不能答应。我只能以这一句来无力地搪塞。

可固执的你，还是来了。

在那个金秋十月的长假里。你推了所有的应酬。只带了我们相约见面的标志。飞越千山万水来到我在的这个城市。你说，你会带着那对小泥人，站在这个城市最显著的跨江大桥的中端，等我。小泥人，那一对相拥对视的恋人么？是你在我30岁生日的前夕，特意去很远的寺庙里为我求得的。你一对，我一对。你说，有了爱的滋养，那一对幸福的小泥人会天长地久，幸福平安。一直把他们宝贝似的收藏着。没想过，有一天，他们还要负着如此的重任。他们会让我们，在人潮涌动的流里，找到对方。

你知道，再大的世俗，再多的牵绊也挡不住我的脚步了。你料定，我一定会握着同样的小泥人奔向你，如一只勇敢飞赴火堆的蛾。我是那样子的。自接到你下飞机的电话，我就匆匆往桥上赶。

让你燃烧我，毁灭我吧。那一刻，我什么都不再怕。

哪一个是你？桥上车来人往，桥下轮船来回穿梭。目光急切地在人群里搜寻，搜寻我们共同的小泥人。可我找不到。一个小时，两个小时……我的双眸，一寸寸灰暗。你终于还是没有出现。电话就是在那个时候轻轻响起的，是你。你说，你来了，已远远地看到了在人群里张望的我。可你终于没敢再向前跨出一步。你不知道，那一步跨出来，会带给我如何的风浪。你说，远远地看一眼，于你，已是今生的满足。其实，你最大的愿望，就是我幸福……电话那端，慢慢沉默。

电话挂断。我的泪，如雨疯狂。你曾这么近地站在我面前，我却终是没有找到你。这是我最想要的结局，也是最让我痛彻心扉的结局啊。我知道，我和你，今生的缘，到此已永远地画上了一个句号。

风起了。平静的江面，涌起一层又一层的浪。江湖真是莫测啊。我们不过是风雨莫测的江湖里两条小小的鱼。相濡以沫，不如相忘于江湖。就让我们忘了对方，忘了自己吧。那一对相拥相恋的小泥人，伴随着一道美丽的弧线，清脆地坠入茫茫的江湖……

爱如佛家的禅，不可说，不可说，一说便是错。三毛如是说。

而有一种爱，是不可开始的，一开始，就意味着结束。我说。

野百合也有春天

昨夜有梦，梦里的你素面朝天，一袭白衣，手捧大束洁白的百合，款款由门外进入。盈盈的笑意，浅浅地挂在你的嘴角，欲要开口叫住你时，你却影子一样从我面前飘然而过。梦至此，人陡然清醒。睁开眼睛，清冷的月光正跳过露台，碎银一般洒满我的床前。轻轻地起床披衣，月已斜，露正浓，我只能如以往很多这样的难眠之夜一样，在缭绕的烟雾里，轻触你的容颜，把一份孤寂与落寞轻轻抖落一地……

第一次走进你的家门，你还是一株未长开的小草。瘦瘦小小的身体，短短的头发鸡窝一般蓬在头上，一身短短的蓝布衣裤，活脱脱一个调皮的乡野男孩。如果不是你的哥哥亲热地拍着你的脑袋叫草儿妹妹，我几乎辨不出你的性别。你在我们中间穿来穿去，倒茶递水，小脸兴奋得通红。那年，我 20 岁，刚刚走进大学，对于角落里那个小小的你，除了知道你是我同学的妹妹，觉得好玩偶尔瞟你一眼，再没有别的印象。

每年暑假来的时候，我都会没心没肺地跟着你哥哥，到你家里去玩。那时，你已到离家很远的中学去读书。见过你几次，打过招呼，就再没有多余的话。我们几个坐在客厅里高谈阔论时，常见你搬个小凳子静静地坐在旁边。很少插言，眼眸里却常透着一种说不出的热烈与纯真。那般火热的大学生活，于你，一定有着极大的吸引力。不然，你怎么会在每一次我离开你家时，羞羞答答地问我一句：哥哥，我也想考你们大学，你说我能么？当然能！轻轻松松的三个字从我嘴里吐出来，你却用了不知多少泪水与汗水来浇开这朵理想之花。正如我当初预言的一样，你总算如愿以偿。在我接到研究生通知书的那个夏天，你也拉着行李，倔强而骄傲地站在了那个美丽的校园里。

那时的我，正沉浸在一份全新而热烈的爱情里，根本没有闲暇把一份关注的目光分散给你。你还是那么沉默少言，偶然会到我的宿舍里走一圈儿。你轻轻地叫我的女友若兰嫂子，默默地替我们收拾着乱七八糟的房间。我已经习惯了你是我的小妹，你来了，便由着你收拾，由着你收拾完了默默地走。一句谢谢，从来都不曾给过你。

我和若兰的婚礼，是在我研究生毕业那年如期举行的。在那个城市最好的大酒店里，轰轰烈烈地举办。爱情事业双丰收，春风得意的我，差不多已忘记了你的存在。当你着一袭白色的及踝长裙，抱一大束洁白的百合，款款从门外走向我们的那一刻，我的心，猛然痛了。那是你么，何时你已长大？再不是那个短发蓝衣的假小子模样。你依旧那么清瘦，光洁的脸上却不再是那份懵懂，一份淡然一份恬静，在白裙的衬托之下，泛着一种圣洁的光。你轻轻走上前来，湖水一样的眼波里，是笑意，也有一种莫名的忧伤。把花交到新娘的手上，又调皮地对着我扮一个鬼脸：祝你们百年好合！然后，转身，飘然而去。再没回头。

百年好合！你把所有的祝福，凝聚在那一束芬芳的花里，只是，你不知道，生活要比那复杂得多，远不是几句浓浓的祝福所承载得了的。婚后的我们，才明白，我们根本无法像应付当初的爱情那样应付被柴米油盐笼罩的凡俗日子。都是要强的人，谁都不愿意为对方牺牲哪怕一点点。我们各自以工作出差为由，再不愿意回到那个大而冷清的家。

你曾经的好，不经意地闯进我的生活，缘于我和她的一次争吵。那次急着去参加一个谈判，临了要穿一件白色衬衣，却发现那件白色衬衣被皱巴巴地塞在一个角落里长了霉。我冲她发火，她不示弱地叫出了你的名字：鬼都知道，那个叫什么草儿的喜欢你。让她来帮你洗啊，她肯定会心甘情愿！如同受一记重锤，我惊愕地立在那里，竟然一时语塞。那个叫草儿的姑娘，曾经一次又一次把我的白袜子白衬衣洗得纤尘不染，整整齐齐放在我的床头柜里，我却从来没有在意。那个叫草儿的姑娘，为着我奋力拼搏不远千里来找我，我也不曾放在心上……那枚爱的种子，是因为现实的不如意才在心间发芽开花的么？还是，她早就深埋，我却一直不知道？

那一段貌似完美的婚姻，在我的生命里只持续了短短的一年半时间。一年半的时间，我的心以最迅速的速度苍老。曾经的山盟海誓如过季的鲜花，终是一片一片在相互的诋毁谩骂里凋零。我是一个不轻易说后悔的人，却在那一个又一个无眠的深夜里，一次次被"后悔"二字噬咬得夜不成寐。赤裸裸地面对自己的内心的时候，我不得不承认，当初的我，不是不知道你对我的好。我刻意忽略你，是因为，在我的面前，有比那棵草更具诱惑力的香花。我无法抵御那瞬间绽放的热烈，也无法拒绝那绵绵不绝的诱惑。明知道那不是最适合我的一株名花，却还是奋不顾身地对她张开怀抱，而把你挡在了冰冷的心墙外。一直以为，小草就是小草，走到何处，也不会开出明媚的花。你一步步向我走来，给了我最响亮的一个耳光。你是一株来自乡间的寂寞小草，没靠任何关系，仅凭自己的能力就在这个城市扎下了根，并且生活得摇曳多姿，优雅，高贵，恰似一株美丽的百合。

不知道自己还有没有那个资格走近你，走出围城的我，心里却再也无法放下你的影子。你的新婚请柬却在此时飘然而至，堵死了唯一我通向你的路。除却祝福，我还能做些什么？如几年前你在我的婚礼上出现一样，一束百合，代表了我所有的心事。只是，在祝福之外，还有一层意思，也许你永远不会懂。故事里说，百合曾经是一株默默无闻的小草，生活在寂寞的山谷里，只等一日，她开出了淡雅芬芳的花，百草才知道，她竟是一株美丽的花。我一定是那庸俗的百草之一了，不知道，你的春天姗姗来迟却一样灿烂满枝。等到我知道时，却已遗憾地错过。

在爱的掌心里优雅变老

翻看旧照片，把十年来的照片一一编号，一年一张，放到一个文件夹里，为它取名《岁月》。一路翻看下来，无论自己再怎么不愿意承认，还是看到岁月的风霜在我们的身上脸上留下了太多的痕迹。

还是有点儿老了哦。很奇怪自己，说着这些话，心里头竟无半点感慨忧伤。10 年的岁月侵蚀的只是我的容颜，那一颗柔软的女儿心，还是当年水灵灵的模样。

不是老了，是长大了，看你现在可还是当年那个灰头土脸的小丫头？你站在我身后，满脸的嬉笑。你笑起时，眼角的皱纹也细细密密堆积在一起。你也不是10年前那个满头黑发的毛头小伙子了。

回头去看那个蹲在草地上的红衣女子，到底还是有些恍惚。时光的列车，一路呼啸，穿过岁月的重重山水，载我又驶回那年那月。那年，第一次跟着你走出小城，第一次守在一起过日子。最初的新鲜感过去，没有工作，又找不到自己能做的事，大把大把的时间，让我的心荒芜得长出漫无边际的草。那时，我曾流过泪。很多次，跟你急，跟你吵，甚至不止一次收拾起行装，要离开你重新回到自己上班的小城。你从不恼。我哭的时候你轻轻替我擦眼泪，我逃跑时你不远不近地跟在我身后。你说，哭吧闹吧，那样子会痛快一些。我心里的苦闷，你都知道。其实，那些，又何尝不是你的烦恼？

我们的第一台电脑，是你花了几个月的工资才买回来的。你说，有了它，你的世界就大了。那时根本不懂什么，不知道它能给我的生活带来怎样的精彩。只按着你给找回来的教材，一点一点学着敲字，一点一点在电脑上记录着日子里的酸甜苦辣。那些文字，琐碎无序，你却一篇一篇读得认真。你说，你的文笔还真的不错。为着你的那一句夸赞，竟然把写日记的习惯保留下来。那两年的时间，不知不觉竟然在电脑里敲下了几十万字的生活流水账。

第一次拿到25元钱的稿费，我如坠五里云雾。是当地一份家报社寄来的，连同一份报纸。上面，竟然选用了我的一篇教子日记。你悄悄为我投出去的。500多字，25元。捧着它，我的幸福无与伦比。想不到自己的文字有一天会变成铅字会变成钱。写字的热情由此被点燃。我的生活，也从那天被改写。

投稿，退稿。会为偶尔的幸运而狂喜，也曾被一次又一次的退稿打击得几乎坚持不下去。因为身后有你，到底还是在这条路上越走越远，越走越宽。我得意时，你给我泼冷水，我被失败击得落花流水时，你又搂着我的肩膀说看看身边哪一个家属有你这么优秀能干？你从不给我施加任何压力，哪怕我苦苦写一个月却颗粒无收，可你深深地知道我心里的累与苦。都说一个男人最大的幸福是红袖添香夜读书，可在我们家里，正好相反。一个又一个静静的夜晚，我坐在电脑前敲击着键盘，你会不言不语地坐在一边。一杯热牛奶，一件取暖的衣，一个温暖又疼惜的眼神，就让那些劳累的夜晚变得温情脉脉。

一向为人低调的你，终于也学会张扬了。你把有我文字的杂志拿到办公室，推荐给你的同事看。你去替我取稿费单，很小的面额你也开心得眉开眼笑。你说，你不在乎钱多钱少，但你在乎我是否快乐，一个快乐的女人应该有自己的事做。其实，我并没有你说的那么优秀，我不过是一个会写点小文章的小女子。可我却在你的爱里，骄傲成一位女王。

有人说好的婚姻就是一所最好的大学，好的男人给予女人的不应仅仅是物质上的丰厚，他应该让他心爱的女子在他的怀抱里快乐地成长。今生何其幸运又幸福，我进了这样一所爱的学校，又在这里遇上如父如兄亦如师友的你。不再彷徨，不再自卑，往昔丑小鸭一般的青涩女子，在书香文字里，在你的爱意包围里，慢慢变得越来越知性，越来越成熟，也越来越从容自信。脚踏实地用文字编织自己的梦，从从容容地打理着我们小小的家。岁月这般静好，我们就一天天变老了。

因为有你在，亲爱的，我老得这样安心，这样从容，这样的心安理得。我知道，十年的朝夕相处，我们爱着的已不是对方的容颜。那是一份灵魂深处的相守，血水深情的相融。在爱的掌心里优雅变老，我喜欢，我愿意。

相爱的人，并非亲密无间就好，也应该在两个人之间画出一道一米线，一米线外相亲相爱，一米线内留一片自由的空间给对方。该清醒时清醒，得糊涂时糊涂。那样的爱情才能走得久久长长。

〔第五辑〕给爱画道一米线

旧梦莫重拾

他和她曾有一段刻骨铭心的恋情，她甚至为他放弃了自己的学业，一心辅佐他。她拼死累活地挣着微薄的工资，为了让他在学校里每一顿都能吃上白白的馒头，她自己却营养不良。

握着女人骨瘦如柴的小手，男人心疼得哭了，他对女人发誓，一定要让女人过上好日子。女人却说就那样让他的大手握着，握一辈子，她就知足了。

女人是个十足的精神主义者，浪漫得有点不食人间烟火，却懂得用最实在的方式让男人安心读完自己的研究生学业。女人其实是个爱做梦的人，她把和男人的故事写了又写，装进了自己那只古老的木箱，那是他们爱情的见证，几百封书信串起他们浪漫的爱情。可女人还是没能将那段爱情酿成芳香的酒。她很快便品尝到它的苦涩，男人变了心，娶了另一个优秀的女子。

女人在一阵撕裂般的痛苦过后，毅然选择了新的路，她重新拾起课本，拼命读书。她并没有能够走进大学的门，却将自己历练成一位小有名气的作家了。生活是最好的老师，她在文字里找到曾丢失的自我。可她很固执，也可以说是痴情，她无法忘记他，尽管他早已为人夫为人父。

她珍藏着他们之间的旧梦，迟迟不肯踏上新的爱情之旅。

转眼十年已过，他们都到了而立之年。十年同学会上，她和他不期而遇。再次无言相视，似有千言万语，他们竟找不到从何说起。男人说，当年的选择实属无奈，十年来他从来没有将她忘记。女人哭了，纵是再有十年的等待，能听到男人的这句话她也觉得值了。知道男人现在也是卓有成绩的企业家，女人的心里为他高兴，她真的没有看错他。

女人把自己写的第一本书亲手交给了男人，那里有他们的初恋，有太多美好的回忆，还有女人许多没让男人知道过的泪水。男人激动地接过去说一定要用心来阅读。

男人真的读得很认真。第二天他们又见面时，男人的眼睛里布满了血丝。她等着他说点什么，那一本子的血与泪，他不会无动于衷的。

“我在你的笔下就是这么一个形象么？一个抛弃了心爱之人的负心汉？”她想不到男人会这样问她，可更让她想不到的话还有，“你这样子写出来，你让我怎么在我的圈子里混？幸亏你编得还算好。”男人长长地吁了口气。

“对不起，”女人固执地伸出手，“把书还给我。”

男人说：“为什么？我要珍藏它。”

女人冷冷地笑了：“还是珍惜你自己吧。”

然后，她头也不回地离他而去。

一个梦，坚持了十年，珍藏了十年，却在瞬间破碎得无从拾起。

女友跟我说起这段往事，依旧满脸凄迷。她说：“他怎么会是这样子的一个人呢？他以前不这样。”

我毫不客气地把女友的梦想打断：“他是什么样儿人？以前他爱的是自己，以后他爱的还是自己，再以后他还是爱他自己。这样的梦留它还有何意义？”

美丽的旧梦就像一件华美的丝质衣服，只合平整地压在箱底，等到过了许多年，你将它们从箱底翻腾出来，阳光下它们就碎成丝丝缕缕。梦就是梦，总是经不住时光的打磨、阳光的曝晒。

当爱情里只剩下祈祷

他和她在大学里相识，曾经拥有一段美好又浪漫的恋情。如所有无疾而终的校园恋情一样，他们的爱情一样没能逃脱黯然分手的命运。遥遥的距离，无法调到一处的工作单位，成了那桩美好恋情的致命杀手。只是，那样的结局，对男孩来说来得太突然太让他无所适从了。女孩儿从他的世界里莫名消失，便不再给他任何消息。

电话、邮箱、QQ，所有与女孩联系的渠道，好似在一夜之间堵塞了。发去的消息，如泥牛入海，他再得不到半点回音。托了朋友替他打听，只听说女孩已去了另一个遥远的城市。她说她厌倦了那份看不到未来与希望的等待，希望在另一个城市有新的开始。

已是很明白的结束告白。

男孩子却无法放弃那份爱的希望与等待。打不通女孩的电话，QQ上的留言也得不到回复，邮箱里发出一封又一封的问候信……全部得不到回音，男孩又想起他们恋爱时曾经经常光顾的一个论坛，在那里发帖子，也许她会看得到。

那些情意绵绵的书信，就那样连篇累牍地现身那家他们常去的网站。从相识到相爱，点点滴滴都是甜蜜，从热恋到别离，字里行间流出男孩伤心欲滴的泪滴。从别后第一天，一天一封，一直写到第一百零一封了。女孩离开他，已整整一百零一天。那些信，感动了一波又一波网络朋友，更有与男孩同病相怜的人纷纷在后面跟帖，有赞扬，有鼓励，有安慰……只是，那密密麻麻的留言中，独独少了一个人的。女孩，始终没有现身，更没有留下只言片语。

这是近日去某网站闲逛时看到的一个最火的帖子。男孩的"网上情书"仍然在继续。他给自己的那些情书帖子取了一个很醒目的标题：我祈祷，我等待。

"不管你在哪里，不管你有没有看到我写给你的这些信，我会一如继往地写下去。不管这份爱还会不会回来，我努力过，就不再后悔……"

说真的，看完男孩那些情深意长的情书，我的眼睛也微微地湿了。那样青葱又固执的年华，我也曾有过。那种瞬间由繁花满地的天堂一下坠入黑暗冰冷的地狱的感受，我也曾真切地体验过。守着一份无望的爱情，年轻的我们，似乎只有祈祷与等待。可当一份爱情里只剩下祈祷时，那份爱情早已名存实亡了。只是，这样的现实，我们总是要等到多年以后才会明白并坦然接受。

暗恋是一种美德

前段时间，天涯社区贴出的一个帖子吸引了众网友的眼球，也引起网友们一波又一波的热议。点击量一夜之间过万，跟帖如潮。

帖子是一个署名为“小三”的女子贴上去的婚礼照。年轻美丽的新娘与年过中年西装革履也裹不住小肚腩的新郎一出场，就引得哗声一片，其婚宴的豪华则更让人咂舌。而这些还不是最让众人吃惊的，让人大跌眼镜的是新娘子的一番爱情感言：我是一名“小三”，与老公的前妻经过数年的较量，终于修成正果。我的老公曾经是我的上司，我喜欢他，就要想办法得到他。这个年头的爱情就是这样，该出手时就出手。现在，我终于做了他幸福的新娘，请大家一起为我们祝福吧！

这样的帖子一出，其抢镜的程度可想而知。大家一边心情复杂地欣赏着那些皇宫婚宴般的豪华场景，一边积极跟帖，艳羡婚礼豪华者有，称其有勇气者有，但更多的却是一片骂声，骂这个女子失去了最基本的道德底线，已不知廉耻之心为何物：抢了别人的老公也就罢了，还大张旗鼓地到处张扬，视自己的行为为勇敢。

出于一份好奇，我也曾跟进去凑了回热闹，却是只字未留，悄悄地退出了。如果那个帖子果真是如此，想起那位给人做"小三"的新娘，其间甘苦自知，一朝得势，张扬一下，算是扬眉吐气，也未尝不可，别人无权干涉。如果那个帖子是假的，为了某种商业利益炒作，则更不必在意了，只当一个笑料，一笑了之。可不管是真是假，这个帖子总还是反映出了某种时下流行的婚恋观的，那就是爱情离物质越来越近，而离精神越来越远了，为了获得某种物质的爱情，小女子们的手段也越来越无所不用其极了。只要喜欢或者爱了，或者干脆只是喜欢对方的财产地位了，不管对方有无妻子老小，不管搞得这个社会鸡飞狗跳，只管伸手拿来。看到某个网友在那个"小三"帖子后面跟着：暗恋是一种美德，这种美德在现代男女身上越来越稀有了，呜呼！这个网友的评论，纵有些人心不古的无奈慨叹之意，但还是有一种一针见血的畅快。

美德，本是一个外来词，直译为男子气概、力量和勇气，是一种道德伦理学上的专用名词。美德是一种修养，不是与生俱来的，而是后天的学习和感悟。在后天的学习和感悟中，在获取友谊、播撒爱情的过程中，美德总是闪烁着一种奇特靓丽的光芒。在我们源远流长的中华历史长河中，有很多被我们熟识的传统美德：比如勤劳朴实，热情善良，志向远大，重视节操……

暗恋，顾名思义，就是一种藏匿在心底的美好情愫，因为某种不得已，不能发展为光明正大的爱情，只好放在心底。这种不得已，会有很多种情况，身份地位的悬殊、学识相貌的差异、社会舆论道德力量的束缚，凡此种种，都有可能将一份炽热的爱情岩浆深深地埋在一个人的内心深处，永世不得释放。所以才有唐代诗人"还君明珠双泪垂，恨不相逢未嫁时"的无奈慨叹，才有后来陆游唐婉沈园里相见泪眼无语，只能以两阕《钗头凤》互诉断肠情。纵然曾经深爱，无奈被迫分离，时过境迁，他们也知没有相爱的权力。一份爱，只能留在各自的心里，成为永远的痛也因此有了它永远的魅力。

暗恋，是一种痛，有时候会因为你缺乏勇气而失去一份爱情，可也正因为如此，暗恋的魅力才历久弥新；暗恋，更是一种美，朦胧如月下的花缥缈如镜中的月，可望而不可即。暗恋本是一种情感，与美德联系到一起，让人觉得有点风马牛不相及的味道，可时代发展到当下，人们的婚恋观越来越开放，暗恋变得越来越成为稀有情感，最终被贴上"美德"的标签挂进美德的橱窗之列，也实在是一种无奈之举且情有可原了。有太多人，根本不把这种感情当回事了啊。

既然世称"暗恋"为一种美德了，社会的道德准线就把无视这种美德的行为视为一种不道德，就要群起而哄之，就算没人理你这个茬，无妨你说破那份恋，最终的结局也常常没有天涯上那位“小三”幸运。首先，大部分的男人虽然喜欢吃着碗里的看着锅里的，但还不会糊涂到把自己多年的家庭大业抛到一边而只管与你风花雪月，家里红旗不倒外面彩旗飘飘，很多花心男人都把这一招玩得很好。在你这里浪漫够了，最终痛哭流涕地回到发妻身边，这样的事例屡见不鲜。到那时，除了一堆没有任何用处的山盟海誓，一点物质补偿，你还剩下什么？再说就算像天涯上那位一样最终修成正果，你又怎么敢保证，他不会在你之后，继续找他的“小四”、“小五”……况且，现在的女子，无论是妻子还是情人，都越来越不好惹，越来越聪明了。“小三”们有“小三同盟”，妻子们有“反小三联合阵线”。妻子们的眼睛雪亮，稍不小心上了这些妻子们的名单，将你的祖宗八代都查找出来向外公布，脸皮再厚，也不好受。

曾经有一位被抛弃的年轻女子，坐在心理诊室里痛哭流涕，说她是真的爱他，而他也曾经那么爱他，为什么一旦将那层关系挑明，上了他的床之后，他就与以前判若两人了。那位女心理医生的话很幽默当然也犀利无比：姑娘，谁让你没有管好自己的下半身呢？上帝给了你上半身干什么的？就是让你思考的。你遇上他之前，就已经知道他有妻有子，知道你们之间这份感情不可能，为什么还付出你的感情甚至身体呢？女子无言以对。是的，如果那个时候，她知道将一份感情欲望深深藏起的话，一切都会被改写。

所以，不管是你“恋”上他的人，还是“恋”上他的财产或者其他，如果历史已在那份感情到来之前就已给它作了“不宜”的批注，该收手时就收手吧，让这种“恋”永远在“暗恋”的这条底线上打住，或许还能保留它的一份美丽也未可知，要知道，不是所有的勇敢都能获得你想要的幸福。

女人的美丽源于底蕴

你爱了一个人，他伤了你的心。你的日子天天被愁云惨雾笼罩，见人就想说说那个负心的陈世美。第一次听，人家很为你鸣不平，陪着你一起狠狠地指责那个人。第二次听，人家还有些同情你，温言软语安慰你。第三次，你又坐下来数落，听的人便已有了不耐烦。也许对方正岁月静好，因为你，云淡风轻的日子无端被乌云笼罩，人家招谁惹谁了？如果赶着听你抱怨的人也正在情绪的低谷，你的诉说就把人家的心情弄得更坏。结果人家一样厌烦你。

抱怨失去的恋情，最终连身边的友情也悄然离去。你竟然一无所知。

你找了一份工作，但工作中总有那么多的不如意。领导为难你，同事挤对你，你觉得整个世界都在跟你作对，便无端地羡慕起别人的风景。为何别人的工作总能那么一帆风顺，为何别人的人际关系处理得如鱼得水？思来想去，一些上不得台面的想法就产生。妒忌，猜疑，成了你心上的毒瘤，毒害自己，也危害他人。

智慧的女子，在面对这一系列的不快时，是不会选择抱怨的。因为她明白，每一段感情，从开始到结束，从来都不是一个人的事，也不能用对与错来界分。爱过了，错过了，重新来吧。有力气抱怨，不如省力气开始。她亦明白，一个优秀的员工或者一个成功的领导，并非最初就是那个样子的，是日积月累的岁月积淀，是循序渐进的学习与积累。有力气琢磨人，不如省力气琢磨如何做好手中的事。

智慧的女子，安静而又丰富，她在自己的心里设有一个坏情绪的回收站，却从不在人前人后抱怨。苦闷，彷徨，心事无处可诉时，女子可能会选择一次远行，将自己的心彻底放逐于美丽的山水之间，也可能会静静地埋下头，在泛黄的线装书里与古今圣贤交流对话，或者什么也不做，只静静地，对从前的得失进行一番深切的反思，然后，继续昂起头，前行。

没有女人不爱美丽，俊美的容颜、入时的服饰、悦耳的声音、动听的语言，这一切，都会让人刮目相看。然而，这一切的美，皆如挂在枝头的紫罗兰，终有一天会被岁月的风雨腐蚀得千疮百孔。有一些美，却是持久永恒的：优良的品质、渊博的知识、宽阔的心胸、坚强的意志、豁达的性情，柔软的善良……这一切，才构成一个女人美丽的底蕴。

女人的美丽源于底蕴，有底蕴的女人才算得上真正的魅力女人。

我是灰姑娘，不要水晶鞋

女友晓宇，一个来自偏远农村的女孩子，上学、工作，一路走来，踏踏实实，没有任何跳板依靠，全凭自己的朴实肯干，竟也坐到一家大公司财务副经理的位置。也许正因为这一点，她先是被自己的上司欣赏，继而又被上司介绍给自己的儿子。见面约会，他们的恋情，顺风顺水得让人嫉妒。

男友是典型的"富二代"，身上却无半点纨绔之气，婆家有别墅香车，二人也谈得来，对晓宇来说，幸福已是触手可及。可一段时间的交往之后，晓宇竟然选择了退缩，远离。

面对晓宇的逃离，朋友们恨铁不成钢：你

以为你是谁，没有水晶鞋，你就是一灰头土脸的灰姑娘。

我是灰姑娘，可我不稀罕仙女递上来的水晶鞋。听朋友们七嘴八舌把矛头全指向自己，晓宇并不恼。晓宇不嫁的理由很简单，她不想做那个穿上水晶鞋跳舞的灰姑娘。她是一棵来自乡野的树，喜欢自由自在地呼吸成长，而不是被养进一个豪华的温室里。那个家，真的很好。可在从一开始就充满了不对等的婚姻里，他家每一个人都可以寄存希望，唯独她不能。那次婚姻，没有给她的自由个性留下任何空隙。嫁进去，她就得学会化妆、应酬，就必须接受那种于她完全陌生的贵妇人的生活，甚至要忍痛与曾经的过去告别。那样的豪华生活对于来自乡间的她，无异于桎梏，她不喜欢，便拒绝。

凡事都讲究效益的今天，婚姻已不单纯地担负着男欢女爱的重任，它还可以是幸福的跳板。为了这个跳板，多少女孩子甚至可以毫不犹豫地避开爱情本身。晓宇的选择，让人看起来多少有些不能理解。细想，又不免为她的明智而欣慰。

灰姑娘穿上仙女的水晶鞋，城堡、王子、美满人生，一下子全在眼前。一则童话里的故事，流传了一代又一代，经久不衰，也不过是为不劳而获找一个美丽的借口。童话却只能是童话，童话与现实常有着遥不可及的距离。现实里也有灰姑娘嫁王子的故事上演，却差不多均以悲剧收场。漂亮聪明的平民姑娘戴安娜遇上了查尔斯，风风光光的王室生活背后却是苦不堪言的混乱与无助，最终香销玉殒徒留一声叹息。多少苦拼苦打从底层奋斗起来的女星一朝嫁入豪门以期一劳永逸，豪门里的幸福却那样迅急不可挽留。前一夜的恩爱，一转眼就变成双方对掐。台湾女星贾静雯与前夫的夺子大战至今没有落下帷幕，那一捧伤心泪不知何时流到尽头。

我不是戴安娜，我比戴安娜明智。晓宇就是晓宇，她一点也不羡慕曾经笼罩在戴安娜头顶的光环。哪个灰姑娘，不曾做过水晶鞋的梦？平民姑娘戴安娜穿上了璀璨夺目的水晶鞋，却不幸把自己弄碎了。等待仙女出现，莫如自己努力去打造一双。

婚姻的基础是爱情，然而爱情与婚姻，终究不是一回事。爱情是两个人的事，只要彼此相爱就足够，婚姻却是两个大家族的结合，终究要面对两大家族之间种种的较量对决。爱情可以不论出身，婚姻最好还是门当户对。灰姑娘嫁王子，从此过上幸福的生活，终究只是童话里的事。声言比戴安娜理智的女子，拒绝嫁入豪门，在很多人眼里可能冒着傻气，但她遵从自己的内心，坦坦荡荡地选择自己喜欢的生活，这份清醒与勇气，恰是时下很多女孩子缺少的。

不在旧情里流连

故事很俗：一个男子与一个女子相遇了，相爱了，爱得如火如荼，后来因为某些原因分开了，这中间丢失的几年里便有人填补了女孩子的空白，再后来，男子与后女友也因种种原因分开，又恰遇前任女友回来，再续前缘，两人准备谈婚论嫁的档口，消失了的后女友又回来了。一份爱情里挤着三个人，谁都不舒服，可那份选择权却优先落到了男孩子的手里。左右权衡，前女友温婉似水，后女友热情如火，哪一个也不舍得放弃。他就把那只皮球又踢给了两个女友。后女友的答案只有一个，今生非他不嫁。委委屈屈的前女友只好黯然退场。

如果故事到此结束也就罢了，让那只可怜的小猫儿独自舔一会儿伤，过了一年半载再去重新寻觅一份属于自己的幸福。可事实上是，故事并没有结束。选择了刚烈女的男孩子带着满心的愧疚与心痛又找回来：

舍了你，我真的很心痛。可你是否明白我的苦衷？她太刚烈了，我真怕我离开她她会想不开做傻事。而你不一样，你能写会画，没有我，你一样会活得很好。只希望你能理解，别在心里怨着我……

小猫儿把他写给她的日志一则又一则地发给我看。发完了，又发过一张流泪的脸：姐，心太疼了。

为何心疼？为失去这份爱情？为他？还是为你自己？

为他。他太难了。我现在倒希望他真的就此把我忘记，而不是夹在中间左右为难。

傻姑娘，为你自己庆幸吧，庆幸他舍你而去，庆幸他还在你输得起的时候就把重新选择的机会给了你。这个男人，离开就离开吧，他不配拥有你的爱。

把这样一行字发过去，小猫儿沉默了半天，才缓缓地敲回三个字：为什么？

因为这个男人自私又自恋，因为这个男人的不担当。爱与不爱，其实都不需要任何借口的，爱了，死心塌地地将自己交付于对方相携相伴走一程，不爱，挥一挥手，把所有的借口带走，不给对方留下一丝希望的云彩。这样的分手，绝情是绝情了些，却干净利落。

被抛弃的伤心人，伤心过，哭泣过，会重新收拾重新上路。这个男人倒好，上了别人的船，还惦记着旧船主的好。细想来，他哪里是惦记着旧人的好？他是惦记着他自己，害怕自己的高大形象一夕轰塌，所以他百般婉转地解释。弃了你又让你永远记着他的好，把别人推进绝望的深渊，却又要强行在那块伤心之地为自己留一条退路。这个男人，心够狠毒。

还沉浸在他的万分悔意里的小猫儿，肯定听不进我的劝。她黯然下线，再没有出现。

岁月的眼睛是雪亮的，可怜的小猫儿，终究有一天会在岁月的帮助下看清这个男人，到那时她会庆幸他当初的离去。

如果爱，就深爱，如果散，请带着所有的道歉与借口转身离开。相较于旧情人之间藕断丝连的暧昧，绝情也不失为一种美德。

给爱画道一米线

都说才子风流文人多情，她偏不信，她下决心把那个多情的文人打磨成情痴情圣——一辈子一颗心里只装着我一辈子只许爱我一个不许瞒着我偷偷想别人不能把你的心对我上锁……热恋当中，被爱情冲昏了头的男子点头如捣蒜，她骄傲得如同女王。

男人果真如她所望，多才却不风流，多情却不滥情，恋爱中结婚后，都只一心一意写诗为文兢兢业业经营他们的爱情。挣了钱，交给她打点，写好的稿子，她做第一个读者，第一次试着在网上投稿，她帮忙申请的邮箱，以后试着开通博客与读者朋友交流，她坐在后台垂帘听政，甚至连他的QQ她也时不时进去替他清理一番——所有的密码，全掌握在她手上呢。

对男人嘛，就跟放风筝一样，他飞得再高，手里也得有根线在那里扯着他。每每与我们在一起谈起她的驭夫经，她总是满腹经纶。对她的那番理论，我不敢苟同，却也不得不赞叹那个男人的定力。那样的幸福生活，他们一过就是十年，竟然安如泰山。

问题终究还是出来了，我们私底下的担心变成现实。

“这个该杀的家伙，他竟然瞒着我与那个女诗人眉来眼去好多年，可怜我这里还巴巴地守着他爱着他还当他是世间唯一的痴情好男儿……”发现一个坏男人有外遇，女人顶多生气伤心一会儿，发现一个好男人出轨，女人的世界顷刻就塌了。

男人外出归来，大醉如泥，她替他宽衣解带扶他休息，他却拉着她的手泪眼迷离：烟雨，我好累……

烟雨是哪个？就是有段时间天天跑到他博客里留言献花的那一个？当时看她发的那些肉麻的评论她就气不打一处来，统统清扫到垃圾箱里了事。后来，烟消雾散，叫烟雨的女子再不出现。他仍然是她的好丈夫，她仍然兢兢业业地替他打理着他的邮箱博客。孰料烟雨竟变流云，跑到她看不见的天际与她的风筝兀自缠绵去了。

那一惊，非同小可。哭，闹，就差最不济的一招儿上吊。面对她气势汹汹的追问，男人不辩解，只摇头：这些年，我实在太累了，要不，咱们分开一段时间？

负心汉，陈世美，她能做的唯有在怒骂中忐忑不安地等着他出轨的心再度回归。可是，还能么？即使他回来了，他还是曾经的他么？

男人就像风筝，她说的没错，可她却忽略了一点，放风筝也是要讲技巧的，风筝的线，不能太松，太松风筝会飘得不知去向，但也不能拉得太紧，太紧容易扯断，那样的结局与太松其实是殊途同归。大家去银行取款存款，任是谁都得乖乖站在一米线外等候。爱情其实也是一座小银行，经营好了，有取之不尽用之不竭的爱陪你幸福走一生，经营不好，爱去楼空，徒留伤心。相爱的人，并非亲密无间就好，也应该在两个人之间画出一道一米线，一米线外相亲相爱，一米线内留一片自由的空间给对方。该清醒时清醒，得糊涂时糊涂。那样的爱情才能走得长长久久。

爱情，要温度还是要纯度

在凡事讲求效益与利益搭钩的今天，爱情几乎被挤得无处容身。拜金女，富二代，借着爱情的名义，在公众面前大肆宣扬他们的爱情观点：“宁可坐在宝马里哭，也不愿意坐在自行车后座上笑”“你有房有车有存款么，如果没有，别来跟我谈爱情。”“如果我是喜儿，我愿意嫁给黄世仁，然后用他的财富来做慈善事业。”眼睛里看多了，耳朵里听多了，人的心灵都被一团污云浊雾裹得几乎透不过气，就在这时，拯救爱情的天使来了。由张艺谋执导、号称“史上最纯洁最干净的爱情故事”的爱情片《山楂树之恋》经历了在全国范围内挑选“最纯情女主角”和媒体铺天盖地的宣传，吊足了观众胃口后，终于与观众见面了。

那一段发生在特殊年代的特殊爱情故事，那一段由琐琐碎碎的温暖与深情堆积起来的岁月，靠着几组镜头，如何拼接得起？而在看过影片女主角生活原型熊音的一段话后，更加觉得把那一段爱情贯上“史上最纯洁的爱情故事”这个称号，实在是一个噱头。当有读者问她：“当年老三那么爱你，他去了以后，你是不是觉得日子特别难过？”她回答：“当初在一起的时间就不多，所以分开不分开，也没有太多感觉。”那位读者也很可爱，她解读说，那一种爱，已经成了习惯。那份爱，在当事人的心里，任何其他外人都无权也无法评说。距离产生美，美却会败给距离与时间。谁又知晓，那样的习惯是爱还是慢慢地遗忘？若是非要从电影中读出纯爱，对观众来说实在有点勉为其难。电影里的王子，爱得无怨无悔，电影里的公主却在猜测、犹疑、等待中一再错过……并不是要刻意指责谁，爱情的本身就是那样子，不可能像百分百的蒸馏水。甜蜜有之，伤痛有之，欢笑有之，泪水有之，这才是爱情本身的模样。梁山伯与祝英台的爱情故事，曾经感动了多少红尘中的男女，可千古化蝶，却只能是我们臆想出来的神话。

在一个缺乏爱情的时代，我们只能用神话来安慰日渐荒芜的心灵。

曾经看过一段关于已故大师季羡林的异国爱情故事，年轻时留学德国的季羡林与房东的女儿发生过一段纯真热烈的恋情，花前月下，卿卿我我，异国的街道，曾留下无限的甜蜜。可那一段爱情，却注定不会有结果。他最终离她而去，他离不开自己的祖国，她亦不能跟他远渡重洋。他归国，娶妻，生子，做学问。她却守着当年为他打字的一台老旧打字机，孤独终老。她说，我在等他，我相信他还会回来见我。那时她已满头白发。已是耄耋老人的季羡林听到这样一则消息时，只留一声长叹：她太傻了。

是的，她太傻了，用自己长长的一生，来期许与爱人一次没有约定的见面。那样的爱情，纯洁，热烈，那样的爱，真的让人荡气回肠泪湿双眼。可那样的爱，我却愿意它不在这个世界上出现。因为，那是用一个女人一生的孤苦与期盼铸成。

有一位视爱情为圣坛的朋友，第一次遇到生命中的男子。他事业有成，性格温良，待她更是温柔体贴。二人相恋 8 年，她也不曾下定决心牵起他的手。因为太爱，害怕那一份如此纯洁美好的爱情在粗粝的现实面前被打磨得黯淡无光。她说，她愿意将那份神话般美好的爱恋持续到底。可那份爱恋，只持续了 8 年。因为他遇车祸去世，她再也牵不起他的手……

天啊，如果可以用我的生命，换来与他一日的夫妻岁月，我愿意。女友哭得痛断肝肠。天听得见，他却听不见了。

曾经特立独行背着行囊为爱走天涯的三毛，在阅尽了人世红尘之后，也曾感概说：爱情，如果不能落实到柴米油盐吃饭睡觉数钱这些小事情上，是不能长久的。是的，我们皆是有着七情六欲的凡人，凡人的爱情，脱不开烟火，吵架，合好，温暖，忧伤，幸福，痛苦，犯错，包容……这样一份凡俗的爱情，可能与纯白无瑕的爱无关，却是爱情最本真的颜色，是一份真实温暖可触摸的爱情。

如果没能与那样一段所谓的纯爱邂逅，你也不必遗憾后悔。那样纯粹的爱，原本就是一个神话，且常是一个凄美的没有温度的神话。爱情的温度与纯度，如果不能做到最完美的结合，那么，还是去选择有温度的凡俗之爱来得更稳妥实在。

女人的痴情是罪过

第一次得知老公在外面有情况时，女友陶陶在我面前哭得天崩地裂，仿佛到了世界的末日。也难怪，大热天的中午，自己忽然心血来潮去老公的单位给他送降暑的绿豆汤，却迎面碰上老公正搂着女下属的腰亲密地往车子里钻。看到她的那一刻，一向稳定自如的男人“唰”地一下就变了脸，讪讪地不知如何是好。那夜，她流着泪要同男人离婚，男人却流着泪跪在她面前，说，与那个女人只是逢场作戏，其实内心里爱着的还是她。她的心就无端地软了，把自己的一份委屈深埋，继续打起精神来过那五味杂陈的日子。

只可惜陶陶的老公并没有就此结束，桃色的花边电影，倒有愈演愈烈之势。有几次，陶陶竟然从自家的卧室里找到其他女人的物件。当她拿着那些东西气咻咻地质问面前的男人时，那个男人已修炼得面不改色心不惊：是我的女客户的东西，让我帮忙从外地捎回来的，有什么大惊小怪？再后来，他们双双被她堵在家里，那个女人倒是大方，从从容容整理衣衫，从她身边大大方方走过去。陶陶气疯了，冲上前找老公拼命，谁料那个男人却不急不恼，腆着脸说：急什么急，再怎么着你也是这个家里的正宫娘娘！他想得挺美，还想妻妾成群。

事情发展到那样的地步，要是男人女人的身份倒个个儿，再窝囊的男人估计也要跳起来了。陶陶却没有，她仍然无法做到用力还击，因为那个男人，是她从20岁起就爱上且一直爱了十几年的。他背叛她，伤害她，她却只有偷偷心碎哭泣的份儿。"要么离！要么给他点颜色看看！"人家说宁拆十座庙，不拆一桩婚，我对陶陶，却是毫不口软。"怎么给颜色？去他的单位大闹，他以后还要怎么做人？再怎么说我们也是夫妻多年，感情总还是有的……"真恨透了这个女人的软弱痴情，到那般田地了还在时时维护着男人的利益与形象。我终于明白，这个世间为何有那么多的"陈世美"了，原来都是痴情女子给惯出来的。

从古至今，痴心女子负心汉的故事不知上演了多少。旧时男子，皇宫里三宫六院佳黛无数，就是寻常百姓家的男子也能堂而皇之地养个三妻四妾，只要养得起。这是历史的原因、时代的原因。

那时小女子的地位还不及一件男人喜欢的衣服，自然不敢站出来要求与男人平起平坐了。

历史的车轮滚动到今天，女人再将自己弄成一副受气的小媳妇样儿，就有点说不过去。你以为痴情可以换回他的真心么？他却将你的痴情当成软弱。你以为痴情的女子会惹人怜惹人疼么？他不过多了一份向其他女人炫耀的资本。冰雪聪明的张爱玲，对胡兰成可谓痴情吧？看着他同别的女人打情骂俏，看着他在众花丛里流连忘返，却仍然苦苦地守着对他的那份痴恋，愿意为他低到尘埃里，愿意在尘埃里为他开出卑微的小花。结果如何？仍旧挡不住那个男人寻花问柳的脚步，仍旧难逃孤独地客死他乡的凄凉晚景。而在胡兰成的大作《今生今世》里，在胡兰成众多的红粉知己中，张的地位并不比别人高出一些。她只不过是他生命中一位寻常的过客。

试想，女人如果不是那么痴情，如果不是那么害怕会伤害到那个伤害了自己的男人，从男人一出现出轨的苗头时就为了自己一份合法的权益据理力争，这个世间，也许就会少了许多“负心汉”和怨妇。没有谁规定好女人就一定要贤淑到底，大敌压境，奋而抗击，女人必须保护自己的爱情保护自己的权力。那时，不妨学学那些旧时的勇敢女子。胡适同年轻漂亮的曹佩声情意绵绵难舍难分，他那裹着小脚的发妻江冬秀还知道拿一把剪刀横在自己的脖子上吓唬一下他。在这方面，一代京剧大师梅兰芳身边的福芝芳做得也丝毫不逊色。与爱情相比，男人更在乎的是自己的前途与名声，当那些粉红色的艳遇威胁到这些时，男人会毫不犹豫地全身而退。所以，聪明的女子应该让男人明白，他想出轨么，对不起，我会让你出不起！那些“恨不相逢未嫁”时的后来人，就更不必把自己的幸福押在一个连自由都没有了的男人身上了。

爱情有原则，痴情有规则。古龙小说里有句经典名言：谁先动心，谁就满盘皆输。而现实中，容易心软的往往是女人。女人，千万别因为自己的痴情，碎了自己的心，把自己弄成一怨妇模样，还把一位好男人生生宠进“坏男人”的行列。须知，生活真的不相信眼泪。

喂好他的胃不如填饱自己的钱包

他和她，一对夫妻，也是我共同的朋友，那种两个人都可以对我无话不谈掏心窝子说烦恼的朋友。他们一直很相爱，那份爱情，在她的眼里，简直可以用完美无缺来形容。一起走过初恋、热恋，一起共过生死，一起分享苦乐，在对方的眼里，他们是彼此的唯一。那份爱情，曾经让多少人羡慕不已。

女人原本有一份不错的工作的，后来被她狠心辞退了。她辞退工作的理由说起来也很让人感动：我去上班，起早贪黑，无法照顾好他的饮食起居，所以，我回来了。只希望他每天从外面回来时，桌子上会有一桌热气腾腾的饭菜在等着他。娶妻如此，夫复何求？男人应该是快乐了一阵子。早起上班，她钩在他的胸前跟他吻别，晚上回来，她已含笑守在丰盛的晚餐桌子前等在那里。屋子里常换常新的鲜花，餐桌上常换常新的菜品。为了那些，女人挖空心思研究菜谱，周末跑到很远的郊外去采那不必花钱的野花，只为能营造一份浪漫的情调。

爱他，就花他的钱，给他一种成就感。

爱他，就喂好他的胃牵住他的心，让他时时惦念着家里的饭桌床上的女人。

她说，她愿意那样子，陪着他地老天荒。

一门心思在经营婚姻经营爱情的她，做梦都不会想到，她的婚姻也会出现问题。倒还没有到要分崩离析的地步。男人的怨言已经在沉重的现实面前渐渐显露出来。“我也不知道自己怎么了，每天只一个感觉，累。真的，上有老，下有小，一家人的生活重担全压在我一个人的身上，我真怕万一哪一天我倒下了，这个家怎么办？”

“她的爱，让我很感动，也让我觉得很累。”

……

同样一份爱情，在两个人的描述中已向着不同的方向而去。她仍然在有滋有味地做着她的贤妻良母，快乐无比地花着他挣回家的钱，快乐无比地研究着如何喂好他的胃。他已在越来越沉重的现实面前慢慢对那份爱厌倦。也是，眼下，各行各业的竞争如此激烈，今天吃过马上为明天担忧。想那时，你再怎么在他面前软声细语嘘长问短都抵不过现实里那一张张养家糊口的钞票。

一份自由职业，常年宅居在家，交往的圈子不大，无非就是网上那些与文字沾边的朋友或者生活中的左邻右舍。久了，发现一个很有趣的现象，那些幸福指数极高的女人，与贤妻良母常常不搭边儿。一个饭做不好，衣服懒洗，屋子懒收的女人，倒被男人宝贝一样捧在手心里。饭没做嘛，好，咱出去吃。衣没洗嘛，好，我洗，屋子一个星期打扫一次就OK。对于女人说出的话、提出的要求，自然也是言听计从。化妆品要换了，咱就换；新到的衣服款式来了，看中了，买。二话不说。为何？财大才能气粗。别小瞧了那小女子，天天坐在电脑前，手指一敲就是钞票。花自己的钱，心安理得，男人有什么理由埋怨？高兴还来不及呢。

有人说男人是一种爱面子的动物，在婚姻里一般不能接受女强男弱的两性局面。我挑水来你浇园，我挣钱来你打点，男主外，女主内，貌似是一种幸福和谐。那也只能是搁在男耕女织的田园时代，男人有力气，女人很细心，一刚一柔，就支起一个家。现代社会，生存压力猛于虎，再把那副担子心安理得地交给男人自己挑，不把他累垮，就把他累逃。纵逃不出婚姻，也免不了心偶尔跑出去逛荡一圈儿。

男人也需要休息，发泄，需要一个释放压力的出口。

抓住男人的心，就去抓住男人的胃。不知这一句，是哪位贤妻良母型的女子说出来，在我看来，这句话，真的害人不浅。男人不是小狗儿小猫儿，欲望仅仅停留在吃好喝好这么浅薄的层次。他们要在这个社会上生存，立足，要成就一番事业，仅有女人天天摆上来的饭菜，肯定不够。他们也会累，也会脆弱，累了脆弱了，他们也想有一个温暖的避风港。那时候，一支柔柔弱弱的解语花，肯定没法与一棵枝繁叶茂与他并肩而立的大树相提并论。

喂饱男人的胃，重要，但填饱女人自己的钱包，在我看来，更重要。世间餐馆永远比银行多。你永远无法保证他在你这里吃饱不会再惦记着另一家的美味，但能为他赚钱肯为他赚钱的女人可不是遍地都能抓得到。在美味与钱包面前，男人会有自己的权衡。退一万步，就算他权衡再三，最终选择了去善待他的胃，也没有什么可怕。有自己的事业，有自己的生活。女人，你还怕什么？

不要百分百的纯棉爱情

在网上随意地逛，沉寂多时的女友菲忽然从QQ里跳出来，打过几行字，我整个人就呆在了那里。有好久听不到她的消息，以为她跟着那个她爱得死去活来的男子远走天涯去了。未及问起，那边已泪流成河。她说她失恋了。她爱的人竟然会爱上另一个女子，她不知道剩下的岁月，自己将如何打发。

我最担心的事，终究还是成了现实。

18岁到28岁，菲用10年最好的青春经营的一段爱情，还是离她远去了。她如何不哭？10年前，我们都还是一群青葱的高三女生，那时候，菲喜欢那个男孩子就不再是秘密。她无法把那份喜欢深埋在心里。他在操场打球，她远远地站在操场边上等，手里拿着洒了花露水的白色棉毛巾。等他大汗淋漓地走到她的身边，她只羞涩地笑笑，轻轻地递上毛巾就跑。后来，他们相恋，相约在同一所大学里头见。其实，那时候，我们旁观者的心里都是清楚的，她和他，有着太多的不同。我们担心她的专一痴情最终会在他的风流多情里弄得遍体鳞伤。她却一路执著地爱下去，一爱竟是10年。

10年里，她从中学随着他进了大学校园，又从大学校园离乡背井去了他的城市。其间，电话，短信，Email，我与菲基本没有中断联系，所以，对她的那些甜蜜与痛苦，我是最好的见证者。

爱到极甜蜜的时候，菲在信里对我说：爱着他的吻，爱着他头发的味道，爱他像个长不大的孩子，爱着他的霸道……爱把他脱下的纯棉袜子漂成白云的颜色洒上阳光的香味。恋爱中的女子，每个人都是出色的抒情诗人。菲也不例外。

也有阴云满天的时候，菲在电话里流泪，却一个字也不说出口。那些时候，往往是他伤了她。她曾说，他的心，为什么总飘在离她不远不近的地方。10年里，曾不止一次地听她说，爱得太累，却从来没听她说一句分开。菲以为自己做得不够，在他游离的目光里，她让自己变成了他最贴心的那件纯棉衣物。她尽心尽力地按着他理想中的样子来活，他喜欢诗词，她强迫自己去读李白读杜甫，他喜欢绿的颜色，她里里外外把自己扮成一株绿的草绿的树，从窗帘到床罩，几年来竟是一色的绿。他喜欢穿纯白的棉衬衣，她在零下十几度的天气里也坚持用冻得几乎僵掉的手指细细地搓着他的一件又一件棉衬衣……这一切，她一做就是10年，10年里，他最初的感动早已变成了习以为常，甚至不给她一个婚姻的承诺。他说事业还未足够成功，手里的钱还不足以支撑起一个美丽的新家。那个时候，他的心里应该是有了另一个理想的知己了吧。

其实，他并没有提出分手，他的游离，是她在为他洗白衬衣的时候发现的。在他的领子后面，有一个淡淡的口红印子，却不是她用的牌子。发现那个印子，她整颗心就掉进了冰窟。喷了衣领净，再用消毒水，又搓了数遍肥皂，衣服上的印子是没了，那件衣服却彻底废了。纯棉的衣物就有这么一点坏处，穿着舒适，却不耐磨。它哪里经得起她那么揉搓。

是在与另一个女子相处了两三个月以后又发现她的好吧。他再回头，找到她，深情加愧疚，泪都要流下来，他说，他才知道，最好的人已在身边。那个连白色棉袜都要扔到洗衣机里的女孩，怎么能同他走完一生？她忍了好久的泪，总算在他面前洒落。她要的却只是那句话，要回头，却是不能够。她说，她也知道纯棉的东西好，但她不想再守着那些纯棉的东西度岁月。因为它们太难侍弄，费时也费心。

回绝只是一句话，空成一个大洞的心，用什么来填满？

喜欢纯棉衣物，似乎是许多人的偏好。打开家里的衣柜，扑面而来的是清一色的纯棉，纯棉内衣，纯棉袜子，纯棉的碎花长裙……满满当当，散发着淡淡香皂的气息。无论是凉风习习，还是烈日炎炎，着一身纯棉走在阳光底下，都会有一种清清爽爽的感觉。纯棉的东西，柔软，舒适，和人贴心贴肺。由衣物推及情感，时下，有许多人也讲究起纯棉的爱情，纯棉的婚姻。这种纯棉爱情，具体到现实中，到底应该是什么样子，估计一百个人会有一百种描述，但感受却大致相同：纯棉的爱情，润物细无声，会给人以舒适、温暖、熨贴感，纯棉的爱情，应该是很多男人女人都向往的。就像菲之于那个男子，她对他的爱情，应该是十足的纯棉。可纯棉爱情也逃不开纯棉的缺点。纯棉的东西，易破，易脏，还不易侍弄。细想来，那样的爱，又何尝不是如此。

有人说，百分之八十的纯棉加上百分之二十的化纤，结实也不失舒适，应该是个不错的选择。爱情也是，百分之八十的空间留着好好爱，爱对方，也爱自己，百分之二十的空间留着准备接受来自爱情里的风风雨雨。那样的爱情，应该会更长久幸福。

有一种成全叫残酷

她本是个文静内敛的女子，却被那夜草原上的星光与红红的篝火将一腔热情点燃。在一群守护草原的年轻战士中，她是唯一的一名女兵。那夜的篝火旁边，她就成了绝对的女主角。载歌载舞间，她不知道，有一双热辣辣的眼睛，炯炯如星子，一直追随着她曼妙的身姿。

是那个怀抱手风琴，深情款款为她伴奏的男人。彼时，他还是一名排长，平日里不苟言笑，却在那个夜晚，将自己作为男人的温柔与热情演绎得淋漓尽致。

那是热烈到无以复加的夜晚，是她自进入草原以来笑得最亮最响的一夜。她疯狂地跳着，舞着，在他的身边旋转，再旋转。他的脸，红红的，灿烂如那夜的篝火。怀里的手风琴伴着她的舞步，悠扬婉转。

那个夜晚，他们共同失眠，在草原深蓝幽远的天穹下，一遍又一遍在心里触摸着对方的名字与容颜。

那是一个产生爱情的夜。爱情来时，势不可挡。

此后的草原上、晨光中、夕照里，就多了一对脉脉相望的情侣。那时，他们还不敢公开自己的恋爱身份，只能在训练的间隙或者茶余饭后，匆匆擦肩而过时为对方留下深情一瞥。火山一样的爱，却是积压在彼此的心里。

他们相约，此生今生，唯有对方。

那份爱情誓言的打破，是因为她的父亲，为她争取到了回城上军校的名额。而他，依旧骑马奔驰在茫茫的草原上。离别的前夜，她第一次打破了所有的禁忌，将自己所有柔情的泪，一遍又一遍沾到他的胸前。他哄她，有爱不觉天涯，他们人分开了，心却可以走得更近。

此后，有好长一段时间，他们沉浸在彼此的爱里。一封又一封的书信，那些在一起时说不出口的话，热辣辣地在洁白的信笺上绽开。他谈自己火热的部队生活，她谈自己对他赤裸裸的思念。如他说的，他们的爱情之花并没有因为距离而凋零。

他是在她快要大学毕业的那一年忽然从她的生活里消失的。是的，他消失了。寄去的信，原封不动地退回，打去的电话，被告之查无此人。他像从人间蒸发一样，从此没有了半点消息。担心，牵挂，思念，焦灼……在那一段时间里，她走了人间的千年，尝尽了千百种爱情的恨与苦。

她却再也找不到他。

再见面，是十年之后。他已缩成一个硬硬的痂，在她心底最深的角落里。在去往另一个城市的列车上，那个熟悉得不能再熟悉的身影，就那么突兀地闯入她的视线。不错，是他。只是，此时，他的身边，已多了另一个女子，还有一个可爱的儿子。

本想高高地昂起头，骄傲地从他面前一闪而过的，眼泪却在见着他的那一刻，疯狂地涌出。她失态。他也狠狠地愣在那里。彼此的眼眸一闪，已是一世。

在那节车厢的尽头，他笨拙得找不到语言给她一个理由。他只说，是他对不起她。她的泪，再次泛滥。一句对不起，能挽回她十年的青春与幸福么？为着他当年无声无息地离开，她的心窗，从此对所有的男子关闭。她再不敢相信爱情。她梦过千百次的重逢，只被他轻轻一句"对不起"就带了过去。那一次，她有的不仅仅是绝望，还有不可抑制的愤怒。她扬起手，用力推开了他向她伸出的手，却见他像一棵被雷电击中的树，瞬间在她的面前倒下去。所有的恨，凝结成一种痛。慌乱地弯身去扶他，她的手，就触到了他那支冰凉的义肢。

那就是他当年逃离的所有理由。在一次训练中，他不慎从马上跌下来。那支义肢就是那次事故后上天送给他的礼物。曾经的爱，迅速卑微到尘埃里。他唯一能做的，就是远远地离开，成全她另一份幸福。

像所有如此俗不可耐的故事，故事里的一方总会以爱为名以成全为名，将不明真相的一方永远地抛进无望的等待里，直到多年后的相遇，真相从水底浮出来。可惜爱已成明日黄花，零落得无从拾起。擦干了眼泪，她重重地给他抛下一句：我恨你！然后消失在那节车厢的尽头，她再也没有回头。

爱，是两个人的事，无论幸福还是苦痛，只要还在相爱，任何一方都没有权力单方撕毁。爱不仅仅是两个人的分享，还是两个人的承担。他却固执地以为，大度地成全，就是最好的爱。其实，那对她，对他们的爱，都是最残酷的轻视。

好女就得同男“斗”

看北京电视台的《真情互动》节目，有一期节目名为《金婚》。一对又一对白发红颜的老人被请到台上，讲述他们金婚的故事。节目还请了正在各大电视台热播的《金婚》的男女主角张国立和蒋雯丽做特约主持。

说真的，剧中张国立和蒋雯丽的表演实在让人无可挑剔，一举一动，可谓配合默契，到了炉火纯青的地步。可一部 50 集的电视剧，如何能浓缩一对夫妻恩恩怨怨的 50 年？而且每次打开电视，看到剧中文丽对老公指手画脚大吼大叫的时候，心里就有隐隐的不舒服，不免就怀疑，这样的婚姻，何以能走过风风雨雨

50年。

文艺作品就是文艺作品，与实实在在的生活总有一定的差距。台上，几对老人略带拘谨，讲述着过往的点点滴滴，有战火，有甜蜜，却无不充满着浓浓的烟火气息。她为他牺牲了自己舒适的工作，陪他到最艰苦的荒原；她为他偶尔的出轨痛彻心扉，却还是机智地驾驶自己的婚姻之舟绕过险滩；她同他吵架曾经天翻地覆，一个温柔的低头，让他尽释前嫌……风风雨雨50年，彼此牵着彼此的手，一举手一投足里，那份默契已化为无形。张国立同蒋雯丽给老人们颁发纪念品，亲热地握着老人们的手感慨万端：我们只是在戏里演了一对金婚夫妻的50年，你们却是在风雨中相互牵手走过了实实在在的50年。

是的，戏里的金婚更多地显示生活的鸡零狗碎，戏外的金婚却更需要一种特别的智慧，不然，50年，不会那么容易走过。

与男人相比，那些在红尘里走过的女子，似乎与生俱来就带着一股子小气。孔老夫子说：唯女子与小人难养。男人们说：好男不和女斗。小女子的这个恶名，伴随我们直到今天，不是没有渊源的。就像《金婚》剧中的文丽，爱老公爱得紧，丈夫还没点风吹草动，她那里已带着孩子大闹天宫，把老公的面子扫光光，也把自己在老公心里的地位扫得差不多了。倒是那位“情敌”李天骄，不动声色，却在佟志心里轻轻地打了个洞。有人说李天骄太爱动心眼儿，坏。可事实是，这样的“坏”女人最易抓住男人的致命伤。她们也同男人“吵”，可更多的时候，不如说她们是同男人“斗”。

还是两位走过金婚的老人，两个生活习惯，知识层次完全不同的人，却在一起平平安安地过了50年。在被问到老妈妈如何忍让自己老公日常生活中的一些坏习惯时，老妈妈笑笑，只举了一个简单的小例子：老伴儿有个做事顾头不顾尾的坏毛病，每次打开抽屉，绝对不会关上。起初他们也为此事吵，可一次两次，他依旧故我。后来，他们不再吵了。因为她觉得在同他吵的那一会，她完全可以把抽屉关上。就那样，一抽一关，她为他默默地做了几年，直到有天他猛然发现，再不会忘记随手关上那个打开的抽屉。“人家都说教育孩子时要注重言传身教，男人有时候就是长不大的孩子，对他们，也要言传身教才行。”老人说着哈哈大笑，台下的观众也报以热烈的掌声。无疑，这位老人是聪明的，她不会针锋相对地采取过激的措施，却从自己做起，用一份默默的爱来感化教育粗心大意的男人，避免了无谓的战火，还捕获了男人的心。

与那些温和耐心的长辈们相比，现代的女子可能不会那么委曲求全，她们没有耐心去暗地里感化那个粗枝大叶的人，可她们另有高招，让老公心甘情愿地就范。雨灵是我的同事，与老公结婚几年来，感情一直不错。谈起各自的婚姻，她常常不无得意：高质量的婚姻生活是“斗”出来的。原来，在他们表面平静幸福的婚姻背后，竟然也有一番明争暗斗。像大部分男人一样，他也有乱丢乱放的习惯，下了班，衣服鞋子丢得满地都是。她却不动怒，任由他丢，却也不收拾。各自有各自的工作，她并不比他轻松多少。一天，两天，三天……屋子里快乱得差不多了，他自己也看不下去，一边收拾一边埋怨：命这么不好，娶了个懒老婆。她在一边不恼也不怒，只轻轻一句，他就再也无言：看看地上乱丢的东西都是谁的。他不爱下厨房，她在厨房里做饭，边拉着他陪在旁边，让他陪她聊天，让他帮她拿葱拿蒜，让他帮她洗菜翻锅。一桌子美味出来，他盯着紧看，忽然一拍脑袋：你说做这做那给我吃，我怎么发现这一桌子菜有一大半是我做的。雨灵说，吵架是一味调味品，仅此而已，但幸福的婚姻却绝对不是吵出来的。更多时候，女人需要的是冷静，是智慧。这一点，好多女子似乎都很欠缺。

再怎么精明强干的女子，最终的幸福会与婚姻爱情牵扯到一起。这么说，有点以偏概全之嫌，却是大多女子心底最真实的声音。为了这份幸福，劳碌一生无悔地付出的有，心碎神伤劳燕分飞的有。有一种女子，却与她们不同，她们从容镇定，稳稳地驾着自己幸福的小舟，付出着，也享受着，直抵幸福的深处。因为她们是聪明的女子，知道在男人面前如何同他们聪明地“斗”。

我不惯着你

打开电视，里面正在播放电视剧《亮剑》，对于这部自去年就在各大电视台热播的电视剧，也零零星星地看过几集，给人印象最深的当然是大大咧咧的铁血男儿李云龙了，但他与两个女人的感情纠葛那一段，还是第一次看，觉得新鲜，就坐下来认真看下去。

一个是妻子，一个是自己喜欢着又疯狂爱着自己的女子，坐在两个女人的对面，即使是一个在疆场上叱咤风云的军长，也如坐针毡了。他无言可对，只能听两个女子的表白，但他有选择的权利。

张白鹿，一个心高气傲多才多艺又温柔多

情的女子，包包里装着砖头厚的军事百科全书。她先开口，直截了当：我爱老李，为了他我可以放弃自己最爱的专业，来研究我最不喜欢的军事百科全书，为的是我和他有共同的语言；我不在乎他大大咧咧咋咋呼呼，不在乎他没事儿去抠脚丫子，不在乎他犯一些小错误……因为我爱他，我就要给他最大的自由与幸福。这一番表白，任是哪一个男人听了可能都会为之心动。想来，李云龙也被感动了，他低下了头，不敢看张白鹿的眼睛。

田雨，李云龙的结发妻子，一个出身书香家庭的大家闺秀，几年的婚姻生活里，对李云龙横挑竖挑，最终导致了李要拜倒在另一个女人的石榴裙下。面对强劲的对手，她表现得相当平静：我问过老李，他还是爱我的，所以现在我还能以妻子的身份站在这里与你们讲话。我也爱老李，但我不会一味地迁就他，也不可能为了他放弃自己喜欢的事业。说实话，他身上的有些缺点确实是让人不能忍受的，作为一名人民军队的高级将领，我觉得他应该注意自己的形象，所以我不能保证以后的生活中就不会同他争吵。但我也承认自己的方法方式不对，我的错，我也会尽量改正。老李，现在把选择的机会给你，你选择了，我决不阻拦。

下一个出场的当然就是男主角李云龙，他毫无悬念地选择了自己的妻子，这里除了道义责任等的外在因素外，李的一番话想是说出了大多男人的心声：我大大咧咧习惯了，与小田吵吵闹闹也习惯了，我是粗人，就得有个人管着我，不然我就心慌就没着没落。和小田在一起，过的才叫日子……

边看边同老公随意地聊，我问他，要你，会喜欢哪个女人？当然是张白鹿了，是男人都喜欢她。那你会选择谁？当然是田雨了。两个“当然”都说得那么肯定，让我一时糊涂了。你想，有谁敢保证一辈子像张白鹿说的那样去爱一个人，不争不吵百依百顺，分明就不现实嘛。这估计才是他们男人不敢选那位美丽的张小姐做妻子的原因吧。

姐姐在医院上班，嫁给姐夫没过半年就大吵了一架，闹得差点离婚，战火竟然来自一个小小的西红柿。姐姐摆的西红柿果盘，鲜亮亮地摆在桌上，姐夫从外面回来，看着那亮晶晶红艳艳的白糖柿子垂涎欲滴，包没放下就伸手捏了一块放在嘴里。姐姐看到了瞪着眼睛说你这人怎么这么不讲卫生，用脏手捏东西吃？姐夫当然不甘示弱，我拿了自己吃怕什么，不干不净吃了没病。两人就此你一句我一句大吵起来，闹得不可开交。当然，最后还是以姐夫失败告终，本来就是他的不是。此后，姐姐对他“严加管教”，不许他穿着拖鞋往外跑，不许他晚上不刷牙就往床上倒，不许他衣衫不整地去上班……慢慢的，结婚前那个不修边幅的姐夫竟然换了个人一样，走在外面，竟也是文质彬彬一表人才了。几年来，他也慢慢习惯了被姐姐“修理”的日子，两个人吵吵闹闹小日子过得有滋有味。

春节联欢晚会上，赵本山饰演的黑土老大爷磕磕巴巴地说：每一个成功男人的背后，都有一个多事的女人。台下一片爆笑。想想，他说得也不无道理，每一个成功男人的背后，都有一个爱管“闲事”的女人。像《亮剑》里的妻子田雨，像生活中的姐姐，面对自己心爱的男人，她们认真热烈地爱，却绝不纵容，不姑息不迁就，对他们身上种种的小毛病小缺点，她们能指出来就指出来，能让他们改正就让他们改正。因为爱得真切，才想把他打造得更完美。婚姻不仅仅是一座围城，进去的想出来，外面的想进去，婚姻还是一座火热的熔炉，男女之间，取长补短，能在里面熔铸出全新的不同的男人女人。

善良女人家中的宝

自从 70 多岁的父亲在那次车祸中不幸离世，他们那个家，就被一种恨与痛深深地笼罩了。生意正红火的商店关门停业，男人日日叹息，女人天天流泪。父亲，以那样的方式含恨离世，对他们的打击实在太大了。

其实，证据都不必费心搜集的，肇事的司机已坦然承认了全部的责任。想到这些的时候，他们心里的恨就会火一样地升腾起来。父亲含辛茹苦，帮他们把店里的生意搞起来，还没来得及安享晚年，就那么莫名其妙地去了。男人红着眼睛说，他不要对方赔钱，他只想把那个可恶的人送进监狱。

她同意了，他们并不缺钱，他们只想给逝去的父亲一个交代。

一切准备就绪，肇事的司机也没有任何异议，愿意接受任何惩罚。那场交通事故，很快便能有一个让他们心安的结局。他们开始忙碌着父亲的后事。那个女人，就在那时候拉着一个6岁小男孩的手，出现在他们的面前的。她是肇事司机的妻子，见了他们，她就流着泪哽咽着跪了下去，她说她是来替男人赎罪的，尽管她能做的，也只有这样深深的一跪。旁边的男孩子，呆呆地看着眼前发生的一切，小小的脸上布满与他的年纪极不相称的愁容，看看跪在地上的妈妈，他也轻轻地跪了下去。那一切，来得有些突然，她急忙上前，拉起了那对跪在地上的母子。

她知道，接下来，那位女子会向她求情让他们开恩。她先把心一横，说她无法原谅一位夺去父亲生命的凶手。奇怪的是，那位母亲并没有替丈夫求情，她只说，他开车不注意，惹下了祸端，所有的惩罚，他都该领受。但她还是来了，为了她的孩子。她把躲在身后的儿子拉到面前，抚着儿子脸上青一块紫一块的伤痕说，这些，都是因为他的父亲。原来，学校的孩子知道了他们的事情，都指着孩子骂他，说他父亲坐牢他也会是一个大坏蛋。6岁的孩子，不明白成人世界的是是非非，却已知道维护自己尊严，他与那些孩子扭打在一起，他甚至因此恨起了自己的父亲……她不想让孩子这么小就生活在一个缺少父爱的世界里，也不想让他这么小就生活在恨里，可她又不知道如何来保护她的孩子，于是就来了，求他们的原谅。说到最后，他们此行的目的，仍然是来乞求他们的谅解，乞求他们减轻对男人的惩罚。

孩子，是联结这个世界的温情纽带。她也是一位母亲，可以不考虑大人的感受，却再也无法不考虑那个孩子。6 岁的孩子，没有了父亲，没有了完整的家，面对的将是怎样的世界、怎样的未来？她沉默了。从女人的诉说里，他们已知道，那个贫穷的家，没有任何赔偿能力，如果再放弃对男人的刑事处罚，父亲的冤屈就无处可诉了。男人坚决不同意，她却犹豫了。

后来，她还是费了很大的口舌，说服丈夫，将一份谅解书交到了那对母子的手上。那份谅解书，将那位一脚踏进监狱大门的肇事司机拉了回来，也把一份平静的生活还给了他们。

安葬了父亲，他们的生意继续。那位女子，拉着丈夫、儿子来向他们道谢。为了那份恩德，他们愿意无偿在她家的店里干活，她却照常付了他们工钱。两个原本水火不容的家庭，从此放弃前嫌，倒成了真正的朋友。

她相信，这份选择，在天的父亲看了，也会含笑。

有人说，男人可以驾驭这个世界，女人却可以驾驭男人。男人阳刚，敢作敢当，女人柔弱，却懂得迂回。两个家庭，因为两个善良的女人，命运从此改变。这个世界，因为善良而和谐，我们的小家因为善良的女人而安然。善良女人是家中宝啊。